「必ずや、この苦難を退けてみせましょう。
ジェノスと森辺に平和な生活を取り戻すために」
ガズラン＝ルティムは力強くうなずいた。
異世界料理道 VOLUME 31
Cooking with wild game.

王都の監査官たちと
親睦を深める晩餐会
「お待たせいたしました。
こちらが森辺の料理人たちの
料理となります」

「セルヴァの御名のもとに……
汝は西方神セルヴァの子として
生きることを誓いますか、アイ＝ファ？」
「私は、西方神セルヴァの子として
生きることを誓う」

異世界料理道 VOLUME 31

Cooking with wild game.

Presented by

EDA

口絵・本文イラスト　こちも

MENU

登場人物紹介

～森辺の民～

津留見明日太／アスタ

日本生まれの見習い料理人。火災の事故で生命を落としたと記憶しているが、不可思議な力で異世界に導かれる。

アイ＝ファ

森辺の集落でただ一人の女狩人。一見は沈着だが、その内に熱い気性を隠している。アスタをファの家の家人として受け入れる。

ドンダ＝ルウ

ルウ本家の家長にして、森辺の三族長の一人。卓越した力を持つ狩人。森の主との戦いで右肩を負傷するが、無事に復調する。

ジザ＝ルウ

ルウ本家の長兄。厳格な性格で、森辺の掟を何よりも重んじている。ファの家の行いを厳しい目で見定めようとしている。

ダルム＝ルウ

ルウ本家の次兄。ぶっきらぼうで粗暴な面もあるが、情には厚い。アスタたちとも、じょじょに打ち解ける。

ルド＝ルウ

ルウ本家の末弟。やんちゃな性格。体格は小柄だが、狩人としては人並み以上の力を有している。ルウの血族の勇者の一人。

ヴィナ＝ルウ

ルウ本家の長姉。類い稀なる美貌と色香の持ち主。東の民シュミラルに婿入りを願われる。

レイナ＝ルウ

ルウ本家の次姉。卓越した料理の腕を持ち、シーラ＝ルウとともにルウ家の屋台の責任者をつとめている。

リミ＝ルウ

ルウ本家の末妹。無邪気な性格。アイ＝ファとターラのことが大好き。菓子作りを得意にする。

ララ＝ルウ

ルウ本家の三姉。直情的な性格。シン＝ルウの存在を気にかけている。

シン＝ルウ

ルウの分家の長兄にして、若き家長。アスタの誘拐騒ぎで自責の念にとらわれ、修練を重ねた結果、ルウの血族の勇者となる。

シーラ＝ルウ

ルウの分家の長姉。シン＝ルウの姉。ひかえめな性格で、卓越した料理の腕を持つ。ダルム＝ルウの伴侶となる。

ユン＝スドラ

森辺の小さき氏族、スドラ家の家人。誠実で善良な性格。アスタに強い憧憬の念を覚えている。

トゥール＝ディン

出自はスンの分家。内向的な性格だが、アスタの仕事を懸命に手伝っている。菓子作りにおいて才能を開花させる。

ライエルファム＝スドラ

スドラ家の家長。短身痩躯で、子猿のような風貌。非常に理知的で信義に厚く、早い時期からファの家に行いに賛同を示す。

ガズラン＝ルティム

ルティム本家の家長。沈着な気性と明晰な頭脳の持ち主。アスタの無二の友人。ルウの血族の勇者の一人。

ダン＝ルティム

ルティム家の先代家長。ガズラン＝ルティムの父親。豪放な気性で、狩人としては類い稀な力量を有する。

シュミラル

シムの商団《銀の壺》の元団長。ヴィナ＝ルウへの婿入りを願い、リリン家の氏なき家人となる。

ヤミル＝レイ

かつてのスン本家の長姉。現在はレイ本家の家人。妖艶な美貌と明晰な頭脳の持ち主。

〜町の民〜

カミュア＝ヨシュ

荒事を生業にする《守護人》。北の民との混血。つかみどころのない、飄々とした性格。卓越した剣技と深い見識をあわせ持つ。

レイト

カミュア＝ヨシュの弟子。柔和な言動で本心を隠している。幼き頃に両親を失い、《キミュスの尻尾亭》で育てられる。

ミラノ＝マス

宿屋《キミュスの尻尾亭》の主人。頑固だが義理堅い性格。様々な騒動を経て、アスタたちと交流を深める。

テリア＝マス

ミラノ＝マスの娘。内向的な性格だったが、森辺の民との交流を経て心を開き始める。宿屋の娘としてユーミとも交流を深める。

リフレイア

トゥラン伯爵家の新たな当主。かつてアスタを誘拐した罪で、貴族の社交界から遠ざけられている。

サンジュラ

リフレイアの従者。シムの血を引く剣の達人。かつてアスタを誘拐した実行犯。リフレイアの存在を何より大事に思っている。

メルフリード

ジェノス侯爵家の第一子息。森辺の民との調停役。卓越した力を持つ剣士でもある。冷徹な気性で、法や掟を何より重んじる。

オディフィア

メルフリードとエウリフィアの娘。人形のように無表情で、感情を表さない。トゥール＝ディンの菓子をこよなく好んでいる。

マルスタイン

ジェノス侯爵家の当主。メルフリードの父。物腰は柔和だが、つかみどころのない性格をしている。

エウリフィア

メルフリードの伴侶で、オディフィアの母。優雅な物腰の貴婦人だが、明朗で社交的な気性をしている。

ダグ

ジェノスに派遣された王都の兵団の中隊長。身分としては傭兵だが、歴戦の剣士。陽気でふてぶてしい気性。

イフィウス

ジェノスに派遣された王都の兵団の中隊長。騎士階級の貴族。古傷を隠すために奇妙な仮面をかぶっている。

ドレッグ

西の王都から派遣された監査官。バンズ公爵家の第三子息。短慮な性格で、いつも酒を口にしている。屈強な獅子犬を護衛につけている。

タルオン

西の王都から派遣された監査官。ベリィ男爵家の傍流の血筋。常に柔和な態度で、内心を包み隠している。

ルイド

ジェノスに派遣された王都の兵団の総指揮官。役職は千獅子長。厳格で冷徹な気性。

第一章★★★闖入

1

俺《おれ》たちが王都の監査官《かんさかん》の審問《しんもん》を受けてから、三日の日が過ぎた。

日付としては、緑の月の十三日。屋台の商売は昨日が休業日であったので、今日からまた五日間の営業日の始まりである。

先日の審問はずいぶんと不穏《ふおん》な形で幕を閉ざしてしまったが、それから今日までの三日間は無事に過ごすことができていた。いや、むしろ静かすぎると言っていいぐらいかもしれない。森辺の民が城下町に呼びつけられることもなく、宿場町の兵士たちが騒《さわ》ぎを起こすこともなく、まるですべての日常が戻《もど》ってきたかのような平穏《へいおん》っぷりであった。

しかしもちろんこの期間も、城下町においてはジェノス侯爵《こうしゃく》マルスタインと監査官たちとの間で毎日のように会合が行われていたのだそうだ。それらの様子は、俺たちもカミュア＝ヨシュやザッシュマを通して知ることができていた。監査官たちは相変わらず粘着質《ねんちゃくしつ》なやり口でマルスタインの揚《あ》げ足を取ろうと画策しているようであったが、それらは何とか撃退《げきたい》することができているという話であった。

「まあ正直に言って、政治的な手腕《しゅわん》に関しては監査官たちよりもジェノス侯のほうが大きく上回っているはずだからね。そもそもジェノス侯のほうには後ろ暗いところがないので、真っ向から斬《き》り合っても有利に事を進められるのだろうさ」

いつだったか、《キミュスの尻尾亭《しっぽてい》》を訪《おとず》れたカミュア＝ヨシュはそのようにのたまわっていた。

「だから、用心すべきはこれからだ。正攻法《せいこうほう》で太刀《たち》打ちできないと感じた監査官たちが、どんな搦《から》め手《て》を準備してくるか――何か王国の法すれすれのところで嫌《いや》がらせを仕掛《しか》けてこないとも限らないから、アスタたちも十分に注意しておいてくれたまえ」

俺たちにとっては、そんな助言を噛《か》みしめながらの平穏な日々であった。

ともあれ、今日のところも変事が訪れる気配は感じられない。俺たちは宿場町の露店《ろてん》区域に五つの屋台を並べて、本日も着々と商売に取り組んでいた。

「アスタがいきなり城下町に呼びつけられたときは、いったい何事かと思っちまったからなあ。何事もなかったのなら、幸いだよ」

そんな風に言ってくれたのは、中天の少し後に姿を現した建築屋の副棟梁《とうりょう》アルダスであった。

「だいたい、アスタがこの大陸の生まれじゃないなんて、もう一年も前からわかりきってたことじゃないか。今さらそんな話で大騒ぎするなんざ、馬鹿げてるよ」

「ええ。俺がつつましく生きていれば、べつだん騒ぎにもならなかったのでしょうけれども……俺はトゥラン伯爵家《はくしゃくけ》や森辺の族長筋にまつわる騒動《そうどう》にも色々と関わってしまってましたからね」

「そうだとしても、アスタが悪人じゃないなんてことは顔を見りゃあわかることだろう？　こんな可愛《かわい》らしい顔をしたアスタに、悪巧《わるだく》みなどできるもんかね」

そう言って、アルダスは豪放《ごうほう》に笑い声をあげる。そのかたわらで、建築屋の棟梁たるバランのおやっさんは今日もむっつりと不機嫌《ふきげん》そうなお顔をしていた。

「王都の貴族などというのは、自分たちが毎日陰謀《いんぼう》に明け暮れているものだから、他の人間も何か悪巧みをしているのではないかと疑わずにはおられんのだろう。まったく、救い難《がた》い連中だ」

「ええ。なんとか信頼《しんらい》してもらえるように、今後も身をつつしみたいと思います」

「ふん。問題なのは、お前さんではなく貴族どもの心持ちであろうが？」

それはまったくその通りであったので、俺も返す言葉が見つからない。そんな中、アルダスは「まあいいさ」と肩《かた》をすくめた。

「何にせよ、アスタが無事でいてくれればそれでいいよ。今後もきちんと、宿場町で商売を続けてくれるんだろう？」

「はい。ジェノス侯からも、森辺の民はこれまで通りの生活を続けてほしいというお言葉をいただくことができましたので、心置きなく商売に励《はげ》もうかと思います」

「ジェノスの領主ってのは、意外とできた人間なんだな。貴族としては、上出来だ！」

そこで日替《ひが》わりメニューである回鍋肉《ホイコーロー》風の炒《いた》め物が完成したので、建築屋の一団はぞろぞろと青空食堂のほうに立ち去っていくことになった。

屋台の客足に、変わりはない。むしろ、王都の兵士たちまでもが続々とギバ料理を求めるようになってきたので、以前よりも売れ行きがよくなったぐらいの勢いである。

王都の監査官たちが何のためにジェノスを訪れたかについては、宿場町でもすでに公然の事実とされていた。カミュア＝ヨシュやザッシュマたちが、夜な夜な宿屋を巡《めぐ》っては情報を散布した効果である。

後ろ暗いところのない人間にとっては、真実こそが最大の武器である――そんな方針にもとづいて、マルスタインはジェノス全土に現状を正しく広めようという戦法を取っていた。監査官たちが何を疑い、何を危惧《きぐ》しているか、それを包み隠《かく》さず拡散することで、自分の潔白を証明しようという心づもりであるのだ。

よって、監査官たちが審問の場で口にしていた疑いの言葉――「ファの家のアスタはトゥラン伯爵家を失脚《しっきゃく》させるために、マルスタインが森辺の集落に送《おく》り込《こ》んだ間諜《かんちょう》なのではないのか？」という話も、すでに宿場町には広まっている。その噂《うわさ》を耳にした人々の反応は、おおよそ二パターン。馬鹿な妄想《もうそう》だと笑い飛ばすか、怒《おこ》りだすかであったと、カミュア＝ヨシュやザッシュマたちは述べていた。

それで、そういう人々の反応は宿場町に滞在《たいざい》する王都の兵士たちを通して、監査官たちの耳にも届けられることになる。自分たちがどれほど的外れな疑いを抱《いだ》いているか、それを思い知らせてやろうというのが、マルスタインの考えであった。

「それはつまり、アスタが宿場町の民に信頼されているという前提にもとづいた計画であるわけだね。アスタに悪い感情を抱く人間が多かったら、それこそ逆効果になってしまうわけだからさ」

カミュア＝ヨシュからそのような説明を受けたとき、俺は猛烈《もうれつ》に心配になってしまった。俺が宿場町で縁《えん》を結んだ人々など、ごく限られた顔ぶれでしかないのだから、それ以外の場所で俺がどのように思われているかなど、まったく知るすべはなかったのだ。

しかし、三日が過ぎた現在でも、俺の悪い噂が監査官たちを喜ばせた様子はないという話であった。酔《よ》いどれ貴族のドレッグなどは、ジェノスを訪れて十日以上が経過してもまったく思うような成果をあげることができないので、ずいぶん苛立《いらだ》ちをつのらせているようであった。

（だからこそ、搦め手に用心するべき、か……でも、相手の出方がわからないんじゃあ、用心のしようもないよな）

そんな風に考える俺のもとにささやかな変事がもたらされたのは、そろそろ屋台の商売の閉店時間が差し迫《せま》ってきた頃《ころ》であった。最後の食材を鉄板に広げようとしたとき、護衛役のライエルファム＝スドラが背後から俺に囁《ささや》きかけてきたのだ。

「アスタよ、ちょっと普通《ふつう》ではない気配を纏《まと》った人間が近づいてきている。いつでも動けるようにしておけ」

「え？　は、はい。承知しました」

俺は食材の詰《つ》まった革袋《かわぶくろ》を引っ込めて、街路の左右を見回した。しかし、これといって変事の予兆は感じられない。下りの二の刻を前にして、ギバ料理目当てのお客も少なくなり、街路にはちらほらと通行人の姿が見えるばかりであった。

その内の一人、マントのフードをすっぽりとかぶった東の民が、北の方角から屋台のほうに近づいてくる。ライエルファム＝スドラの目は、食い入るようにその人物を見据《みす》えていた。

「止まれ。お前は、屋台の客なのか？」

ライエルファム＝スドラの呼びかけに、その人物は足を止めた。

「はい。ギバ料理、売っていただくこと、できますか？」

「……お前は何者なのだ？　東の民で、そのように隙《すき》のない人間は見たことがない」

「私、東の民、ありません」

そう言って、その人物はフードを背中にはねのけた。

そこから現れた顔を見て、俺は思わず息を呑《の》んでしまう。

「サンジュラ！　こんなところで、いったい何をしているのですか？」

「はい。ギバ料理、買いに来ました。……アスタとも、言葉、交《か》わしたい、思いました」

それはずいぶんひさびさの再会となる、サンジュラであった。

栗色《くりいろ》の髪《かみ》と鳶色《とびいろ》の瞳《ひとみ》をしているものの、それ以外はシムの民としか思えない風貌《ふうぼう》をした、東と西の混血たるサンジュラである。その柔和《にゅうわ》な微笑《びしょう》をたたえた面長《おもなが》の顔をにらみすえながら、ライエルファム＝スドラは刀の柄《つか》に手をかけていた。

「サンジュラとは、かつてアスタをさらった貴族の娘《むすめ》の手下だな。そんな男が、何をしに現れたのだ？」

「さきほど、言った通りです。ギバ料理を買い、アスタと話をする、許していただけますか？」

そう言って、サンジュラはマントの隙間《すきま》から自分の刀を指し示す。

「必要であれば、刀、預けます。私、アスタ、話をしたいのです」

「……東の民が相手では、刀を預かっても安心できんな」

「私、西で生まれた、西の民なのです。毒草、扱《あつか》い方《かた》、わかりません」

ライエルファム＝スドラはサンジュラの笑顔《えがお》を見据えたまま、俺に問うてきた。

「アスタ、どうするのだ？　アスタがこの男の願いに応じるのならば、もうひとり狩人《かりうど》を呼びつける必要があるだろう」

「……はい。それじゃあ、お願いします」

これまで俺たちの屋台に近づいてくることもなかったサンジュラが、突如《とつじょ》として来訪してきたのだ。俺としても、このまま追い返す気持ちにはなれなかった。

青空食堂のほうからチム＝スドラが呼びつけられて、ライエルファム＝スドラと左右から俺をはさみ込む。俺は俺でフェイ＝ベイムに屋台の番をまかせて、サンジュラとの対話に臨《のぞ》むことにした。

「……刀、預けますか？」

「そのままでかまわん。ただし、それ以上はアスタに近づくな」

俺たちは屋台から少し離《はな》れた場所で、サンジュラと相対した。

サンジュラは微笑をたたえたまま、軽く頭を下げてくる。

「商売、邪魔《じゃま》をして、申し訳なく思っています。また、対話、応じていただき、ありがたく思っています」

「いえ、それはかまいませんが……この時期に俺を訪れてきたということは、何か監査官がらみのお話なのでしょうか？」

「はい。私、非常に難しい立場、立たされています。このような願い、口にする、間違《まちが》っているのでしょうが……森辺の民、お力、貸してほしいのです」

それはなかなか、サンジュラらしからぬ言葉であった。

「主人のリフレイアではなく、サンジュラ自身が難しい立場に立たされてしまったのですか？それはいったい、どういうことでしょう？」

「はい。王都の監査官、私の素性《すじょう》、知ってしまったようなのです。それで、私、陰謀の道具、されてしまいそうなのです」

「陰謀の道具？　サンジュラの素性というと……まさか、トゥラン伯爵家にまつわる素性のことですか？」

「はい。私、サイクレウス、隠し子です。証《あかし》、何もない話ですが……彼《かれ》ら、その証、探そうとしているのです」

サイクレウスという言葉を聞いて、ライエルファム＝スドラがまた双眸《そうぼう》を光らせた。

「そうか。お前は大罪人サイクレウスの息子《むすこ》である、とも言われていたのだったな」

「はい。私、ダバッグ、生まれ育ちました。五年前、母親を失って、サイクレウス、引き取られたのです。……彼ら、ダバッグにおもむいて、私、息子の証、探そうとしています」

「で、ですが、今さらそんなことを証《あか》し立てて、どうしようというのです？　まさかとは思いますが――」

「はい。私、トゥラン伯爵家、相続させようとしているのでしょう。私、リフレイアより年長であり、男児でありますので」

俺は、心から驚《おどろ》くことになった。

サンジュラは、困ったように微笑《ほほえ》んでいる。

「そ、そんなことをして、王都の人たちに何の得があるというのです？　そもそも、彼らはジェノスとシムの繋《つな》がりにも疑いをかけていたはずですよね」

「シムとの繋がり、考え、捨てたのではないでしょうか。というか、最初から、本気ではなかった、思います。シム、遠いので、ジェノス、後《うし》ろ盾《だて》になる、難しい話です」

それは確かに、審問の場でもシュミラルが指《し》摘《てき》していた。それにタルオンも、大して抗弁《こうべん》せずに自説を引っ込めていたのである。しかし、そうだからといって、サンジュラをトゥラン伯爵家の当主に据《す》えようという理由はさっぱりわからなかった。

「彼ら、私、恩を与《あた》えて、服従させようとしているのです。それで、ジェノス侯爵、対抗《たいこう》させようと、考えているのでしょう」

「恩を与える？　……ああ、サンジュラに当主の座を与えることが、恩になるわけですか。それで、彼らがトゥラン伯爵家の後ろ盾になってやろうというお話なのですね」

「はい。私、そのような未来、望んでいませんでした。それで、リフレイア、幸福になるならば、従っていたでしょうが……ジェノス侯爵、敵に回すこと、正しいとは思えません。リフレイア、今以上、不幸になってしまいます」

俺の知るサンジュラであれば、確かにそう考えるはずだった。彼はリフレイアを守るために、自分の父親であろうと思われるサイクレウスをも捨て去った人間なのである。

「お話はわかりました。でも、俺たちで何かお力になれるのでしょうか？」

「はい。すでに、力、与えられています。私、森辺の民と懇意《こんい》にしている、思われれば、王都の監査官、陰謀、あきらめるでしょう」

そう言って、サンジュラはにこりと微笑んだ。

「だから、これから毎日、ギバの料理、買いに来ること、許していただきたく思います。そうすれば、監査官、私たちの関係、疑うことでしょう。実際に、絆《きずな》、結ばなくとも、結んでいるように見えれば、それで十分なのです」

「何だそれは。では、森辺の民の仲間面《なかまづら》をして、難を逃《のが》れようという考えであるのか？」

と、ライエルファム＝スドラが不平そうに声をあげる。

「お前は、見下げ果てたやつだな。力を貸してほしいなどと言いながら、俺たちを利用しているだけではないか」

「ですが、私、アスタをさらう、罪を犯《おか》しました。森辺の民、私と絆を結ぶ、望まないでしょう」

「そんな言葉は、絆を結ぶ努力をしてから口にしろ。スン本家の人間たちとてそれに劣《おと》らぬ罪を犯していたが、罰《ばつ》を受けることで許されたのだ」

確かにディガやドッドなどは、俺の生命を奪《うば》おうとすらしていたのだ。半分がたはヤミル＝レイの入れ知恵《ぢえ》であり、もう半分は酔った勢いであったとしても、それはサンジュラよりもよほど悪辣《あくらつ》な行為《こうい》であるはずだった。

ライエルファム＝スドラにじっとりとにらみつけられて、サンジュラは困ったように微笑んでいる。

「ですが、私……性根《しょうね》、浅ましいです。森辺の民、友になる、相応《ふさわ》しくありません」

「その言い様が、また気に食わんのだ。自分の存在など毒にしかならんと開き直れば、さぞかし楽に生きられるのだろうな」

どうもサンジュラの言葉は、ことごとくライエルファム＝スドラの癪《しゃく》にさわってしまうようだった。サンジュラは、ますます困ったように眉尻《まゆじり》を下げてしまう。

「私、浅ましいゆえに、あなた、怒らせてしまうのでしょう。申し訳なく思っています」

「だから、浅ましいと思うのならば、それを正せと言っているのだ。お前はそれほどの力を持っているのに、どうしてそのように及《およ》び腰《ごし》であるのだ？」

「……私、心、弱いためでしょう。私、リフレイアの幸福、願う以外、何も背負えないほど、弱い人間であるのです」

「そのリフレイアとやらを救うために、お前はこのような場にまでやってきたのだろうが？　ならば、そのために死力を尽《つ》くせ」

サンジュラは同じ表情のまま、俺を振《ふ》り返ってきた。

「アスタ。私、どうすればいいでしょう？」

「そうですね。毎日ギバ料理を買いに来たいというお話であるのなら、その機会を活《い》かして森辺の民と本当の絆を結べるように努力するべきなのではないでしょうか」

考え考え、俺はそのように答えてみせた。

「たとえばですね、王都の人たちが森辺の民にサンジュラとの関係を問うてきたら、あんなやつは勝手にギバ料理を買いに来ているだけだと答えるしかないのですよ。森辺の民にとって虚《きょ》言《げん》は罪なのですから、どれだけ頼《たの》まれても嘘《うそ》はつけないのです」

「それは……もちろん、嘘をつけ、とは言えませんが……」

「サンジュラは、ジェノス侯爵を敵に回すべきではないと考えたのでしょう？　それなら、ひとまずは森辺の民の味方です。味方の立場から、仲間や友人と呼べるような間柄《あいだがら》になれるように、少しずつでも努力していけばいいのではないでしょうか」

サンジュラは、淡《あわ》く微笑んだまま吐《と》息《いき》をついた。

「わかりました。非常に難しい、思いますが、努力します。それに、味方であること、間違いないと思います。私、話を探《さぐ》る、得意ですので、監査官たちの様子、お伝えすること、可能です」

サンジュラは、もともとサイクレウスから間諜のような仕事を任されていたのだ。カミュア＝ヨシュに劣らず、そういう仕事は得手であるのだろう。

「たとえば、今日、王都の兵士の指揮官、ルイドという人物、宿場町、使者を放っていました。兵士たち、何か、変わりはありませんか？」

「え？　いえ、特には……何人か屋台のほうに顔を出しましたが、べつだん変わった様子はありませんでしたね」

「そうですか。しかし、ルイドという人物、人目、はばかっていたようです。ジェノスの人間、悟《さと》られないように、使者を出す、不穏ではないですか？」

それは確かに、不穏といえば不穏なのかもしれない。王都の人々に後ろ暗いところがないならば、人目をはばかる必要などはないはずであった。

「……お前がその使者とやらを見たのは、どれぐらいの刻限のことだ？」

と、今まで黙《だま》りこくっていたチム＝スドラが、ふいに口を開いた。

サンジュラは、「そうですね」と視線を上空に傾《かたむ》ける。

「あれはたしか……上りの六の刻、鐘《かね》が鳴る前です。あのまま宿場町、向かったのなら、到《とう》着《ちゃく》するのは、中天、半刻前ぐらいでしょう」

「なるほどな。ならば、お前の言葉も虚言ではないのかもしれん」

「あ、チム＝スドラはその使者の姿を見ていたのですか？」

俺が思わず口をはさむと、チム＝スドラは一瞬《いっしゅん》だけ言葉に詰まってから「うむ」とうなずいた。

「ちょうどそれぐらいの刻限に、北からトトスに乗った兵士らしき男がやってきたのだ。アスタたちは商売が忙《いそが》しかったので、気づかなかったのだろう」

「そうですね。まったく気づきませんでした」

チム＝スドラは、何故《なぜ》だか俺の顔をじっと見つめていた。が、それ以上発言する気はないようで、口をへの字にして黙り込む。

「用心、必要と思います。森辺、帰るまで、くれぐれも、お気をつけください」

そう言って、サンジュラはライエルファム＝スドラのほうに目をやった。

「こうして、城下町の情報、お伝えすることができます。こういう行い、重ねれば、友誼《ゆうぎ》、結ぶこと、かなうでしょうか？」

「どうだかな。ルウやルティムに引き取られたスン本家の大罪人たちは、正式な家人として氏を授《さず》かるのに三百と三十日かかったのだ。特に重い罪を犯したドムの二名は、いまだに氏も与えられてはおらぬし……過去の罪というのは、そう容易《たやす》く洗い流せるものでもないのだろう」

ライエルファム＝スドラは、とても厳しい眼差《まなざ》しでサンジュラを見返している。その強い視線を真っ向から受け止めつつ、サンジュラは「わかりました」と一礼した。

「今後も、努力、怠《おこた》らないよう、励みます。……では、そろそろ、ギバ料理、買わせていただけますか？　ギバ料理、リフレイア、とても喜ぶ、思います」

「ああ、そろそろいくつかの料理は売り切れになる頃合《ころあ》いですからね。持って帰りやすい料理を見つくろいましょう」

はっきり言って、俺個人はもうサンジュラに恨《うら》みなど抱いていない。ただ、俺がさらわれたことで激しい怒りを抱くことになった森辺の同胞《どうほう》の手前、簡単にすべてを許すことはできない、という立場であった。

特にアイ＝ファやルド＝ルウやシン＝ルウなどは、いまだにサンジュラに敵意に近い感情を抱いてしまっている。また、アイ＝ファたちの観察眼を重んじている俺としては、サンジュラを無条件に信用するのは危険なことなのだろうか、という思いもあった。

（きっとサンジュラっていうのは、ことの善悪で動く人間じゃないんだよな。自分でも言っている通り、大事に思っているのはリフレイアのことだけで……リフレイアのためだったら、どんな大罪にでも手を染めてしまいそうな危《あや》うさがあるんだ）

しかしそれならば、リフレイアごとしっかり絆を結ぶことができれば、危険な要素はなくなるように感じられる。今回は思わぬ形でサンジュラのほうから歩み寄ってきた格好になるが、これを契機《けいき》に絆を結ぶことができるならば、俺としても望むところであった。

「とりあえず、サンジュラの言葉は族長やカミュア＝ヨシュにも伝えさせていただきます。それで、問題はないですよね？」

「はい。とてもありがたい、思います」

そうしてサンジュラは『ケル焼き』と『ギバの香味《こうみ》焼き』を手に、城下町へと帰っていった。

その後ろ姿を見送りながら、ライエルファム＝スドラは「ふん」と鼻息をふく。

「得体の知れんやつだ。まあ、ああいう人間に育ってしまったのは、自分だけの責任ではないのだろうがな」

「そうですね。サイクレウスの隠し子として生きるというのは、きっと並大抵《なみたいてい》の苦労ではなかったのでしょう」

俺はしみじみと、そんな風に答えてみせた。

そうこうしている内に閉店時間も目前となって、俺の屋台の料理は完売の運びとなる。そうして俺が屋台を片付けていると、ライエルファム＝スドラとポジションをチェンジしたらしいチム＝スドラが近づいてきた。

「アスタよ、ちょっと聞きたいことがあるのだが」

「はい、サンジュラのことで、何か疑問でも？」

「いや、それとはまったく関係のない話なのだが……アスタは、俺の年齢《ねんれい》を知っているのか？」

それはずいぶんと、意想外の問いかけであった。

フェイ＝ベイムとともに熱い鉄板を運んでいた俺は、きょとんとそちらを見返してしまう。

「ええ。チム＝スドラが婚儀《こんぎ》を挙げるときに聞きました。たしか、十六歳《さい》ですよね」

「ああ、そうだ。……それで、アスタは十八歳になったという話だな」

「ええ、そうです」

チム＝スドラは何かが咽喉《のど》に詰まったような顔で、眉《まゆ》をひそめた。

「……アスタは相手が年少であっても、礼儀《れいぎ》正《ただ》しい言葉を使うことが多い。それはべつだん、間違ったことでもないと思うのだが……しかし、ルウ家の若衆《わかしゅ》を相手にするときは、もっとくだけた言葉づかいをしているはずだ」

「ええ、まあ、そうですね」

「……やっぱりアスタにとって、古くから親しくしていたルウ家の若衆は特別な存在であるのだろうか？」

話がここまで進んでくると、さすがに俺でもチム＝スドラの言わんとすることを察することができた。

「えーとですね、ルド＝ルウやシン＝ルウなんかはひと目で年下だなと思ったから、最初から気安い口をきいていたのですよね。そうでない場合は、いちおう丁寧《ていねい》な言葉づかいで接するように心がけています。それで、何かきっかけでもなければ、その言葉づかいが続けられる感じでしょうかね」

「…………なるほど」

「チム＝スドラを相手に丁寧な言葉を使うのは、よそよそしく感じられてしまいますか？」

俺の言葉に、チム＝スドラはいっそう難しげな面持《おもも》ちになってしまった。

「……俺はそれほどアスタと口をきく機会が多かったわけではないからな。今さら言葉づかいを変えろと言いたてるのも筋違《すじちが》いなような気がしてしまうし……ただ、アスタがルウ家の若衆と楽しげに話している姿を見ると、なんとなく……こう、胸の中がモヤモヤしてしまうのだ」

「だったら、俺も言葉づかいをあらためるように心がけるよ。最初の内は、ちょっとギクシャクしちゃうかもだけど」

チム＝スドラは、ちょっと心配そうに目を細めた。

「いいのだろうか？　何か、アスタに余計な手間をかけさせるようで、心苦しいのだが」

「そんなことないよ。同い年なのに丁寧な口をきくなと言って、いきなり殴《なぐ》りつけてきた男衆もいるぐらいだからね」

「アスタを殴っただと？　いったい誰《だれ》がそんな愚《おろ》かな真似《まね》を――ああ、もしかしてそれは、レイ家の家長か？」

「うん、そうだよ。よくわかったね」

「家長ライエルファムから、レイ家の家長がアスタを殴ったという話を聞いたことがあったのだ。あのときは、スドラの他の家族たちもみんな怒っていたぞ」

それは、ヤミル＝レイがレイ家に引き取られることが決定された日の出来事であった。まだ俺がライエルファム＝スドラの名も知らず、チム＝スドラとは出会ってもいなかった頃の話だ。

「そういえば、ユン＝スドラなんかには最初から普通の言葉づかいで接していたんだよね。よそよそしさを感じさせてしまっていたのなら、チム＝スドラに謝《あやま》るよ」

「何も謝る必要はない。……ただ、そうして気安く喋《しゃべ》ってもらえると、やはり嬉《うれ》しいものだな」

と、チム＝スドラははにかむように微笑んだ。

小柄《こがら》なわりには大人びて見えるチム＝スドラであるのだが、そういう表情を見ると、やはり年齢相応であるように思えた。十六歳ということは、彼はルド＝ルウと同じ世代であるのだ。

「余計な話で仕事の邪魔をしてしまったな。あちらの屋台も、すべての料理を売り切ったようだぞ」

「ああ、それなら店じまいかな。食材を購入《こうにゅう》して、森辺に帰ろう」

そうしてその日も、平穏に商売を終わらせることができた。

ただ俺の頭の片隅《かたすみ》には、千獅《しし》子長ルイドが宿場町に使者を送っていたというサンジュラの言葉が、魚の小骨のようにひっかかってしまっていた。

2

その後もとりたてて波乱に見舞《みま》われることもなく、俺たちは森辺の集落に帰りついた。

本日はルウ家で勉強会をする日取りであったので、トゥール＝ディンとユン＝スドラを除くメンバーは先に自分の家へと戻っていく。特に料理の勉強に熱心なその両名は、ルウ家のほうでも勉強会に加わることを許可されているのだ。

家に戻る荷車のほうにはスドラの狩人が一名だけ同行して、残りの三名はともに残留する。そうして彼らはアイ＝ファがギバ狩《が》りから戻るまで、ずっと俺のことを警護してくれるのだ。

俺としては申し訳なく思うことしきりであったが、たとえ森辺の集落にあっても俺から目を離すべきではない、というのがライエルファム＝スドラの主張であった。

「アスタの身に何かあったら、俺たちは悔《く》やんでも悔やみきれんからな。自分たちの心の平穏のために為《な》しているようなものなのだから、アスタが気にする必要はない」

ライエルファム＝スドラは、そのように言ってくれていた。

ファの家で勉強会をする日でも、彼らはこうして俺のことを警護してくれている。ならば、スケジュールを変える甲斐《かい》もないということで、俺は一日置きにルウ家での勉強会を継続《けいぞく》させてもらっていた。

そもそもこのような時期に、料理の勉強会にいそしんでいてよいものか——という思いもなくはなかったが、勉強会を取りやめたところで、他の仕事にいそしむばかりであるので、あまり変わりはない。それにマルスタインからも、森辺の民は何も生活をあらためる必要はない、というありがたい言葉をいただいてもいた。それは、森辺の民は現在のままでもジェノスの調和を乱す存在ではないという事実を監査官たちに知らしめるために、そうするべきなのだという話であったのだった。

「フン！　だけど、あんなうじゃうじゃと兵士どもがうろついていたら、こっちもこれまで通りってわけにはいかないけどネ！」

本家のかまど小屋に向かいながら、そのようにぼやいていたのはツヴァイ＝ルティムであった。三日ほど前、ツヴァイ＝ルティムたちは肉の市に参加していたのだ。これで三回目の参加となるその肉の市において、ツヴァイ＝ルティムたちはフォウとランの男衆をごっそりと引き連れて、宿場町に向かう事態に至っていたのだった。

本来であれば、王都の兵士たちは中天ぐらいまで宿屋で眠《ねむ》りをむさぼっている。しかしその日は二十名ばかりの兵士たちが広場を訪れて、肉の市に参加する森辺の民の様子を視察していたのだそうだ。もちろんそれで、何か揉《も》め事《ごと》が生じたわけではないのだが――ただ、王都の兵士たちと森辺の狩人たちの姿は、肉の市に参加した人々を少なからずおののかせたはずであった。

「アイツらはいったい、いつまでジェノスに居座《いすわ》るつもりなんだろうネ！　二百人もいたら、宿屋に払《はら》う銅貨だけでも馬鹿にならないってのにサ！　まったく、間抜《まぬ》けな連中だヨ！」

「そうだねえ。旅費と宿泊費《しゅくはくひ》だけで、ものすごい金額になっちゃいそうだ。……でも、彼らは視察のついでに、大量の食材も運んできてくれたんだよね」

ジェノスは王都から、実にさまざまな食材を買いつけている。その大半は、年に一、二度だけ訪れる視察団が運び入れてきたものであるのだ。それ以外では《銀の壺《つぼ》》や《黒の風切り羽》といった一部のシムの商団が活躍《かつやく》しているぐらいで、ほとんどはこの視察団が頼《たよ》りであるのだった。

「フン！　だったら商売だけして、とっとと帰ればいいのサ！　あんな連中、目障《めざわ》りでたまらないヨ！」

なおもツヴァイ＝ルティムが言いたてると、その母であるオウラ＝ルティムが優《やさ》しげな視線を傾けた。

「ツヴァイはアスタのことが心配なのね。大丈夫《だいじょうぶ》よ、族長たちがアスタを貴族に渡《わた》したりはしないわ」

「なに言ってんのサ！　アタシはそんなことを心配してるんじゃないヨ！」

ツヴァイ＝ルティムは、金属的な声音《こわね》でキイキイとわめきたてる。それと同時に、先頭を歩いていたレイナ＝ルウがかまど小屋の戸を開けた。

「ああ、お帰り。みんな無事で、何よりだ」

かまど小屋では、ルウ家の人々が明日のための下ごしらえに励んでいた。まとめ役はシーラ＝ルウで、ミーア・レイ母さんやララ＝ルウ、それにミケルの姿も見える。きっとミケルは、勉強会のために集まってくれたのだろう。そんな父親の姿を発見すると、マイムは瞳を輝《かがや》かせつつてけてけと走り寄っていった。

「父さん、戻ったよ。そっちは何も変わりなかった？」

「何もあるわけないだろう。町に下りているお前のほうが、よっぽど危険なのだぞ」

ミケルは仏頂面《ぶっちょうづら》のまま、マイムの頭にぽんと手を置いた。やはりミケルたちも、すべてがこれまで通りという心情ではいられないのだろう。審問の際、最終的には俺の存在が大きく取り沙汰《ざた》されることになっていたが、ミケルたちとて監査官たちにあらぬ疑いをかけられてしまった立場であるのだ。

「そっちのほうは、どうだったんだい？　何か変わったことはあったのかね？」

ミーア・レイ母さんが問うてきたので、俺が説明役を担《にな》うことになった。サンジュラについてと、千獅子長ルイドのあやしげな行動についてだ。

「ルイドってのは、兵士たちの長だったたっけ？　宿場町では、何もおかしな騒ぎは起きていないのかい？」

「はい。商売を終えた帰り道にも兵士たちの姿をちらほら見かけましたけど、特に普段《ふだん》と変わりはないようでしたね」

中天には、百獅子長のダグとイフィウスも屋台を訪れている。しかしその際にも、彼らが普段と異なる様子を見せることはなかったのだった。

（まあ、上官から何か新しい命令を下されていたとしても、それを俺たちにもらすはずはないけどな）

カミュア＝ヨシュたちは城下町に出向いていたので、いちおうテリア＝マスに伝言は頼んでおいた。しかし、サンジュラの一件は入り組んでいたので、詳《くわ》しく話すのは夜になってからだ。

「それじゃあ、ひと通りの話は家長に伝えておくからね。……やれやれ、こんな面倒《めんどう》な話は、とっとと終わってほしいもんだよ」

そのように述べながらも、ミーア・レイ母さんは力強く笑っていた。

俺がジェノス侯爵の送り込んだ間諜なのではないのか——という監査官たちの疑惑《ぎわく》については、何も隠されることなく森辺の人々に伝えられていたが、それで俺に対する態度を変えるような人間は一人として存在しなかった。それどころか、大半の人々は「馬鹿な考えだ」と一笑《いっしょう》に付すばかりであったのだった。

もちろん俺も、それが当然の話だと思っている。監査官たちは、机上《きじょう》の空論を語っているだけであるのだ。俺がどのような形で森辺の民と関わり、どのような形で現在の立場を築いてきたか、それを目《ま》の当たりにしていれば、そんな馬鹿げた話がありえるわけはないと理解してもらえるはずであった。

しかしそれとは別の話で、やっぱり俺は温かい気持ちを抱くことができている。俺たちは、今さらそんな疑惑を持ち出されても決して揺《ゆ》らぐことのない信頼関係を築くことができていたのだ。自分の信頼する人々が、同じように自分のことを信頼してくれている――それが嬉しくないはずはなかった。

「それじゃあ、勉強会を始めようか。今日は、何を教えてくれるんだい？」

「そうですね。これといって、特別な案はないんですけど……逆に、みなさんのほうから何か案などはありませんか？」

するとシーラ＝ルウがひかえめに手をあげた。

「それでしたら、わたしは菓子《かし》の作り方を習いたいのですが……いかがでしょう？」

「菓子ですか。具体的に、何か案はありますか？」

「はい。わたしは、でこれーしょんけーきというものについて学びたいと考えています。以前にもアスタから教えていただきましたが、トゥール＝ディンはそれをまたより素晴《すば》らしい形で仕上げることができたのでしょう？」

シーラ＝ルウの言葉に、トゥール＝ディンは「と、とんでもありません」と縮こまってしまった。

「わ、わたしはただ、ちょこくりーむを使っただけですので、決してアスタより優《すぐ》れたものを作れたわけでは……」

「でも、トゥール＝ディンはアスタよりも巧《たく》みにちょこくりーむを作ることができるのでしょう？」

「そうですね。今では、俺《おれ》がトゥール＝ディンに食材の分量を尋《たず》ねているぐらいですよ」

そのように応じてから、俺は思案を巡《めぐ》らせた。

「それじゃあ今日は、チョコクリームやチョコソースの作り方と、さらにそれを応用した菓子の作り方を研究してみましょうか」

「はい。さらにまた、新しい菓子の作り方を教えていただけるのですか？」

「ええ。トゥール＝ディンのおかげで素晴らしいチョコソースを作れるようになったので、それをまた発展させたくなってしまったのですよね」

縮こまっていたトゥール＝ディンが期待に瞳を輝かせながら、俺を見上げてきた。その隣《となり》では、ユン＝スドラも同じように瞳をきらめかせている。

ともあれ、まずはチョコクリームとチョコソースのレシピについてだ。トゥール＝ディンが恐縮《きょうしゅく》しながらその内容を述べていくと、レイナ＝ルウが帳面に書き留めていく。森辺に筆と帳面がもたらされてから、そろそろ二十日ぐらいという頃合いであるが、ルウ家においてはレイナ＝ルウがもっともその文明の利器を使いこなせるようになっていた。

イメージ的に、俺はシーラ＝ルウあたりがこういう作業を得意にするのではないのかと思っていたのだが、レイナ＝ルウが意外な適性を発揮してみせたのだ。レイナ＝ルウはすでに数字やいくつかの料理名を読み書きできるようになっており、掛《か》け算《ざん》の九九に関してもなかなかの成績を残しているのだという話であった。

「なるほど。以前にアスタから習ったときよりも、乳脂《にゅうし》やカロン乳の量が多くなっているようですね。それに、ギギの葉もそこまで入念にすり潰《つぶ》していたのですか」

「は、はい。ギギの葉も多少は油分を含《ふく》んでいるようで……入念にすり潰すと、その油分だけでギギの粉がねっとりしてくるのです。そうすると、口あたりがよりなめらかになるような気がして……」

「すごいですね。菓子作りに関しては、トゥール＝ディンにまったくかないません」

レイナ＝ルウが笑顔で言うと、トゥール＝ディンはまた顔を赤くしてうつむいてしまった。

「それで、今度はどのような菓子の作り方を教えていただけるのですか、アスタ？」

「うん。これまでも、チョコソースをフワノの生地《きじ》に練り込んだりしていたけど、その比率をもっと高くして、より濃厚《のうこう》な味に仕上げてみたいんだ。俺の故郷では、ガトーショコラと呼ばれていたお菓子だね」

俺の幼馴染《おさななじみ》である玲奈《れいな》は、たしか溶《と》かしたチョコやホットケーキミックスなどを使って、ガトーショコラをこしらえていた。俺は、その再現を目指すつもりであった。

本当はチョコレートそのものを作ってみたかったのだが、冷蔵機器のないこの土地においては心もとないし、そもそもチョコレートの作製方法などわかるわけもない。フワノの粉でもぶちこんで日干しにすれば固まるのかな、とも考えたが、それだったらきちんとしたガトーショコラを作ったほうがより建設的なのではないかと思い至ったのだった。

「とりあえず、このトゥール＝ディンがお手本で作ってくれたチョコソースで試作品をこしらえてみよう。チョコソースに乳脂を加えて、同じ重さのフワノの生地を混ぜ合わせるっていう感じかな」

「え、ちょこそーすとフワノの量を同じにするのですか？　それは……ずいぶんと甘《あま》くなりそうですね」

「うん。それで甘すぎたら、今度はチョコソースの甘さをひかえめにしてみればいいんじゃないのかな」

そういえば、玲奈もガトーショコラを作る際は、ビターのチョコレートを使っていた気がする。それでも、生地のほうに砂糖を加えていたために、苦すぎる仕上がりにはなっていなかった。

「今回は、生地のほうに砂糖を加えないで作ってみようか。フワノにはカロン乳と卵だけを入れて、それをチョコソースに合わせるんだ」

「はい、わかりました。こちらの鍋《なべ》をお借りしますね」

トゥール＝ディンが率先《そっせん》して、調理に取りかかる。熱中すると、トゥール＝ディンも普段の気弱さが影をひそめるのだ。かつては人の目を見て話すことすら難しかったトゥール＝ディンであるが、今では北の集落の祝宴《しゅくえん》をまかされるほどに成長しているのだった。

（そういえば、トゥール＝ディンは俺がいない場所でのほうがすごくしっかり者に見えるって、

ディンやリッドの女衆が言ってたっけ）

そうでなければ、北の集落の祝宴を取り仕切ることなどできないのだろう。できれば俺もトゥール＝ディンの勇姿を拝見したいところであるのだが、こっそり盗《ぬす》み見するわけにもいかないし、なかなか難しいところであった。

「あー、何やってんの⁉　もしかしたら、お菓子のおべんきょー⁉」

と、みんなで試作品をこしらえていると、いきなりリミ＝ルウの声が響《ひび》きわたった。見ると、コタ＝ルウの手を引いたリミ＝ルウがかまど小屋の入り口に立ちすくんでいる。二歳児のコタ＝ルウは、鉄鍋《てつなべ》から漂《ただよ》うチョコソースの芳香《ほうこう》にうっとりと目を細めていた。

「ちょこそーすを鉄鍋で煮込《にこ》んでるの？　なんでなんで？　煮込むとどうなるの⁉」

「これは、乳脂を混ぜるために少し温めているだけだよ。温めないと、うまく混ざらなそうだったからさ」

「乳脂を混ぜて、どうするの？　あんまり脂《あぶら》っこいと、ちょこそーすも美味《おい》しくなくなっちゃうでしょ⁉」

リミ＝ルウは好奇心《こうきしん》の塊《かたまり》となって、今にも飛びかかってきそうな勢いであった。しかし、火を扱っている場所にコタ＝ルウを連れ込むことはできないので、その場で地団駄《じだんだ》を踏《ふ》んでいる。それに気づいたコタ＝ルウは、楽しそうに笑いながらリミ＝ルウの真似をしてぴょこぴょこと飛びはねていた。

「うっさいなー。リミはコタのお守《も》りが仕事でしょ？　危ないから、あっちに行ってなよ」

ララ＝ルウがそっけなく言葉を返すと、リミ＝ルウは「だってー！」とその場で飛びあがった。コタ＝ルウは、やはり笑顔でその真似をする。

「ったく、お菓子がからむとうるさいんだから……そんなに気になるんだったら、あたしがお守りを代わってあげよっか？」

「えー、いいの⁉」

「そこで騒《さわ》がれるよりはマシだよ。どうせお菓子だったら、リミのほうが上手《じょうず》に作れるんだしさ」

と、口は悪いが気の優しいララ＝ルウが、コタ＝ルウを肩車《かたぐるま》して立ち去っていった。リミ＝ルウは「わーい」とはしゃぎながら、かまど小屋に駆《か》け込《こ》んでくる。そうして心強い援軍《えんぐん》を得た俺たちは、あらためてガトーショコラの試作に取り組んだ。

チョコソースと同じ重さのフワノ粉に卵とカロン乳を加えて、攪拌《かくはん》する。本来はここにココアパウダーなども入れていたはずであるが、その代用品は存在しない。

卵はいちおう白身を取り分けて、メレンゲ状に仕上げることにした。玲奈がどのように卵を扱っていたかは記憶《きおく》にないのだが、ただでさえ食感の重いガトーショコラであるので、やはり生地のほうは軽《かろ》やかに仕上げるべきかと考えたのだ。

「あとはチョコソースと混ぜて、焼きあげるだけだね。これはたぶん、石窯《いしがま》で焼くべきだと思うよ」

グラタンを作製するときに使用する耐熱《たいねつ》の大皿に、生地を流し込む。皿が大きすぎるために生地はずいぶん薄《うす》っぺらくなってしまったが、こればかりは如何《いかん》ともし難《がた》かった。

石窯はかまど小屋の外であるので、俺とトゥール＝ディンとレイナ＝ルウだけがそちらに移動する。他のメンバーには、今の内に新たなギギの葉を挽《ひ》いておいてもらうことにした。

「うむ？　石窯を使うのか？」

と、かまど小屋の外で護衛の役を果たしてくれていたライエルファム＝スドラが、けげんそうに振り返ってくる。そのかたわらには、さきほど出ていったララ＝ルウとコタ＝ルウの姿もあった。

「ええ、この菓子を焼きあげようと思って。ララ＝ルウ、コタ＝ルウは大丈夫かな？」

「うん。石窯には近づくなって教えてあるからね。……いーい、コタ？　あの石窯は、あっちっちだからね」

「あっちっちー」と、コタ＝ルウは笑顔でうなずいた。すくすく大きくなっているコタ＝ルウであるが、むしろ大きくになるにつれて感情表現の幅《はば》が広くなり、いっそう無邪気《むじゃき》に見えるようである。気性《きしょう》でいえば、フォウ家のアイム＝フォウよりも活発でやんちゃな感じがした。

「……ライエルファム＝スドラのお子さんたちは元気ですか？」

俺が石窯のセットを終えてからそのように尋ねると、ライエルファム＝スドラはコタ＝ルウたちのほうに目をやったまま「うむ」とうなずいた。

「ホドゥレイルもアスラも、元気に育っている。日増しに肉がついて、丸くなっていくようだ」

それが、スドラ家に生まれた双子《ふたご》たちの名前であった。ホドゥレイル＝スドラが男児で、アスラ＝スドラが女児だ。ホドゥレイルは古い言葉で「折れない剣《けん》」という意味であり、アスラは――森辺で使われる名前でもっとも俺の名前に響きが似ているものを選んだ、という話であった。

「アスタのように立派なかまど番になれることを願って、そのように名づけました。許していただけますか？」

以前、ユン＝スドラを送りがてらスドラの家に寄った際、双子の母たるリィ＝スドラはそのように言ってくれていた。もちろん俺に異存などあるはずもなく、こぼれそうになる涙《なみだ》をこらえるのが大変なほどであった。

「……あのルウ家の幼子は、二歳だという話だったか？」

「はい、俺はそう聞いています」

「わずか二年で、あそこまで育つものなのだな。俺は――自分の家であそこまで幼子が育つ姿を見たことがないのだ」

ライエルファム＝スドラの言葉はさまざまな感情をともなって、俺の胸にしみいった。

「そういえば、収穫祭《しゅうかくさい》を迎《むか》えるにはまだしばらく時間がかかりそうだという話だったな」

「ええ。ファとフォウとランの狩《か》り場《ば》では、けっこう森の恵《めぐ》みが残されているようですね。やっぱり猟犬《りょうけん》のおかげで、効率よくギバを狩ることができているのでしょうか」

「きっとそうなのだろう。ディンとリッドはそろそろ森の恵みも尽きてしまいそうなので、そうしたらスンの狩り場に出向くつもりだと話していた」

これまでは、数日置きにスドラの狩人がスンの狩り場まで出向いていた。しかし、こうして護衛役の仕事を果たすために、そちらの仕事からはいったん手を引くことになってしまったのだ。

「あちらでは、リッドとディンの血族たるハヴィラとダナの狩人も姿を見せるようになったからな。ジーンともども、絆を深めるのによい機会となるだろう」

「ハヴィラとダナですか。その氏族の人たちとは、まったく交流がないのですよね」

「あいつらは、スンよりも北寄りに住んでいるからな。俺もこれまでは、家長会議ぐらいでしか顔をあわせることはなかった。なかなか気のいい連中であるようだったぞ」

そのように語るライエルファム＝スドラの横顔は、ずいぶん真剣《しんけん》な表情をたたえているように感じられた。

「アスタと出会い、トトスや猟犬を扱《あつか》うようになって、森辺の民はこれまで以上に強く正しく生きることができるようになった。王都の貴族たちは、どうしてそのことが理解できぬのであろうな」

「それはやっぱり……理解しようという気持ちが足りないためではないでしょうか。彼らは最初から、俺が悪巧《わるだく》みをしていると決めてかかっていたようでしたからね」

「まったく、馬鹿げた話だな。アスタがどれほど懸命《けんめい》に生きてきたか、王都の貴族どもは何ひとつわかっていないのだ」

そうして俺はライエルファム＝スドラと言葉を交《か》わしながら、ガトーショコラが焼きあがるのを待ち続けた。

それが完成したのは、およそ十五分後――鉄の戸を引き抜《ぬ》いて、石窯から大皿を取り出すと、えもいわれぬ芳香が周囲に解き放たれた。

「すごい香りですね！　香りだけで甘さを感じてしまいます！」

レイナ＝ルウは楽しげな声をあげており、トゥール＝ディンは真剣な眼差しで大皿の中身を見つめている。

チョコソースを練り込んだフワノの生地は、見事な黒褐色《こつかっしょく》に焼きあがっていた。もともと黒褐色ではあったものの、そこにさらに焼き色がついて、いかにも香《こう》ばしい匂《にお》いをかもしだしている。これまでさまざまな焼き菓子をこしらえてきた俺たちでも、香りの強烈《きょうれつ》さは群を抜いているように感じられた。

「うわー、すごいね！　あたしとコタにも味見させてよ？」

「うん、少し冷まさないといけないから、そこで待っててね」

かまど小屋に帰還《きかん》すると、そこでも歓声《かんせい》が巻き起こる。甘党《あまとう》のリミ＝ルウとユン＝スドラなどは、もう期待ではちきれんばかりになっていた。

「やっぱりちょこそーすの分量が多いためか、普通《ふつう》の焼き菓子ほどふくらまないようですね」

「そうだね。食感も、かなり重ためだと思うよ」

しかし、それこそがガトーショコラの醍醐味《だいごみ》であろう。それが森辺の民の好みと合致《がっち》しないようならば、チョコの分量を抑《おさ》えて、もっと軽めのチョコケーキを目指すしかあるまい。

とりあえず数分ほど放置して粗熱《あらねつ》が取れたのちに、皿の底を水につけて、さらに冷却《れいきゃく》する。それで人肌《ひとはだ》ぐらいの温度にまで冷ましてから、俺たちはいざ調理刀を取り上げた。

刀を差し込むと、やはり感触《かんしょく》が重い。端《はし》から端まで切り終えてから刀を引き抜くと、刀身にはねっとりと黒褐色の生地がまとわりついていた。

「完全には固まりきっていないようですね。火にかける時間をもっと長めにするべきだったでしょうか？」

「いや、とりあえずはこれぐらいで問題ないと思うよ。俺としては、理想に近いぐらいだね」

チョコの分量を抑えずとも、あまり火にかけすぎると粘度《ねんど》が失われて、通常のケーキに近い仕上がりになってしまうのだ――と、玲奈が言っていた覚えがある。ガトーショコラを作る際には、火加減が重要であるようなのだ。

ともあれ、皿の中の生地を切り分けていく。勉強会には十数名のかまど番が参加していたので、一人頭の分量はふた口ずつぐらいにしかならなかった。

「中身も、ほとんど変わらない色合いですね。このように真っ黒なのに、ものすごく甘そうです」

「うん。これまでに作ってきた菓子の中でも、一番甘いと思うよ。でも、あくまで試作品だから、そのつもりでね」

そうして俺たちは、ついにガトーショコラを口にすることになった。

想像通り、猛烈《もうれつ》に甘い。それに、火にかけたことによって、カカオめいたギギの風味がこれでもかというぐらいに強調されていた。食感もずしりと重く、俺が知るガトーショコラに負けない重量感である。チョコと生地の分量を同等にすれば、これが当然の結果であるのだ。

俺としては、やはり甘さが強すぎるかな、という感想であった。食感が重いので、その甘さがくどすぎるように感じられてしまう。もう少し甘みを抑えたほうが、ギギの風味もなお活かされるのではないかと思えた。

だけどそれ以外は、及第点《きゅうだいてん》だ。とりあえず、ガトーショコラとしての体裁《ていさい》は保たれているし、不味《まず》いことはまったくない。ねっとりとした重い食感も、ガトーショコラの再現という意味においては大成功であると言えよう。これで卵をメレンゲ状にしていなかったら、さすがに重すぎる食感になってしまっていたはずだ。

「どうでしょうね。俺が目指したものは、おおよそ再現できたと思うのですが――」

そう言って、俺がみんなのほうを振り返ると、およそ二種類の表情が待ち受けていた。そのうちのひとつは驚嘆《きょうたん》の表情、もうひとつは陶酔《とうすい》の表情である。

「いやあ、あまりに甘くてびっくりしちまったよ。砂糖や蜜《みつ》をそのままなめたって、ここまで甘いことはないような気がするねえ」

驚嘆の表情を浮《う》かべたメンバーの代表として、ミーア・レイ母さんがそのように述べたてた。レイナ＝ルウやシーラ＝ルウ、ツヴァイ＝ルティムやヤミル＝レイなども、こちらのグループである。

「でも、すっごく美味しいよ！　リミはこのお菓子、大好き！」

いっぽうで、リミ＝ルウやユン＝スドラを筆頭とする半分ぐらいのメンバーは、うっとりと目を細めてガトーショコラを味わっていた。かまど小屋の入り口で試食に臨《のぞ》んでいたコタ＝ルウもまた同様である。

そんな中、ひとり難しい表情をしていたのは、トゥール＝ディンであった。

「確かに、美味だと思います。……でも、ちょっと甘さが強すぎるのではないでしょうか？」

「えー!?　リミは、美味しいと思うけど！」

「はい。だけど、これを普通のほっとけーきなどと同じぐらいの量を食べたら、胸が悪くなってしまいそうな気がします。ただ甘いばかりでなく、食感もとても重たいので……」

そのように述べるトゥール＝ディンの木皿には、まだ半分ていどのガトーショコラが残されていた。ひと口だけで、トゥール＝ディンはそういった結論に至っていたのだ。

「もちろん、実際にその量を食べてみないと、確かなことは言えませんが……アスタはどのようにお考えですか？」

「うん、俺も同じ意見だよ。そもそも俺の故郷でもガトーショコラっていうのは重たいお菓子だから、ホットケーキほどの量は食べたりしないんだよね。でも、それを差し引いたとしても、もっと甘みを抑えたほうが理想的だと思う」

「そっかー。そしたら、ギギの葉で苦くなっちゃったりしないかなあ？」

「もちろん苦くなりすぎないように、調整が必要だね。砂糖だけじゃなく、乳脂の分量なんかも変えてみたらどうかな」

「そうですね……それに、本来はフワノのほうにも砂糖を入れるはずだったというお話でしたね？」

「うん。俺の故郷では、そうやって作られていたね。もともとチョコのほうが苦めのものを使っていたからさ」

「もしかしたら、同じ量の砂糖を使うとしても、ちょこに使うかフワノに使うかで甘さの質が変わるのかもしれません。思い切って、ちょこそーすのほうをうんと苦めにして、そのぶんフワノに砂糖を加えてみましょうか」

トゥール＝ディンは、ますます真剣な表情になっていく。もともとかまど仕事には真剣なトゥール＝ディンであるが、こと菓子作りに関してはさらに磨《みが》きがかかるようだ。そしてそれはオディフィアとの絆《きずな》が深まるごとに、より顕著《けんちょ》になっていくように思われた。

（オディフィアに美味しいお菓子を届けたいっていう気持ちが、いっそうトゥール＝ディンを熱心にさせているんだろうな）

そんな風に考えながら、俺はトゥール＝ディンに笑いかけてみせた。

「それじゃあ、次の試作品に取りかかろうか。砂糖の分量に関しては、トゥール＝ディンにお願いするよ」

「はい。それじゃあ、まずはちょこそーすに使う砂糖を半分にしてみましょう。それで、その分の砂糖を入れたフワノと、半分の砂糖を入れたフワノと、砂糖を入れないフワノで、味を確かめたいと思います」

「了解《りょうかい》。それじゃあ、まずはギギの葉を――」

と、言いかけたところで、「アスタ！」という緊迫《きんぱく》した声があがった。

俺が振《ふ》り返ると、かまど小屋の入り口にライエルファム＝スドラが立ちはだかっている。

「王都の兵士たちが、ルウの集落にやってきた。人数は、五十名ほどもいるようだ」

「何だって？」と応じたのは、ミーア・レイ母さんだった。その目が強い輝きをたたえて、レイナ＝ルウのほうを見る。

「あたしが事情を聞いてくるから、あんたたちはここを動くんじゃないよ。ララ、火は使ってないから、あんたもコタと一緒《いっしょ》にここにいな」

「うん、わかった」と、コタ＝ルウを抱《かか》えたララ＝ルウが踏み込んでくる。それと入れ替《か》えで、ミーア・レイ母さんはかまど小屋を飛び出していった。

「アスタは、俺たちとともにいろ。やつらの目的は、アスタをさらうことかもしれんからな」

「わ、わかりました。でも、どうして王都の兵士たちが、森辺の集落に――」

そのように答えながら、俺はサンジュラの言葉を思い出していた。

きっと千獅子長ルイドは、ダグたちにこの命令を下していたのだ。

（でも、俺がルウ家にいるなんてことを、王都の連中が知るわけはない。それじゃあ、目的は最初からルウ家だったのか？）

得体の知れない不安感に見舞われながら、俺はライエルファム＝スドラのもとに駆け寄った。

「ライエルファム＝スドラ、俺は兵士の指揮官たちと言葉を交わしたことがあります。ミーア・

レイ＝ルウと一緒に、彼《かれ》らの言葉を聞くべきではないでしょうか？」

ライエルファム＝スドラは一瞬《いっしゅん》だけ迷うように目を伏《ふ》せてから、「そうだな」とつぶやいた。

「相手の目的がわからなければ、こちらも動きにくい。いざとなったら、森に逃《に》げ込んで目をくらまそう。……いいか、絶対に俺のそばを離《はな》れるのではないぞ」

「はい」とうなずき、俺もまたかまど小屋を飛び出した。

その頃《ころ》には、もう広場のほうから穏《おだ》やかならざるざわめきが伝わってきていた。

3

かまど小屋の外では、チム＝スドラともう一名の若い狩人が待ち受けていた。年配の狩人は他の女衆を家まで送り届けていたので、スドラの狩人はこれが総勢だ。ライエルファム＝スドラは、厳しい眼差《まなざ》しでその両名の姿を見比べた。

「俺たちは、これから兵士たちと言葉を交わす。チムはこちらに近づかず、弓の準備をして、陰《かげ》から見ていろ。……ただし、あちらが刀を抜くまでは、決して矢を放つなよ」

「わかりました、家長ライエルファム」

チム＝スドラは厳しい表情で、肩《かた》に掛けていた弓を手に取った。ライエルファム＝スドラともう一人の狩人にはさまれながら、俺は集落の広場へと足を向ける。

母屋《おもや》の脇《わき》を抜けて数メートルも進めば、もう広場だ。その道を辿《たど》っている間に、俺は兵士たちの姿を確認《かくにん》することができた。

本家の母屋の前に、十名ばかりの兵士たちが群《む》れ集《つど》っている。いずれも甲冑《かっちゅう》を纏《まと》って、刀をさげた、完全武装の姿だ。その眼前には、腕《うで》を組んだミーア・レイ母さんとバルシャが立ちはだかっている。

しかし問題は、その背後に見える光景であった。さらに多くの兵士たちが、分家の家へと押《お》し寄せているのだ。

広場の中央には、何十頭というトトスたちが立ち尽《つ》くしている。兵士たちが、ここまで乗ってきたトトスたちであろう。その数は、確かに五十頭ぐらいはいるようだった。

「いったいこれは、どういうことなんだい？　こんなに大勢の客人がやってくるなんて、あたしは一言も聞いてなかったんだけどねえ」

ミーア・レイ母さんの毅《き》然《ぜん》とした声が響き渡る。

それと相対する兵士の一人は、その兜《かぶと》に立派な房飾《ふさかざ》りをなびかせていた。

「俺たちは、森辺の民の生活を調査するためにやってきた。何も危害を加えるつもりはないので、大人しく家の中をあらためさせるがいい」

「調査ってのは、何の話さ？　人の家を訪ねるには、相応の礼儀《れいぎ》ってもんが必要なはずだろう？」

そう言って、ミーア・レイ母さんは手近な分家のほうを指で指し示した。

「ご覧よ、あいつらは家の人間が止めるのもかまわず、家の中に入っていっちまった。森辺には、家人に断りなく家に踏み込んだ人間は足の指を切り落とすっていう掟《おきて》があるんだよ」

「それはお前たちの掟であって、王国の法ではない」

俺はスドラの狩人たちとともに、ミーア・レイ母さんの隣に立ち並んだ。

「ダグ！　あなたは、ダグですよね？　これはいったい、何の騒ぎなのですか⁉」

「……ファの家のアスタか。どうしてお前が、このような場所にいるのだ？」

その人物は面頬《めんぼお》で素顔《すがお》を隠《かく》していたが、まぎれもなく百獅子長のダグであった。

どくどくと心臓が脈打つのを感じながら、俺はその姿を見返してみせる。

「俺はルウ家の人々と、料理の勉強をしていました。あなたがたは、いったい何をしにこんなところまでやってきたのですか？」

「俺たちは、森辺の民の生活というものを調べに来た。何も危害を加えるつもりはない」

「ふん。履物《はきもの》も脱《ぬ》がずに家に押し入って、何を調べようっていうんだい？　族長ドンダ＝ルウから留守を任されている身として、こんな無法な真似はとうてい許せないよ」

ミーア・レイ母さんは、決して心を乱していなかった。胸を張り、強い眼差しでダグたちを見据《みす》えている。

そのかたわらにたたずんだバルシャは、かつて見たことがないほど張り詰《つ》めた表情で、腰《こし》の刀に手を置いていた。少なくとも、このダグはバルシャ以上の手練《てだれ》と見なされているのだ。

そんな二人の女丈夫《じょじょうふ》のほうに、ダグが再び視線を突《つ》きつけた。

「……文句があるならば、俺たちの上官に申し述べるがいい。俺たちは、俺たちの任務を遂行《すいこう》させていただく」

「待ちなよ。あんたたちの上官ってのは、どこにいるのさ？　そいつの名前を聞かせてもらおうか」

「……この命令を下したのは、千獅子長ルイド閣下だ。ルイド閣下は、城下町で俺たちの報告を待っている」

ダグの合図で、残りの兵士たちが母屋に近づこうとした。

「待てって言ってるんだよ！」と、ミーア・レイ母さんは張りのある声音でそれを制止させた。

「この家では、ルウ家の最長老が休んでいるんだ。あんたたちみたいに物騒《ぶっそう》な人間を、最長老に近づけるわけにはいかないね」

「……危害を加えるつもりはないと、何度言わせる気だ？」

「そんな言葉を信用してほしかったら、少しは身をつつしむべきじゃないかねえ？」

ミーア・レイ母さんはダグたちを見据えたまま後方に引き下がり、自分の背中をぴたりと戸板に張りつけた。

「納得《なっとく》のいく言葉を聞かせてもらうまでは、ここを通すことはできないよ。あんたたちの上官とやらをこの場に連れてくるか、あるいはうちの家長が戻《もど》ってくるのを待ちな」

ダグは直立したまま、ミーア・レイ母さんの姿をねめつけた。

俺は拳《こぶし》を握《にぎ》り込み、ライエルファム＝スドラを振り返る。

「ライエルファム＝スドラ、このままだと――」

「うむ、わかっている」

ライエルファム＝スドラは俺の手首をつかむや、恐《おそ》れげもなくミーア・レイ母さんのほうに近づいていった。もう一人の狩人も、同じ歩調で追従してくる。

「王都の兵士よ。族長の伴侶《はんりょ》に手をかけることは、俺が許さん。血を見たくなければ、ここから立ち去れ」

「……お前たちが邪魔《じゃま》立《だ》てするならば、俺たちも刀を抜く他に道はない」

「お前たちは、このような場で魂《たましい》を返すつもりなのか？」

ライエルファム＝スドラは、むしろいぶかしげにそう言った。

面頬の陰で、ダグはにやりと笑ったように見える。

「この場には、五十名の兵士がいる。マサラのバルシャを合わせても、お前たちはたったの三名だ。たった三名で、俺たちにあらがえると思うのか？」

「しかしこの場には、お前たち十名しかいない。わずか十名で、俺たち三名にあらがえると思うのか？」

兵士たちは、無言でダグの命令を待っていた。

これが屋台や食堂で陽気に笑いながらギバ料理を食べていた男たちなのかと、本気で疑わしくなってしまう。何か静かな闘志《とうし》とでも言うべき張り詰めた気配が、その場には満ちていた。

「貴様ら、何をやっている！」

と——そこに、怒号《どごう》が響きわたった。

そちらに目をやった俺は、息を呑《の》む。広場の中央にたたずむトトスの群れを迂回《うかい》して、ギバを担《かつ》いだ二名の狩人たちが近づいてくるところであった。

「貴様らは、王都の兵士どもだな？　俺たちに断りもなく、ルウの集落で何をやっている！」

彼らは明らかに、激怒《げきど》していた。二人がかりで運んでいた巨大《きょだい》なギバを途中《とちゅう》で放り捨てて、後は駆け足で近づいてくる。十名ほどの兵士たちは、ダグを守るように布陣《ふじん》を整えた。

「ふん、ちっと静かな日が続いたと思ったら、この騒ぎかよ。てめーら、ルウ家に喧嘩《けんか》を売るつもりなのか？」

もう一人の狩人が、腰に下げた鉈《なた》の柄《つか》をさすりながら、挑《いど》むような声をあげた。どちらの双眸《そうぼう》も狩人の火を燃やし、全身から裂帛《れっぱく》の気合をみなぎらせている。それは、ダルム＝ルウとルド＝ルウであった。

「……化け物が四人に増えちまったな」

と、普段の荒《あら》っぽい口調を取り戻して、ダグが言い捨てた。

ダルム＝ルウは、飢《う》えた狼《おおかみ》のような眼光でその姿をにらみ据《す》える。

「答えろ、兵士ども。貴様たちは、ルウ家と争う心づもりか？」

「争うつもりはない。俺たちは、森辺の集落の調査におもむいたまでだ」

「何が調査だ！　あっちの兵士どもは、分家の家を勝手に踏み荒《あ》らしていたぞ！」

「ああ。ダルム兄の家まで踏み荒らしてたら、その場で血を見たかもしれねーな」

ダルム＝ルウはまだしも、ルド＝ルウがこれほどの怒《いか》りをあらわにする姿を見るのは、これが初めてのことかもしれなかった。顔にはうっすらと笑《え》みが浮かべられているが、その笑みすらもが恐ろしげに見える、それもまた若き狼のごとき形相であった。

武の心得など何もない俺でさえ、その全身からたちのぼる炎《ほのお》のような迫力《はくりょく》が感じられるほどである。大事な血族の家を踏み荒らされて、彼らは烈火《れっか》のごとく怒り狂《くる》っているのだった。

「ダルム、ルド。あんたたちのほうから刀を抜くんじゃないよ」

それでもまだ落ち着きを残しているミーア・レイ母さんの声が響く。

ルド＝ルウたちはまだ抜刀《ばっとう》こそしていなかったが、その指先は腰に掛けられており、そしてまた、兵士たちも彼らの殺気に呼応するかのように刀を抜く姿勢を取っていた。

「まずいな。これでは本当に、血を見る騒ぎになってしまうぞ」

ライエルファム＝スドラが、低い声でつぶやいた。ライエルファム＝スドラは、最後の最後まで争いを避《さ》ける心づもりでいたのだ。もちろんそれは、俺だって同じ気持ちであった。

そして――なんとかこの騒乱《そうらん》を鎮《しず》めるべく、頭の中で猛烈に考えを巡《めぐ》らせていた俺は、ついにひとつの光明を見出《みいだ》すことがかなった。

「ちょっと待ってください、ダグ！　今回の調査について、ジェノス侯爵《こうしゃく》マルスタインの許可は取っているのですか？」

ダグは、うるさそうに俺のほうを振り返った。

「俺たちはジェノス侯爵の命令を受ける立場ではない。今さら何を言っているのだ、お前は？」

「それではやっぱり、あなたがたはジェノス侯爵の許可を取ってはいないのですね。そうだと

したら、これは明らかにジェノスの法に背《そむ》く行いとなりますよ」

ダグはいぶかしげに肩をゆすりながら、身体《からだ》ごと俺のほうに向きなおった。

「掟の次は、法を持ち出そうというのか。王都の兵士たる俺たちが、そんな迂闊《うかつ》な真似《まね》をすると思うか？」

「迂闊であるのは、あなたがたに命令を下した御方《おかた》のほうです。ジェノスの法に照らした場合、この行いは明らかに罪となるのです」

「くどいな。お前たちとて、ジェノスの領民であるのだ。俺たちには、領民の生活を調査する権限が与《あた》えられている」

「確かに俺たちはジェノスの民ですが、同時に森辺の民であるのです。この森辺の集落には自治権が与えられていることを、あなたがたはご存じないのではないですか？」

ようやく、ダグが押し黙《だま》った。

おそらくあの監査官《かんさかん》たちは、王国の法すれすれのところで森辺の民に嫌《いや》がらせを仕掛《しか》けてきたのだ。しかし、ジェノスにおいてこの行いは、明らかに違法行為《いほうこうい》と見なされるはずであった。

「森辺に道が切り開かれた際に、森辺の集落については新たな法が打ち立てられたのです。それは、同胞《どうほう》ならぬ人間が集落に足を踏み入れたとき、森辺の民にはその理由を問い質《ただ》す権利が存在する、というもので――森辺の民にその目的の正当性が認められなかった場合は、強制的に退去させられる、という内容になっています」

「…………」

「また、森辺の掟を破った人間に対しては、自分たちの裁量で罰《ばつ》を与える権利も与えられています。勝手に集落の家に踏み込んだ方々は、足の指を切り落とされても文句の言えない立場である、ということですよ」

「ふざけるな。そんな行いが、王国の領土で許されるはずが――」

「でも、それが真実であるのです。嘘《うそ》だと思うなら、森辺に切り開かれた街道《かいどう》の入り口に看板があるので、それを確認してください。そこには、俺の話した内容が西と東の言葉で書き記されているはずですよ」

ダグは、再び押し黙った。

ここぞとばかりに、俺は言葉を重ねてみせる。

「今ここであなたがたと森辺の民の争いになったら、罪人となるのはあなたがたです。ジェノスの法を踏みにじっているのは、森辺の民ではなくて、あなたがたなのです。王都の精鋭《せいえい》部隊であるというあなたがたが、法を破って、領民を傷つけようと言うのですか？」

「…………」

「どうか、この場は引いてください。俺の言葉が嘘であったら、また審問《しんもん》でも何でもしてください。あなたがたは、知らず内にジェノスの法を破ってしまっているのですよ」

数秒間の沈黙《ちんもく》が落ちた。

それからダグは、低い声で「おい」と隣の兵士に呼びかけた。

「退却《たいきゃく》だ。部下どもに伝令を回してこい」

兵士は敬礼を返してから、手近な分家のほうに駆け去っていった。

それを見届けてから、ダグは俺たちのほうに向きなおる。

「ルイド閣下に、真偽《しんぎ》を確認してもらう。お前の言葉が真実であったなら、あらためて謝罪の言葉が届けられるだろう。……女、お前は族長の伴侶だという話だったな」

「ああ。あたしは族長ドンダ＝ルウの伴侶で、ミーア・レイ＝ルウってもんだよ」

「真偽が確認できるまで、俺もお前に詫《わ》びることはできない。しかしまあ……何があってもお前を斬《き》るつもりなどはなかった、とだけ言っておく」

そう言って、ダグはあっさりと身をひるがえした。

その進行方向に、ルド＝ルウとダルム＝ルウが立ちはだかる。

「てめーら、これだけのことをやらかしておいて、頭も下げずに帰るつもりか？」

「言ったろう。王国の兵士として、真偽も知れぬ内に頭を下げることはできん」

「俺たちには、貴様らの足の指を切り落とす権利とやらが存在するそうだぞ」

ダルム＝ルウが底ごもる声で言うと、ダグは「ふふん」と鼻を鳴らした。

「せっかくファの家のアスタが丸く収めたというのに、荒事《あらごと》を望んでいるのか？　上官の命令がない限り、俺たちも指を差し出すことなどはできんぞ」

「やめておきな、ルド、ダルム。家長のいない場所で、戦を起こすつもりかい？」

二人は炎のような殺気をめらめらとたちのぼらせたまま、身を引いた。

そのかたわらをすりぬけて、ダグはトトスたちのほうに歩を進めていく。

「くそっ！　こんなの、収まりがつかねーよ！　親父《おやじ》だって、そう言うはずだぜ？」

「だったら、家長が帰ってくるのを待ちな。もちろん家長だって、こんな無法を許すはずがないさ」

そのように言ってから、ミーア・レイ母さんは俺のほうに笑顔《えがお》を向けてきた。

「ありがとうね、アスタ。自治権がどうのって話はあたしらも聞いてたけど、こんな風に兵士たちを黙らせる力があるとは思ってもみなかったよ」

「ええ。彼らが王国の法を破るはずがないという話を再三聞かされていたので、思いつきました。彼らは本当に、自治権のことを知らなかったのでしょうね」

しかし、それはあまりに迂闊な話である。森辺の民に正式な自治権が与えられたというのはかなり重要な案件なのであろうから、マルスタインがそれを監査官たちに伝えていないとは、とうてい思えなかった。

（ダグたちに命令を下したのはルイドなんだろうけど、そのルイドに命令を下したのは、監査官のどちらかであるはずだ。いったいどこで、伝達ミスが起きたんだ？　……というか、本当にこれは、伝達ミスから生じた騒ぎなのか？）

もやもやとした疑念が、俺の胸にたちのぼってくる。

俺は、一刻も早くこの疑念をカミュア＝ヨシュに伝えるべきだと考えた。

「……シーラは、かまど小屋か？　この時間なら、本家のかまど小屋で働いているはずだな」

王都の兵士の一団が広場を出ていくのを見届けてから、ダルム＝ルウが押し殺した声で発言した。ミーア・レイ母さんは、「ああ」と笑顔でそちらを振り返る。

「かまど小屋には兵士どもも近づいてないから、心配しなさんな。よかったら、森に戻る前に顔を拝んでいったらどうだい？」

「馬鹿を言うな。あいつらがいつ引き返してくるかもわからないのに、森になど戻れるか」

「そうだな。俺がひとっ走りして、親父にこのことを伝えてくるよ。その間、ダルム兄はこの場を頼《たの》むぜ？」

そのように言い捨てて、ルド＝ルウもまた走り去っていった。

ミーア・レイ母さんは「やれやれ」と肩をすくめる。

「まったく、うちの男どもは血の気が多いねえ。それじゃああたしは、分家を回って話を聞いてくるよ。アスタたちは、菓子《かし》作りの続きを頑張《がんば》っておくれ」

なかなかそこまで気持ちを切り替えるのは難しかったが、カミュア＝ヨシュは日が落ちないと姿を現さない。《キミュスの尻尾《しっぽ》亭《てい》》に向かうまでは、俺たちも自分の仕事を果たす他なかった。

「……どうにもあいつらのやり口はわからんな。こんな真似をして、あいつらに何の得があるというのだ？」

ダルム＝ルウとともにかまど小屋へと向かいながら、ライエルファム＝スドラがそうつぶやいた。

「ルウの集落を調べても、あいつらの得になるようなものは出てくるまい。これではただ、森辺の民を怒らせに来たようなものだ」

「そうですね……案外、それが目的だったのかもしれません」

「なに？　俺《おれ》たちを怒らせて、どうしようというのだ？　しかも、自分たちが罪人となっては、ますます得にもならんではないか」

「ええ。そこのところが、俺にもよくわからないのです」

そんな風に話していると、先頭を歩いていたダルム＝ルウがものすごい勢いで振り返ってきた。

「うだうだとやかましいぞ！　あいつらは、恥《はじ》を知らぬ無法者というだけだ！　族長の許しが出れば、俺が叩《たた》き斬ってやる！」

「うむ。俺もスドラの集落を荒らされていれば、同じぐらい心を乱されていただろう。早く家族のもとに行ってやるといい」

ダルム＝ルウは舌打ちをしてから、ずかずかと歩を速めていった。

それを追いかけながら、ライエルファム＝スドラは小さく息をつく。

「とりあえずあやつらは、ルウ家の人間を怒らせることに成功できたようだ。族長ドンダ＝ルウが、怒りに我を失わなければいいのだが」

「そうですね。ドンダ＝ルウが城下町に向かう前に、俺も言葉を交わしておこうと思います」

ドンダ＝ルウであれば、まず間違《まちが》いなくこの罪を問うために、城下町へと向かうだろう。しかし、相手の思惑《おもわく》が知れない以上、怒りに身をまかせるのは危険であるはずだった。

(ドンダ＝ルウだったら、どれほど怒っていても冷静に話を聞いてくれるはずだ。これが何かの謀略《ぼうりゃく》なんだとしたら、こちらも然《しか》るべき手段で切り返さないと)

そのように考えて、俺は拳を握り込んだ。

それから、胸の中にふつふつとわき起こってきた激情を自覚する。

大事な同胞であるルウの集落が、兵士たちによって踏み荒らされた。その非道な行いに対する怒りが、今さらのように俺を駆り立てているようだった。

(どんな思惑があろうとも、こんな真似は絶対に許せない)

そんな思いを胸に、俺はダルム＝ルウの後を追いかけた。

俺たちが《キミュスの尻尾亭》に向かうまで、まだ二刻ばかりの時間が残されていた。

4

「いやあ、まさか彼らが何の断りもなく森辺の集落に向かうとはねえ。さすがにこれは、俺にとっても予想外の出来事だったよ」

日没《にちぼつ》の後である。

予定通り《キミュスの尻尾亭》に向かって、カミュア＝ヨシュと顔をあわせると、こちらが口を開く前からそのように説明されることになった。

「監査官と部隊長の間で、言葉の行き違《ちが》いがあったという話だね。それで、正式に謝罪の言葉がドンダ＝ルウに届けられたということだけど――その話は、すでに聞いているのかな？」

「はい。ちょうど俺たちがここに向かっている途中、城下町から戻ってくるドンダ＝ルウたちの荷車と出くわしましたので」

ルド＝ルウからの報告を受けたドンダ＝ルウは、その場でギバ狩《が》りの仕事を切り上げて、ルウの集落に戻ってきた。そこで俺とも言葉を交わしてから、ルド＝ルウやダルム＝ルウをお供として城下町に乗り込んでいったのである。

「もちろん監査官たちは、森辺の集落の自治権というものについて、ジェノス侯《こう》から聞かされていた。しかし、部隊長のルイドはその話を知らなかったので、今日のような事態に至ってしまったのだ、という話であったね」

「はい。だけど、ルイドという御方はどうして自治権の話を知らなかったのでしょう？　あの人物は、常に監査官たちと行動をともにしているわけではない、ということですか？」

「うん、それについてはジェノス侯も証言していたよ。自治権の話をしたのは彼らがジェノスを訪《おとず》れた最初の日だったのだけれども、ルイドはそのとき宿場町で兵士たちの指揮を取っていて、会談には参加していなかったのだそうだ」

ならば、いちおうの筋は通っていることになる。

しかし俺は、納得がいかなかった。

「でも、ルウ家の調査というものを命じたのは、監査官たちなのでしょう？　その命令を下す際に、注意を与えたりはしなかったのですか？」

「うん、命令を下したのはドレッグのほうだったらしくてね。あの御仁《ごじん》はいつも酔《よ》っ払《ぱら》っているから、いつもの調子で雑な命令を下してしまったらしいよ。それでもルイドが自治権についてわきまえていれば、このような騒《さわ》ぎにはなっていなかったはずだ、とタルオンのほうが謝罪の言葉を述べていたそうだ」

確かにドンダ＝ルウたちも、城下町ではタルオンに謝罪されたのだと述べていた。その場にはジェノス侯爵マルスタインも同席しており、どうか穏便《おんびん》に済ませてはくれないかと口添《くちぞ》えをされたのだそうだ。

「ルウ家の、ええと……ダルム＝ルウだったっけ？　彼は、掟を破った兵士たちの足の指をよこせと、それは大変な剣幕《けんまく》であったらしいね。ドンダ＝ルウは、何とか矛《ほこ》を収めてくれたようだけれども」

「はい。ドンダ＝ルウが怒りに身をまかせていたら、どうなっていたかわかりませんけどね」

当然のこと、ドンダ＝ルウは怒り狂っていた。しかし、城下町に乗り込《こ》む前に、俺とライエルファム＝スドラが二人がかりで心中の疑念を伝えてみせると、炎のように両目を燃やしながら考え込んでいたのだった。

「確かにこれは、俺たちを怒らせようとしている策略なのかもしれん。その目的は、十分に達せられたわけだからな」

ダルム＝ルウのように怒号をあげたりしない分、その怒りの内圧は凄《すさ》まじいばかりであった。長いつきあいである俺でさえもが、思わず身を震《ふる》わせてしまったほどである。

「とにかく、まずは貴族どもの弁明を聞かせてもらう他ない。進むべき道は、それから決める」

そう言って、ドンダ＝ルウは城下町に向かい、タルオンやマルスタインと言葉を交わしたのち、その謝罪を受け入れて、帰ってきたのである。その際に、「二度目はない」と言い捨ててきたのだと、俺は聞いていた。

「なんべんも言っている通り、彼らは王国の安寧《あんねい》を守るために、こんな辺境の果てにまで押しかけてきているんだ。そんな彼らが王国の法を自ら破るはずはないから、俺としても今日の出来事は驚《おどろ》きだったよ」

カミュア＝ヨシュがそのように言ったとき、厨房《ちゅうぼう》の入り口から「おい」という不機《ふき》嫌《げん》そうな声が投げかけられてきた。

「カミュア、お前さんはまたこんなところで仕事の邪魔《じゃま》をしているのだな。……テリア、ギバの煮付《にっ》けを二人前と、ぎばかれーを三人前だ」

「うん、わかった。……アスタ、煮付けのほうをお願いしてもよろしいですか？」

「あ、はい。了解いたしました」

言葉の内容から察せられる通り、注文を持ち込んできたのは宿の主人であるミラノ＝マスであった。二日ほど前から、ついにミラノ＝マスも仕事に復帰することになったのだ。まだ脱臼《だっきゅう》した右肩《みぎかた》は万全《ばんぜん》でないし、無理をすると熱が出ると医術師にも念を押されていたが、給仕《きゅうじ》の仕事だけでもと言い張って働き始めたのである。

身体に合わない痛み止めの服用期間が終わったために、ミラノ＝マスもすっかり元気そうになっている。頭に巻いた包帯は痛々しいものの、げっそりとこけた頬には肉が戻り、顔色も健康そうだった。

「さすがに今日は、兵士どもも少しは大人しくなっているようだ。……まったく、ルウ家の人らには災難だったな」

「うむ！　俺がその場に居合わせていたら、誰《だれ》に止められても二、三人は投げ飛ばしていたかもしれんな！」

そのように応じてガハハと笑ったのは、ダン＝ルティムであった。

そのダン＝ルティムとアイ＝ファ以外は、護衛役の顔ぶれが変わっている。ルド＝ルウはドンダ＝ルウのお供で城下町に向かい、ジザ＝ルウはその留守を預かることになったので、代わりにシン＝ルウとラウ＝レイが選出されることになったのである。

「まったく、間の抜けた連中だな。俺たちの同胞を一人でも傷つけていたら、謝罪の言葉だけでは済まなかったところだぞ」

ひさびさの宿場町でご機嫌《きげん》そうなラウ＝レイも、笑顔でそのように述べている。が、次の瞬《しゅん》間《かん》には、その水色の瞳《ひとみ》が猟犬《りょうけん》のごとき輝《かがや》きを浮かべた。

「特に、俺の家人にまで害が及《およ》んでいたら、俺も黙ってはいられなかった。母なる森に感謝の祈《いの》りを捧《ささ》げなければな」

兵士たちが押しかけてきたとき、ヤミル＝レイも勉強会に参加していたのである。本当に、兵士たちが女衆を手にかけなかったのは、不幸中の幸いであった。

「俺の家は父リャダに守られていたために、兵士たちに踏《ふ》み荒らされることもなかった。だからといって、やつらの行いを許せるものではないがな」

そのように述べつつ、シン＝ルウは沈着《ちんちゃく》な面持《おもも》ちであった。たとえ内心では怒っていても、それをあらわにしたりはしない気性《きしょう》であるのだ。

温めなおしたギバの煮付けを木皿に盛りつけてから、俺はあらためてカミュア＝ヨシュを振り返った。

「カミュア、ひとつおうかがいしたいのですが」

「うん、何だい？　何でも遠慮《えんりょ》なく聞いておくれよ」

「カミュアは以前、王都の人たちのことを悪人ではないと言っていましたよね。だからこそ、サイクレウスのときよりも厄介《やっかい》なんだ、と。……その言葉は、本当に真実なのでしょうか？」

「ふむ。それは、正義と悪の定義によるかもしれないね」

そう言って、カミュア＝ヨシュはにんまりと笑った。

「彼らがサイクレウスのような大悪党ではない、ということは保証できると思うよ。ただ、森辺の民のような実直さや清廉《せいれん》さなどは望むべくもない。それは、理解してもらえるかな？」

「はい。だけど、法を犯《おか》すことは罪ですよね？　俺としては、法をないがしろにする人間は悪人と見なしたいところなのですが」

「それは、兵士たちの話なのかな？　それとも……別の人々の話であるのかな？」

「それを、カミュアにお聞きしたいのです。二人の監査官たちと部隊長のルイドという御方は、いったいどのような人柄《ひとがら》であるのでしょう?」

カミュア=ヨシュはマントの隙間《すきま》から出した手で、無精髭《ぶしょうひげ》ののびた下顎《したあご》を撫《な》でさすった。

「俺もそこまで詳《くわ》しく知っているわけではないけれどね。いちおう王都でジェノスまでの案内役を依頼《いらい》されたとき、懇意《こんい》にしている御方たちに監査官たちの人となりは確認しておいた。それをそのまま伝えさせていただくけど……まず、ドレッグというのは、現在の自分の立場に鬱《うっ》屈《くつ》を抱えている。バンズ公爵《こうしゃく》家という立派な家に生まれつきながら、第三子息という立場では安穏《あんのん》ともしていられず、王都の監査官という立場を与えられたのだけれども、それが不満でならないらしい」

「バンズ公爵家というのは、かなり高い身分なのですか?」

「そりゃもう、公爵家というのはセルヴァ王家に次ぐ身分だからね。しかもバンズというのは、王都を取り囲む五大公爵領のひとつなんだから、その格式は推《お》して知るべしさ」

ならばそれは、ジェノス侯爵家をも上回る家の出自である、ということなのだろう。あれだけ高圧的なのも、納得である。

「しかし、第三子息であるために、それほどの要職にはつけなかったということですか。言ってみれば、以前のポルアースやシルエルなどと同じような立場であるということですね」

「うん。だから、憂《う》さを晴らすために果実酒をかっくらっているのだろうね。彼はきっと、一刻も早くこんな厄介な問題は片付けて、王都に帰りたいと願っているのだと思うよ」

「なるほど。……では、タルオンという人物は?」

「彼は逆に、貴族としての格式は微々《びび》たるものだ。ベリィ男爵《だんしやく》家の末席に名を連ねてはいるものの、ほとんど騎士《きし》階級と変わらないぐらいのものだろう。だから、監査官の仕事にも熱心に取り組んで、自分の名をあげることに躍起《やつき》になっているそうだ。外見はあんな風だけれども、功名心の強さはなかなかのものであるらしいよ」

それは、いささか意外な情報であった。つかみどころのないように見えていたあの人物の裏側には、そのような一面が隠されていたのだ。

「では、ルイドという御方は？」

「あれはもう、典型的な武人だね。メルフリードほどではないけれど、実直で、勤勉で、融通《ゆうずう》がきかない。ただし、軍の指揮官としては非常に優秀《ゆうしゆう》で、将来も有望だとされている。こんな雑用みたいな仕事を押しつけられて気の毒なことだ、と俺の知人は同情していたね」

「なるほど。やっぱりこれは、本来の職務からは外れた仕事なのですね？」

「うーん、職務の重さに優劣《ゆうれつ》はないのだろうけれども、彼らは誉《ほま》れある遠征《えんせい》兵団の所属であるからね。本懐《ほんかい》は、マヒュドラやゼラドの軍と戦うことなのだから、辺境の領地の監査《かんさ》などというのは決してやりがいのある仕事ではないのだと思うよ」

「……ルイドという御方は、監査官の命令から外れて、暴走するような気性なのでしょうか？」

「いやいや。実直で融通がきかないと言っただろう？　特に今回は、監査官たちの手足となって働くように命じられているのだから、粛々《しゆくしゆく》と職務をこなすばかりだと思うよ」

それでようやく、俺もイメージを固めることができた。日中から胸の中にもやもやとわだかまっていたものが、形になってきた気がする。

「カミュア。今日の騒ぎについて、俺なりに考えをまとめてみたのですが……それが見当外れでないかどうか、ちょっとご意見をいただけませんか？」

そうして俺は、自分の考えを余すところなくカミュア＝ヨシュに伝えてみせた。

すべてを聞き終えたカミュア＝ヨシュは、満足そうににこにこと笑いだす。

「うん、それはなかなか秀逸《しゅういつ》な意見だね。俺としても、それが真実なのではないかと思えるよ」

「それじゃあカミュアも、最初からこんな風に推察していたのですか？」

「いやいや。俺も内心で、首を傾《かし》げていたんだよ。彼らのやり口があまりにも荒っぽいから、これはどういう目的で行われた騒ぎなのかなってさ。確かにアスタの言う通りであれば、色んなことに辻褄《つじつま》が合うように思えるね」

「だったら……この話は、ダグたちにも伝えるべきではないでしょうか？　彼らだって、いわば被害者《ひがいしゃ》のようなものなのですから」

「うん、それも賛成だ。ちょうどそちらの仕事も一段落したようだし、この場で伝えてあげたらいいんじゃないのかな？」

「え？　俺が伝えるのですか？」

俺が驚いて声をあげると、すぐそばに控《ひか》えていたアイ＝ファがぎらりと瞳を輝かせた。

「カミュア＝ヨシュ。アスタに危険な真似をさせようというのなら、私が黙ってはおらんぞ」

「彼らにとって有益な情報をもたらそうというのだから、何も危険なことはないよ。むしろ彼らに感謝されて、正しい縁《えん》を結ぶ助けになるのじゃないのかな？」

「しかし、このような話は誰から伝えても同じことであるはずだ」

「いやいや。俺なんかは、完全にジェノス侯の手の者と見なされてしまっているからね。ダグやイフィウスも何かの策略なのではないかと用心して、まともに聞いてくれないかもしれない。ここは騒ぎの場にも立ちあったアスタから伝えるのが、一番適切であると思えるよ」

俺もまた、アイ＝ファのほうを振り返った。

「何にせよ、この話はダグたちに伝えるべきだと思う。このままだと、彼らが一番危険な役回りになってしまうかもしれないからね」

「……アスタは、あの者たちの身を案じているのか？」

「え？　そりゃまあ……今の推察が当たっていたら、彼らがあまりに気の毒だろう」

アイ＝ファは深々と溜息《ためいき》をついてから、金褐色《きんかっしょく》の前髪《まえがみ》をかきあげた。

「まったく、お前というやつは……わかった。ただし、あの両名がそろっているなら、護衛役もう一人は必要だ」

アイ＝ファが目をやると、三名の中からシン＝ルウが進み出た。

「ならば、俺が同行しよう。こちらはダン＝ルティムとラウ＝レイが居残っていれば、危険もあるまい」

「何だ？　荒事になりそうなら、俺を連れていけ」

ラウ＝レイが笑顔で名乗りをあげると、アイ＝ファがきつい目つきでそちらをにらみつけた。

「お前は話を聞いていなかったのか？　荒事になりそうな話であれば、そもそもアスタにそのような真似はさせん」

「何だ、つまらん。それなら、好きにしろ」

「うむ！　レイナ＝ルウの身は、我々にまかせておくがいい！」

ダン＝ルティムにも、異存はないようだった。レイナ＝ルウとテリア＝マスは、心配げに俺たちの姿を見守ってくれている。

「それでは、行こうか。今ならまだイフィウスも居残っていそうだから、ちょうどいい頃合《ころあ》いだね」

カミュア＝ヨシュがそう言いたてると、アイ＝ファは「うむ？」と眉《まゆ》をひそめた。

「カミュア＝ヨシュも同行するのか？　ならば、そちらで伝えればいいではないか」

「いやいや。俺はあくまで、仲介役《ちゅうかいやく》さ。それに、アスタの話を俺なりに補強できるはずだからね。手を携《たずさ》えて、あの頑固者《がんこもの》たちを説得してみようじゃないか」

というわけで、俺たちは四名で食堂に向かうことになった。

食堂では、ミラノ＝マスとレイトと二人の女性が給仕の仕事に励《はげ》んでいる。俺がミラノ＝マスに話を伝えると、女性の一人が厨房を手伝うために引っ込んでいった。

「申し訳ありません、ミラノ＝マス。まだ仕事の最中であったのに」

「ふん。いちおう俺が、最初に話を通させてもらうぞ。あんな厄介者《やっかいもの》でも、客は客だからな」

そうしてミラノ＝マスをも加えて、俺たちは食堂の奥《おく》へと踏み込んでいった。

すでに日没から一時間ぐらいは経過しており、食堂はたいそうな賑《にぎ》わいである。余所《よそ》の宿から訪れた人々もギバ料理を堪能《たんのう》しており、陽気に騒いでいる。狩人を引き連れた俺たちがその間をぬっていくと、心配そうに声をかけてくれる人たちも多かったが、「何もご心配はいりません」としか返すことはできなかった。

王都の兵士たちは、いつも食堂の最奥《さいおう》の席に陣取《じんど》っている。人数は、二十二名。もともとの宿泊客《しゅくはくきゃく》である二十名と、イフィウスおよびそのお供である。確かに彼らは青空食堂で食事をしているときよりも、いっそう静かにしているように見えた。ぽつぽつと言葉を交《か》わしながら、ギバ料理を中心とした晩餐《ばんさん》を口に運んでいる。お酒もそれほど進んでいないようだ。

「よう。そっちから出向いてくるとは珍《めずら》しいな。さっそく詫びの言葉でも聞きに来たのか？」

俺たちが立ち並ぶと、ダグが声をあげてきた。

ミラノ＝マスは、むっつりとした顔でそちらを見返す。

「晩餐の最中に失礼をする。厨《くりや》の仕事を手伝ってくれているアスタが、あんたがたと言葉を交わしたいそうだ」

「ああ、かまわねえぜ。一言ぐらいは文句を言わないと気が済まないだろうからな」

「文句を言いに来たわけではありません。……あの、もう少し静かなところでお話しすることはできませんか？」

俺の言葉に、ダグは「ふうん？」と口《くち》の端《はし》を吊《つ》り上げた。

「森辺の狩人とカミュア＝ヨシュを引き連れて、俺を責めたてようって魂胆《こんたん》か？　確かにそんな連中に囲まれちまったら、さすがの俺でも地面に這《は》いつくばるしかないだろうな」

「あなたを責めるいわれはありません。ただ、お話がしたいのです。できれば、あなたとイフィウスに」

カレーまみれの前掛《まえか》けをつけたイフィウスは、シュコーシュコーと不気味な呼吸音を撒《ま》き散らしながら、俺たちの姿を見つめていた。いっぽうダグは、うろんげに眉をひそめる。

「イフィウスにまで、何の用事だよ？　言っておくが、森辺の集落に押しかけたのは俺の隊なんだから、イフィウスは宿場町に居残ってたんだぜ？」

「はい。それでも兵士たちを率いるあなたがたにお話をさせていただきたいのです。本来であればルイドという御方に話したかったのですけれども、その御方は城下町なのでしょう？」

ダグは頭をかきながら、ゆらりと立ち上がった。

「よくわからねえが、こんな場所でうだうだ言っていても話は進まなそうだな。俺にあてがわれた部屋にでも出向くか」

「はい。そうしていただけると、ありがたいです」

イフィウスも前掛けを外して、立ち上がった。

無言の兵士たちに、ダグはにやりと笑いかける。

「聞いての通りだ。俺たちはファの家のアスタと言葉を交わしてくる。俺たちが戻るまで、追加の料理を頼むんじゃねえぞ」

そうしてミラノ＝マスとはその場で別れて、俺たちは客室のある二階へと場所を移した。

《キミュスの尻尾亭》の二階に上がるのは、これが初めてのことだ。以前にダバッグでお世話になった宿屋と同じように、木造りの通路にはたくさんの扉《とびら》が設置されていた。

その一番奥にまで歩を進めたダグは、無造作に扉を開けて、室内に踏み入っていく。彼《かれ》がラナの葉で燭台《しょくだい》に火を灯《とも》すのを待ってから、俺たちも入室させていただいた。

部屋は六畳《じょう》ほどの広さであり、左右の壁際《かべぎわ》に二段の寝台《しんだい》が設置されている。正面の壁にだけ窓があり、調度と呼べるのは小さな卓《たく》と水瓶《みずがめ》ぐらいだ。

寝台には、見覚えのある甲冑《かっちゅう》や荷袋《ぶくろ》などが放り出されている。眠《ねむ》る際には、それを床《ゆか》に下ろすのだろう。ダバッグの宿屋と同じように、この部屋もあくまで眠るためだけに存在する空間であるようだった。

「寝台に座《すわ》りたかったら、好きにしろ。大事な甲冑に手を触《ふ》れなきゃ、文句は言わねえよ」

ダグは奥の窓を開けて、そのへりに腰をかけた。イフィウスは、その隣《となり》に立ち並ぶ。俺たちは立ったまま、そんな両名と相対させていただいた。

「さて。話をする前に、そっちの狩人たちの名前を聞かせてもらえるか？　このことは、部隊長殿《どの》にも後で報告しなけりゃならねえからな」

ダグの言葉に応じて、アイ＝ファとシン＝ルウが名乗りをあげた。

とたんにダグは、「へえ」と愉快《ゆかい》げに笑う。

「ルウの分家のシン＝ルウ、か。それじゃあ、お前がジェノスの闘技会《とうぎ》で優勝したっていう森辺の狩人なんだな。部隊長殿から、話は聞いてるぜ」

「……そうか」

「ああ。噂《うわさ》では、『赤の牙《きば》』のドーンもその闘技会には出場していたらしいな。まあ、お前みたいな化け物が相手じゃあ、ドーンでも赤子同然だろうけどよ」

「……そのドーンという男は覚えている。確かに手練《てだれ》ではあるようだったが、城下町のメルフリードやレイリスのほうが、俺にとっては手ごわい相手だった」

「ふうん。こんな平和ぼけした土地でも、そんな大した剣士《けんし》がいるものなんだな」

ひとつ肩《かた》をすくめてから、ダグは俺に向きなおってきた。

「それで？　晩餐の途中で抜《ぬ》け出してきたんだ。余計な前置きはなしで、話を聞かせてもらおうか」

「承知しました。……ダグ、あなたたちは本当に、自治権については知らされていなかったのですよね？　現場のあなたたちだけではなく、命令を下したルイドという人物すら、それを知らされていなかったのだと聞きました。それは、真実なのでしょうか？」

「ふん、今さらの話だな。俺たちが、好きこのんで法を破るとでも思っているのか？」

「ええ。あなたたちは、俺から自治権の話を聞かされるなり撤退《てったい》していったのですから、それは真実なのだろうと思います。でも、監査官の方々は自治権について知らされていた。その話は、すでに聞いているのでしょう？」

「ああ。あの酔いどれ貴族様が、そんな大事な話を伝え忘れたって話だな。まったく、迂闊な話だぜ」

「……それは本当に、うっかり忘れただけの話なのでしょうか？　意図的に伝えなかったという可能性はありませんか？」

ダグは押《お》し黙り、探《さぐ》るように俺を見据《みす》えてきた。

イフィウスは無言のまま、不気味な呼吸音を響《ひび》かせている。

「どうも俺には、今日の騒ぎの目的がつかめなかったのです。いきなり森辺の集落に押しかけて、何を調査するというのでしょう？　あなたたちは、上官からどのような命令を下されていたのですか？」

「……俺たちは、宿場町の商売で財をなしたルウ家の暮らしぶりを調査せよと命じられただけだ。家の大きさや間取り、調度の具合、氏族の人間の数なんかをな」

「それをジェノス侯に話を通さずに敢行《かんこう》したのは、何故《なぜ》でしょう？　最初に一言でもあれば、ルウ家の人たちも心よくあなたたちを迎《むか》えたはずですよ」

「ふん。事前に勧告《かんこく》などしていたら、都合の悪いものを隠《かく》されてしまうだろうが？　それは何も不思議な話ではない」

「そうですか。それでも、ジェノスの関係者を同行させていれば、あのような騒ぎにはなりませんでした。森辺の民には直前まで勧告せず、ジェノスの誰かと森辺の集落を訪れていれば、用事は済んだのではないですか？」

「……お前たちは、この前の審問で監査官たちに楯突《たてつ》いたんだろうが？　それに腹を立てた監査官が、ジェノス侯にも話を通すべきではないと考えたんだろうさ」

「そうですか。それだけの話ならいいのですが、やっぱり俺には腑《ふ》に落ちません。監査官の方々が穏便に話を進めようという考えを持っているならば、自治権のことを伝え忘れるなんてありえないでしょう」

これはあくまで推測なので、何も確証のある話ではない。だから俺は、自分の思いついたことをそのままダグたちに伝えるしかなかった。

「そもそも俺には、ルウ家の暮らしぶりを調査するという行為《こうい》に、大きな意味を見出せません。それよりも、これはルウ家を怒らせるために仕掛けられた謀略なのではないかと疑っています」

「謀略だと？　そんな真似をして、監査官に何の得があるってんだ？」

「森辺の民は危険な蛮族《ばんぞく》であると言いたてることが可能になります。そうすれば、ジェノス侯に与えられた自治権も不当なものである、と主張しやすくなるのではないでしょうか？」

それが、俺の思いついた推測の主眼であった。

ダグは疑わしげに目を光らせつつ、また口をつぐんでいる。

「もしもあのまま強引《ごういん》に調査が行われていたら、族長ドンダ＝ルウももっと激しい怒りを抱《いだ》くことになっていたと思います。その果てに、足の指を差し出せと詰《つ》め寄っていたかもしれません。そうしたら、監査官たちはあなたがたに足の指を差し出させた上で、森辺の民に自治権を与えるのは危険だと言いたてていたのではないでしょうか？」

「…………」

「ジェノス侯が打ち立てた法によって、王都の兵士たちの身が損《そこ》なわれることになったら、それこそ大ごとでしょう？　法を破ったのはあなたたちのほうなのに、苦しい立場に追い込まれるのはジェノス侯と森辺の民のほうなのではないかと俺には思えてしまいます。そもそも森辺の民に自治権など与えるから、このような悲劇が生じてしまったのだ――などと言われてしまったら、ジェノス侯も相当な窮地《きゅうち》に追い込まれてしまいそうですからね」

「……お前は、そんな薄汚《うすぎたな》い謀略のために、監査官たちが俺たちを生贄《いけにえ》にしようとした、などと言い張るつもりか？」

「言い張るつもりはありません。そういう可能性もあるのではないか、と言っているだけです。あなたたちは、俺よりも監査官たちの人柄をご存じなのでしょう？　あの方々は、そんな謀略を思いつける人間ではない、とお思いですか？　……それならそれで、俺はとても嬉《うれ》しく思います」

重苦しい静寂《せいじゃく》が、その場にたちこめた。

そんな中、後ろに引っ込んでいたカミュア＝ヨシュが声をあげる。

「俺もあのお二人についてはそこまで知り尽《つ》くしているとは言えないので、君たちの意見をうかがいたいなと考えたのだよ。王都の貴族の方々の中には、兵士を道具としか見なさない手合いも多いだろう？　だから、いささか心配になってしまったのだよね」

「……それでも、監査官は監査官だ。王命で仕事を果たしに来た監査官が、法を踏みにじるような真似をすると思うか？」

「法と言っても、現在のジェノス侯が新たに打ち立てた、ジェノスの法だからねえ。いにしえから存在する王国の法を踏みにじるよりは、良心の呵責《かしゃく》を覚えることもないんじゃなかろうか」

そのように述べながら、カミュア＝ヨシュはのほほんと笑っていた。

「そもそも彼らは、ジェノス侯が大きな力をつけすぎることを危惧《きぐ》して、それを掣肘《せいちゅう》するためにこの地を訪れたんだ。何名かの兵士を犠牲《ぎせい》にすることで、その大義を果たすことができるのなら安いものだ――などと考えたりしたら、困ったものだよね」

「……………」

「それに彼らは、森辺の民の存在に大きな危機感を覚えてしまったようだ。たぶん、君たちからの報告を受けて、森辺の民が凄まじい戦士であると知ってしまったものだから、余計に危機感を煽《あお》られてしまったのだろうね。兵士十人分の力を持つ狩人が数百名も存在するとしたら、それは数千名の軍勢にも匹敵《ひってき》する。これはますます厄介だと考えて、森辺の民の力を削《そ》ぐことにまで注力を始めたようなのだよね」

「ふん。そりゃあ、こんな化け物みたいな連中が何百人もいたら、それだけで脅威《きょうい》だろうさ」

「うんうん。ジェノスに住まう人間でなければ、森辺の民がどれほど実直で清廉な気性をしているかもわからないからね。ただその戦士としての力量だけを取り沙汰《ざた》して、恐《おそ》ろしく感じてしまうのも、しかたのないことなのだろう。とどのつまり、監査官《かんさかん》たちは森辺の民こそがジェノス侯に大きな力と自信を与《あた》えているのではないか、と疑っているわけだ」

そうしてカミュア＝ヨシュは、俺たちのほうにも目を向けてきた。

「それでここからは、俺からの報告だ。本日、ジェノス侯との会合で、監査官たちはまたとんでもない提案をしてきたようだよ」

「とんでもない提案？」

「ああ。森辺の民は森から下ろして、他の領民と同じように扱《あつか》うべきではないか、という提案だ。その話は、ドンダ＝ルウにもすでに伝えられているはずだよ」

とたんに、アイ＝ファが青い瞳をきらめかせた。

「私たちを森から下ろして、どうしようと言うのだ？　まさか、町の人間として生きるべき、などと抜かすわけではあるまいな？」

「うん、そのまさかで当たりだね。彼らはトゥランで働いている北の民を処分して、その代わりに森辺の民を領民にすればいいではないか、などと言い出してきたのだよ」

「北の民を処分って……まさか、罪もない彼らを処刑《しょけい》するわけではないでしょうね？」

思わず俺が口をはさんでしまうと、カミュア＝ヨシュはそれをなだめるように微笑《ほほえ》んだ。

「処刑するか別の町に売り払《はら》うかはジェノス侯におまかせする、という話であったらしい。そうすると、フワノやママリアを育てる人手がなくなってしまうので、その仕事を森辺の民に受け持ってもらえばいい、と、つまりはそういう話であるわけだね」

「馬鹿な。それでは、森にギバがあふれかえってしまうではないか」

「ああ。それは町の人間で自警団でも編成して対処すればいい、と言っていたようだよ。表向きは、森辺の民にばかりギバ狩りという過酷《かこく》な仕事を担《にな》わせるのは不当である、という提案であるわけだからね」

とぼけた表情で、カミュア＝ヨシュは肩をすくめる。

「この前の審問ではアスタにばかり矛先《ほこさき》が向いたようだけれども、それもけっきょくジェノス侯が森辺の民を操《あやつ》るのに鍵《かぎ》となるのはアスタの存在である、と見なしているからなのだろうね。まったく、厄介な話だよ」

「……だったら、なおさらさっきの話にも信憑性《しんぴょうせい》が増してくるのではないでしょうか。森辺の民を怒《おこ》らせれば、その危険さを主張しやすくなるでしょうからね」

「うん。だから、ドンダ＝ルウの冷静な対処は完全に正しかったと思うよ。監査官たちは、こっそり歯噛《はが》みしていたかもしれないね」

そうしてカミュア＝ヨシュは、あらためてダグたちに向きなおった。

「まあ、話はそんなところだよ。何も証《あかし》のある話ではないし、現段階では監査官たちを糾弾《きゅうだん》することもできない。でも、君たちも用心する必要があるのじゃないのかな。用心しておいて、損になることはないだろうからね」

「ふん……だったら、俺たちに下された新しい命令についても、お前はすでに知らされているんじゃないのか？」

ダグの言葉に、カミュア＝ヨシュは「うん」とうなずいた。

「君たちは明日、モルガの森に入るそうだね。それで、ギバがどれほどの力を持つ獣《けもの》であるのかを調査するんだって？　まったく、馬鹿げた話だねえ」

アイ＝ファがこらえかねたように、「おい」と声をあげた。

「カミュア＝ヨシュ。どうしてお前は、そういう大事な話を黙《だま》っているのだ？　隠し事はなしだという話であったろうが？」

「ごめんごめん。さっきはアスタの話に夢中になっていたから、ついつい話しそびれてしまったんだよ。……それに、この話もドンダ＝ルウには告げられているはずだよ。夕刻、城下町を訪れたときにね」

アイ＝ファの怒りを受け流すように、カミュア＝ヨシュは眉尻《まゆじり》を下げて笑っている。その笑顔をねめつけながら、アイ＝ファは不服そうに腕《うで》を組んだ。

「ならば、ドンダ＝ルウは何故その話を我々に伝えなかったのだ？　森辺の民を町に下ろすという話も、こやつらが森に入るという話も、我々は何ひとつ聞かされていなかったぞ」

「それはまあ、ジェノス侯自身が猛反対《もうはんたい》している話であったから、ドンダ＝ルウもそこまで重きを置かなかったのかもしれないね。もちろん、アイ＝ファたちが集落に戻《もど》ってからゆっくり話そうというつもりでもあるのだろうけどさ。だって、森辺の民を森から下ろすなんて、そんな話が実現するわけはないだろう？」

「当たり前だ。そのような話、承服できるわけがない」

「それに、森辺の民の他にギバ狩りの仕事がつとまるわけもないしね。自警団などでギバを退けられるなら、そもそも八十年前に森辺の民の移住が認められたりもしなかっただろうさ」

そう言って、カミュア＝ヨシュはまたダグたちのほうに向きなおった。

「それは君たちも同じことだよ、ダグ、イフィウス。君たちは優秀な兵士だけれども、その刀は敵兵を斬《き》るための刀だ。野の獣を斬るためのものではない」

「ふん。それでも俺たちは、与えられた任務をこなすだけだ。今の俺たちにとっては、ギバという獣が敵なんだよ」

ダグは、火のように目を燃やしている。しかしそこには、兵士としての誇《ほこ》りを傷つけられた無念の火までもが燃えているように感じられてならなかった。

そんなダグの様子に気づいたシン＝ルウが、わずかに目を細めながら発言する。

「……兵士にギバを斬れと命ずるのは、俺たち狩人に人間を斬れと命ずるぐらい、筋違《すじちが》いの話なのだろうな。お前たちの長は、そのように筋違いの命令を拒《こば》むことはできないものなのか？」

「できるわけがない。少なくとも、この地で命令権を持つのは監査官たちだ。部隊長殿がその命令に逆らえば、それは叛逆罪《はんぎゃくざい》と見なされるだろうよ」

ダグは燃えさかる瞳をまぶたの裏に隠しながら、ふてぶてしく笑った。

「とりあえず、お前たちの話はそれで終わりか？　だったら、俺たちは食堂に戻らせてもらう」

「ええ。ですが、ダグ……」

「前にも言ったろう。すべてを決めるのは、貴族たちだ。俺たちは、貴き方々《とうと》の言葉通りに、忠実な刀として働くしか道はない」

それからダグは、まぶたを閉ざしたまま、黒褐色《こつかっしょく》の髪《かみ》をかき回した。

「あー……それはそれとして、イフィウスよ。今から俺の言う言葉が王国に仇《あだ》なすような内容だったら、お前から部隊長殿に報告してくれや」

「…………」

「ファの家のアスタ。監査官の仕事を取り仕切ってるのは、タルオンのほうだ。もう一人の偉《えら》そうにふんぞりかえってる酔いどれ貴族様は、自分でも気づかない内に手の平で転がされてるだけなんだよ」

「おやおや、そうなのかい？」

カミュア＝ヨシュが興味深げに身を乗り出したが、そちらには「ふん」と口をねじ曲げるダグであった。

「俺《おれ》はファの家のアスタに話してるんだ。お前は引っ込んでろよ、《北の旋風《せんぷう》》。……とにかく、今回の仕事で道筋を作っているのは、タルオンのほうだ。何かロクでもないことを言い出したのがドレッグのほうだとしても、そいつを裏でけしかけているのはタルオンだ。ま、昼間から酒をかっくらってる酔いどれ貴族様に同情する気はないが、戦う相手を間違えないことだな」

「……わかりました。そのように大事な話を打ち明けていただき、ありがとうございます」

「ふん。お前がいなかったら、俺の大事な部下どもの何人かは足の指を切られていたかもしれねえからな。そいつらの恩も返せないようじゃあ、立派な房飾《ふさかざ》りを垂らす資格もねえだろうよ」

ようやくまぶたを開いたダグが、横目でイフィウスを見る。

イフィウスは、呼吸音の合間に濁《にご》った声を絞《しぼ》りだした。

「わだじにどっでも、ぶがはだいぜづだ……おまえのぎもぢは、いだいぼどわがる……」

「ふん。だったら、お目こぼしをもらえるのかね」

「……ぞれは、ごれがらじっぐりがんがえざぜでいだだぐ……」

「ああそうかい。俺が一兵卒に格下げにでもなったら、せいぜいいいように使ってくれ」

そう言って、ダグは跳《は》ねるような勢いで窓のへりから降り立った。

「さて、晩餐の続きだな。またギバ料理をたんまり注文させていただくから、生焼けの肉なんか出すんじゃねえぞ」

「はい、承《うけたまわ》りました」

俺は精一杯《せいいっぱい》の気持ちを込めて、そのように応じてみせた。

今日はとんだ災難に見舞《みま》われてしまったが、そのぶん得るものも大きかったのだろう。何かを吹《ふ》っ切ったように笑うダグの精悍《せいかん》な顔を見つめながら、俺はそんな風に考えることができた。

第二章★★★禁忌

1

　翌日――俺たちが屋台の商売に励んでいると、中天の少し前ぐらいの刻限に、ザッシュマが現れた。

「よう、昨日は大変だったな。メルフリード殿からの伝言だぜ」

「え？　俺あての伝言なのですか？　ルウ家の方々にではなく？」

「ルウの集落には、正式な使者が向かうだろうさ。俺はどうせここの屋台で昼を済ませるつもりだったから、アスタあての伝言を受け持ったんだ」

　そう言って、ザッシュマは陽気に微笑んだ。

「べつだんアスタ個人に伝えるような話ではないんだろうが、もののついでというやつさ。アスタだって、関心がないわけじゃないだろう？」

「それは、王都の兵士たちがモルガの森に入るというお話ですよね？　ええ、詳細《しょうさい》がわかったのなら、俺も聞かせていただきたいです」

「そうだろう。こんな話、森辺の民だったら気にならないわけがないよな。……兵士どもが宿場町を出発するのは、今日の中天。兵士の数は、五十名。指揮官は、昨日と同じく百獅子長《しし》のダグという男らしい」

それならば、彼も指揮官としての身分を剥奪《はくだつ》されたりはしなかった、ということなのだろう。それはそれでめでたい話なのであろうが、今回の任務に関してはそうも言っていられなかった。

「無謀《むぼう》ですよ。彼らがどんなに優《すぐ》れた兵士であったとしても、ギバ狩《が》りなんて勝手が違《ちが》いすぎます。彼らはあんな甲冑を纏《まと》ったまま、森に入るつもりなのですか？」

「そりゃまあ、そうだろう。甲冑も纏わずにギバの前に立ったら、それこそ牙の一突《ひと》きで絶命しちまいそうだしな」

「でもあんな格好じゃあ、飢《う》えたギバに出くわしても、木に登って逃《に》げることもできません。仮に、あの甲冑でギバの牙や角を防げたとしても、体当たりの一撃《いちげき》で生命を落としてしまうかもしれませんよ」

「そういう話は、昨日ドンダ＝ルウからもさんざん聞かされたって話だぜ。まあ、監査官たちは聞く耳を持たなかったようだがな」

ザッシュマは、ターバンのようなものに包まれた頭をばりばりと掻《か》いた。

「ちなみに監査官たちは、森辺の狩人《かりうど》の同行も拒否《きょひ》したそうだ。そういった話は、もう聞いてるのかな？」

「はい。昨日の夜、宿場町から戻った後に聞きました。王都の兵士たちは、森辺の民が狩り場《ば》にしていない場所に向かうそうですね」

「ああ。例の新しく切り開かれた街道《かいどう》を東に向かって、適当な場所から森に入るそうだ。一刻ばかりもトトスを走らせれば、もうどこの氏族の狩り場ともぶつかりはしないって話だったからな」

その区域は、比較的《ひかくてき》ギバが少ないとされている。しかし、開通工事のさなかに飢えたギバが現れて、北の民や衛兵たちを襲《おそ》ったりもしたのだ。普通《ふつう》は五十名もの人間が固まって歩いていれば、なかなかギバも近づいてこないはずであるが、飢えたギバにはそういった定説も通用しないのである。

「だけど今回は、ジェノスの人間も見届け役として同行するそうだ。森の恵《めぐ》みを荒《あ》らしたり、まかり間違《まちが》って山のほうに足を踏み入れたりしちまったら、それこそ大ごとだからな。ジェノスの人間にとって、モルガのお山のほうは立ち入り禁止の聖域だってんだろう？」

「ええ。モルガの山を踏み荒らせばジェノスが滅《ほろ》ぶ、とまで言われているそうですね。俺も伝聞で聞いたぐらいですけれど」

「モルガの三獣《さんじゅう》、ヴァルブの狼《おおかみ》、マダラマの大蛇《だいじゃ》、赤き野人がお山の怒りを体現するってやつか。俺はお隣のダバッグの生まれだが、そいつらの話はおとぎ話として耳にしていたよ。そういえば、アスタはマダラマの大蛇と出くわしたことがあるって話らしいな」

そう言って、ザッシュマは愉快そうに笑った。

「おとぎ話の住人に遭遇《そうぐう》するなんて、ものすごい話だよ。つくづくアスタってのは、不可思議な運命を生きるように定められてるようだな」

「うーん、そうなのでしょうかね」

ダン＝ルティムなどは、ヴァルブの狼に二度までも生命を救われたと述べていたことがある。少なくとも、森辺の民にとってモルガの三獣はおとぎ話の住人などではないはずだった。

「まあ、いったいどんな結果になるかだな。兵士どもがたまたま弱っちいギバなんざと出くわして、そいつを見事に仕留めることができちまったら、ちっとばっかりややこしいことになるかもしれないぞ」

「森辺の民を森から下ろして、トゥランの領民にする、という話ですか。そんなことになったら、森辺の民は別の森に移住することになってしまいますよ」

「その件に関してはジェノス侯《こう》が断固反対のかまえだから、何とかなるだろう。そのためにも、兵士どもがギバ狩りに成功しないように祈りたいところだな」

そうしてザッシュマは、たくさんのギバ料理を抱《かか》えて青空食堂のほうに立ち去っていった。

嘆息《たんそく》を禁じえない俺に、隣の屋台からヤミル＝レイが声をかけてくる。

「浮《う》かない顔ね。アスタは兵士たちがギバに襲われることを心配しているのかしら？」

「え？　ああ、はい。こんな無茶《むちゃ》な命令で彼らが傷つくのは、気の毒ですしね。かといって、ギバ狩りの成功を祈るわけにもいかないし……まったく、八方ふさがりです」

「王都の人間などに心をかけるから、そんな苦労を抱えることになってしまうのよ。アスタのお人好《ひとよ》しは際限が知れないと、うちの家長は笑っていたわよ」

笑われるぐらいで済むならば、幸いだ。ルド＝ルウなどは昨晩、「あいつらの味方すんのかよー」と、ひどくむくれてしまっていたのである。

（ルイドを始めとする兵士たちは命令を聞くだけの存在で、ドレッグもタルオンの手の平で転がされているだけ……となると、攻略《こうりゃく》するべきはタルオン一人なんだ。この話はカミュアごしにジェノス侯まで伝えられてるはずだから、なんとか打開策をひねり出してくれないものかな）

そんな風に考えながら、俺が日替《ひが》わりメニューの『ギバの揚《あ》げ焼き』をこしらえていると、意想外な人物が屋台の前に姿を現した。

「おひさしぶりですな、アスタ殿。何やかんやと騒《さわ》がしいようですが、お元気そうで何よりです」

アルダスを彷彿《ほうふつ》とさせる、大柄《おおがら》な南の民である。それは、城下町の料理人ヴァルカスの弟子《でし》のひとり、ボズルに他ならなかった。

「ああ、どうもご無沙汰《ぶさた》しています。今日は、肉の仕入れですか？」

「はい。今日は珍しいバロバロの鳥を買いつけることができました。相手の到着《とうちゃく》が遅《おく》れて、こんな刻限までもつれ込《こ》んでしまいましたが……まあ、そのおかげでひさびさにギバ料理を口にすることができるわけです」

南の民らしい豪放《ごうほう》さと、城下町の住人らしい礼儀正《れいぎただ》しさを兼《か》ね備《そな》えたボズルである。《銀星堂》での会食以来となる彼は、変わらぬ様子で大らかな笑《え》みをたたえていた。

「先日は、城下町で料理をお作りになったそうですな。その場に立ちあえなかったことを、ヴァルカスがまた大いに嘆《なげ》いておりましたよ」

「そうですか。あの日は、《セルヴァの矛槍亭《ほこやりてい》》のティマロとともに厨を預かることになったのです」

「ええ、聞いておりますよ。ヴァルカスは王都の方々に不興を買ったことがあるので、お声がかからなかったのでしょう」

「え、そうだったのですか？　それは初耳です」

「以前に、ジェノス侯爵《こうしゃく》からの依頼《いらい》で王都の方々に料理をお出しした際、こんな得体の知れないものを口にできるかと、皿を投げられてしまったのですな。ヴァルカスの料理は外見も香りも普通ではないので、それを嫌《いや》がる御方《おかた》もいらっしゃるようです」

そんな無体な真似《まね》をしたのは、あのドレッグなのだろうか。あの酔《よ》いどれ貴族様なら、やりかねない気がしてしまう。

「ともあれ、王都の方々には早々にお引き取り願いたいところでありますな。あの方々がジェノスに居座《いすわ》っている限り、アスタ殿を城下町にお招きすることも、我々が森辺の集落に出向くことも、難しくなってしまうのでしょう？」

「そうですね。ジェノス侯は普段《ふだん》通りに振《ふ》る舞《ま》ってかまわないと言っていましたが、さすがに客人を招いて祝宴《しゅくえん》を開くような状態でもありませんし……」

「残念なことです。わたしもシリィ＝ロウともども、森辺の集落に招かれる日を心待ちにしておるのですよ。それに、シムの食材であるシャスカが大量に届けられたので、それも森辺の皆《みな》様方に吟味《ぎんみ》していただきたいところですな」

「ああ、そうなのですか。それは、こちらも楽しみです。……ボズルたちを森辺にお招きできる日を、俺も心待ちにしておりますよ」

そうして言葉を重ねる内に、時刻は中天に達していた。

ダグたちが、森辺に向かう刻限だ。何をどのように祈《いの》るべきかもわからず、俺はまた溜息をつきそうになってしまった。

「では、料理をいただきましょう。器を持ってきますので、少々お待ちを」

ボズルは、街道の脇《わき》に荷車を駐《と》めていた。そこから持ち出されてきた大量の器に、俺は目を丸くすることになった。

「ずいぶん準備がいいのですね。今日はたまたまうちの屋台に立ち寄ったのだというお話ではありませんでしたか?」

「ええ。肉の仕入れで宿場町に出向く際は、いつもこれらの器を荷車に積んでいるのです。たいていは朝方か夕刻なので、なかなかこちらの屋台に立ち寄る機会もないのですが、今日のような日に備えておるのですよ」

それは何とも、ありがたい話であった。

『ギバ・カレー』や『クリーム・シチュー』をその器に詰めては、またいそいそと新たな器を運んでくる。きっと《銀星堂》で待つヴァルカスたちのために購入《こうにゅう》しているのだろう。どんな形であれ、ヴァルカスたちにギバ料理を食べてもらえるのは嬉しい限りであった。

「もちろん、マイム殿の料理も買わせていただきますぞ。少し汁気《しるけ》を多くしてもらえるとありがたいのですが、いかがですかな？」

「はい、もちろん。ヴァルカスたちにもよろしくお伝えください」

マイムも嬉しそうに微笑みながら、カロン乳ベースの煮汁《にじる》をたっぷり器に注いでいる。俺としては、早くボズルも森辺にお招きして、ミケルに引きあわせたいところであった。

（それにはまず、王都の人たちを何とかしなくちゃな。俺でも何か力になれればいいんだけど……いったいどうしたものかなあ）

その後は続々と新たなお客がやってきて、俺も忙殺《ぼうさつ》されることになった。

中には、今日も昨日も兵士たちが森辺のほうに向かう姿を目撃《もくげき》した人たちなどもおり、いったい何があったのだと心配げに尋《たず》ねられることになったが、俺も型通りの返事をすることしかできなかった。真実こそが一番の武器である、とマルスタインなどはのたまわっていたものの、俺の立場からどこまで実情を話していいものか、判断がつかなかったのだ。

が、俺のそういった想念は、数十分ほどのちに晴らされることになった。

それを俺に教えてくれたのは、ちょっと遅《おそ》めの登場となった建築屋の人々である。

「中天ぐらいにあちらの広場で、城下町からの触れが回されていたぞ。王都の兵士どもは、ギバを狩るために森辺に向かったんだって？」

聞くところによると、城下町からの使者が広場で布告を行ったのだそうだ。その内容は、昨日と今日の件についてである。昨日は森辺の集落の暮らしぶりを調査するために兵士たちを派《は》遣《けん》したが、自治権について伝達の齟齬《そご》があり、王都の監査官が謝罪をする事態に至った、ということ――そして本日は、ギバの生態を調査するために、王都の兵士たちがモルガの森に派遣されることになった、ということである。

森辺の民を町に下ろすだとか、自警団を編成してギバの対処をするだとかいう話は、まだ伏《ふ》せられているらしい。それを布告すれば、ジェノスの民は激しく反発するだろうから、マルスタインも時期をはかることにしたのだろう。

（それでも、王都の人らがその提案を引っ込めなかったら、いつかはそいつも公表するしかなくなるもんな。それで非難されるのは、王都の監査官たちなんだろうけど……このままいくと、ますます溝《みぞ》が深まっていきそうだ）

マルスタインがジェノスの領主として目指しているのは、王都の人々との和解であるはずだ。しかし、王都の人々のほうが次々と強行手段を取ってくるために、それがどんどん難しい状《じょう》況《きょう》になってきてしまっている。

いったいどうしたものだろう――と、ギバのロースを揚げ焼きにしながら俺が思《おも》い悩《なや》んでいると、ライエルファム＝スドラが「おい」と声をかけてきた。

「あのサンジュラという男がやってきたぞ。あいつは本当に、毎日顔を出すつもりであるようだな」

中天から半刻ほどが過ぎて、ピークが一段落した頃合いに、サンジュラは姿を現した。その手には、四角い包みを手にしている。

「リフレイア、汁物《しるもの》料理を食べたい、言っていたので、器、持参しました。こちら、料理を入れてもらうこと、可能ですか？」

「ええ、かまいませんよ。……リフレイアはお元気ですか？」

「はい。ですが、北の民、処分するべきという話、耳にして、昨日はひどく動揺《どうよう》していました」

そう言って、サンジュラははかなげに微笑んだ。

「しかし、ジェノス侯、反対していると聞き、心、持ち直したようです。シフォン＝チェルの兄、処分されてしまったら、リフレイア、立ち直ること、難しいと思います」

「ええ。そんな話は、俺も許せません。そもそも、森辺の民をトゥランの領民にするという話からして、俺たちには容認《ようにん》できませんからね」

「……王都の兵士たち、モルガの森、向かったそうですね。彼ら、ギバを狩ること、可能なのでしょうか？」

サンジュラの言葉に、ライエルファム＝スドラが「馬鹿を言うな」と声をあげた。

「たとえあいつらが優れた兵士であったとしても、それだけでギバ狩りの仕事を果たせるものか。狩人には狩人としての技というものが存在するのだ」

「そうなのでしょうか？　私、兵士と狩人、どちらもよくわからないので……いささか、不安なのです」

「……あのような甲冑などを纏っていたら、ギバを追うこともギバから逃げることもできん。何人かの生命を引き換《か》えにすれば、一頭ぐらいは狩ることもできるかもしれんがな」

ライエルファム＝スドラが仏頂面《ぶっちょうづら》で答えると、サンジュラは「そうですか」と息をついた。

「その言葉、信じます。ギバ狩り、失敗すること、願います」

「わざわざ他者の不幸を願う必要はない。そのような性根《しょうね》をしているから、お前は駄目《だめ》なのだ」

ライエルファム＝スドラは、ぷいっとそっぽを向いてしまう。それでも、サンジュラという人間の性根を見定めるために、こうして積極的に言葉を交《か》わしているのだろう。言葉の内容は厳しいが、俺にはライエルファム＝スドラの度量の広さが感じられてやまなかった。

「……ともあれ、リフレイア、懸命《けんめい》に、自分の運命、立ち向かっています。私、生命にかえて、支える心づもりです」

外見は穏《おだ》やかな表情を保ったまま、サンジュラはそう宣言した。

リフレイアとて、監査官たちにはさんざん審問《しんもん》を受けているのだろう。過去の罪や父親たるサイクレウスの罪をもほじくり返されて、リフレイアはどのような心情であるのか。俺にとっても、それは大きな懸念《けねん》のひとつであった。

「サンジュラ。俺からもひとつおうかがいしたいのですが……リフレイアは、俺のことを恨《うら》んだりはしていないのでしょうか？」

俺がそのように告げると、サンジュラは目をぱちくりとさせた。容貌《ようぼう》は東の民そのものでも、西の民である彼は表情を動かすことを厭《いと》わないのだ。

「リフレイア、アスタを恨む理由、ないと思います。アスタ、サイクレウスにさえ、安らぎ、もたらしたのですから」

「俺はただ、リフレイアの望み通りに料理を作っただけですよ。……でも、リフレイアが俺を恨んでいないのなら、幸いです」

「本来、恨むのは、アスタのほうではないですか？　リフレイア、アスタをさらいました。恨む理由、あるはずです」

しかし、リフレイアはいちおう禁固の刑《けい》を受けて、その罪をつぐなっている。もともと定められていた期間よりは大きく短縮されることにはなったものの、それはサイクレウスの罪を裁くために爵位《しゃくい》を継承《けいしょう》させる必要があったためであり、森辺の族長たちも渋々《しぶしぶ》ながら合意した結果であった。

よって、森辺の民も表面的にはリフレイアやサンジュラの罪を許している。まだ敵意や警戒《けいかい》心《しん》を捨てきれないアイ＝ファたちでも、それは懸命にこらえているのだ。

（……それをさらにもう一歩進めることが、今回の騒ぎを収める助けになったりしないかな？）

王都の監査官たちは、トゥラン伯爵家《はくしゃくけ》が失脚《しっきゃく》してパワーバランスが崩《くず》れたことを危惧しているのだ。サンジュラを新たな当主に据《す》えるという話は横に置いておくとして、現在の当主たるリフレイアを盛り立てることで、監査官たちに安心感を与えることはできないものか——この辺りのことは、カミュア＝ヨシュにも意見を聞いてみたいところであった。

「……リフレイア、シフォン＝チェル、アスタの話、たびたびしています。二人にとって、アスタの存在、大きいのでしょう。恨んでいたら、そのような話、しないはずです。むしろ、リフレイア、アスタに恨まれていないか、今でも心配している、思います」

「そうですか。俺はリフレイアを恨んだりはしていません。それだけは、はっきり伝えておいていただけますか？」

「はい。リフレイア、喜ぶでしょう。……その喜び、表には、出さないと思いますが」

そう言って、サンジュラはふわりと微笑んだ。かつてはシュミラルを思い起こさせることもあった、サンジュラの笑顔《えがお》である。とても危《あや》うい存在でありながら、俺がサンジュラを悪人ではないと思うのは――というか、善人であってほしいと願うのは、このやわらかい笑顔をたびたび目にしているためなのかもしれなかった。

「ところで、城下町の様子ですが……今日、ダレイム、サトゥラス、両方の伯爵《はくしゃく》、監査官と会合、するようです」

「ああ、そうなのですか。それはまた大物ですね」

ダレイム伯爵パウドと、サトゥラス伯爵ルイドロス。俺はそれほど交流を持たない両名であるが、このジェノスにおいてはマルスタインに次ぐ権力者たちである。

（でも、森辺の民を森から下ろすなんて聞かされたら、あの人たちは猛反発《もうはんぱつ》するだろうな。特にダレイム伯爵領なんてのは、一番まともにギバの被害《ひがい》を受ける立場なんだから）

ダレイムの田畑を守るための塀《へい》の作製も、わずかずつにだが進められている。しかしそれには多大な費用と労力と時間がかかるので、完成するのは来年あたりなのではないかと言われていた。

（それで塀が完成したところで、森辺の民がギバ狩りをやめたら、森はギバであふれかえっちゃうからな。せっかくの塀も壊《こわ》されるか、宿場町のほうにまで被害が出るか、あるいは近辺の

街道にまで危険が及《およ》ぶかもしれない）

森辺の民の進退ひとつで、ジェノスの繁栄《はんえい》は大きく損なわれる可能性が高いのだ。それがわかっているからこそ、マルスタインも森辺の民との共存を望んだのだろう。それを根底からくつがえそうという監査官たちの提案など、最初から呑《の》めるはずもなかったのだった。

（最悪、監査官たちがジェノスなど滅んでしまえばいいなんて考えていたら、和解もへったくれもないからな。そうでないことを祈るばかりだ）

どうにも、マイナスの要因ばかりが頭に浮かんでしまう。森辺の民はどういった方向に力を注ぐべきなのか、俺にはその道筋がまだ見えていないのだった。

（とにかく監査官たちのほうが矢継《やつ》ぎ早《ばや》に問題を持ちかけてくるからな。こちらからも、ジェノスと王都の和解の助けになるような提案ができればいいんだけど……ガズラン＝ルティムあたりと相談したいところだなあ）

そんな風に考えながら、俺は思わず上空へと視線を転じた。

俺の苦悩《くのう》など知らぬげに、ジェノスの空は今日も青く晴《は》れ渡《わた》っていた。

2

それから数刻の後、森辺の集落に帰還《きかん》した俺たちは、ファの家のかまど小屋で料理の勉強会に励《はげ》んでいた。

かまど小屋には、本日も十数名の女衆が集まっている。スドラ家の赤子たちも、町で売る肉の仕分けについても落ち着いてきたので、フォウやランの女衆も以前と変わらない頻度《ひんど》で勉強会に参加するようになっていた。

本日の主題は、パスタソースのバリエーションの拡大である。トゥール＝ディンだけは昨日に引き続いてガトーショコラの研究に取り組んでいたが、ファの近在の氏族では高級食材たるギギの葉をあまり好きなようには使えなかったので、トゥール＝ディン一人に託《たく》されることになったのだ。

ただし、収穫祭《しゆうかくさい》などの祝宴であれば、そういった贅沢《ぜいたく》も許されるようになる。その日までにレシピを完成させるべく、トゥール＝ディンは単独の研究を受け持ち、その間に他の女衆は自分たちの勉強を進めることにした、といった次第《しだい》であった。

もちろん、トゥール＝ディンに何もかもを押《お》しつけているわけではなく、ギギの葉の下ごしらえなどはみんなで取り組んでいたし、パスタソースのほうで目新しいアイディアなどが閃《ひらめ》いたときは、トゥール＝ディンも輪に加えていた。分業するべきときは分業し、共同作業が必要なときは手を携《たずさ》える、そういう臨機応変さも彼女《かのじよ》たちは体得しつつあったのだった。

料理に対する熱意という面でも、決してルウ家の人々に引けは取らない。俺たちはその日も懸命に、かつ和《なご》やかに、充実《じゆうじつ》した時間を過ごすことができていた。

ただやっぱり、王都の視察団のことを完全に頭から追い払うのは難しい。具材を煮込《にこ》んだりする待ち時間などにおいては、どうしてもそういう話題が取り沙汰されることになった。

「今ごろ王都の兵士たちは、モルガの森でギバを追っているのでしょうね。町の人間が森に入るというのは、何だか奇妙《きみょう》な感じです」

味の調整をしたタラパソースを攪拌《かくはん》しながら、マトゥアの若い女衆もそのように述べていた。

かつては銀の月にも、外部の人間たる《ギャムレイの一座》が森に入ることになった。しかしそのときは、あくまでルウ家のギバ狩りに同行するという体裁《ていさい》であったのだ。狩人の同行もなしに、町の人間だけでギバ狩りの仕事に取り組むというのは、この八十年の間で初めてのことなのかもしれなかった。

「自分からギバの前に身をさらそうだなんて、まったく正気とは思えないね！　ギバがどれだけ恐ろしい獣か、好きなだけ思い知るがいいさ！」

今日の昼ごろ、宿場町ではドーラの親父《おやじ》さんがそのように述べていた。親父さんは、畑の周囲に仕掛《しか》けておいた落とし穴に嵌《はま》ったギバを、手製の槍《やり》で仕留めた経験があるのだ。身動きの取れないギバを上から覗《のぞ》いただけで、親父さんは身の毛もよだつような恐怖《きょうふ》を味わわされることになったのだった。

かくいう俺も、生きたギバには二度だけ対面した経験がある。モルガの森で目覚めた初日と、その翌日である。一度目は自分自身が落とし穴に落ちることで難を逃《のが》れ、二度目はアイ＝ファによって救われることになったのであるが——そのときの恐怖は、今でもまざまざと心に刻みつけられていた。

ギバは、イノシシによく似ている。しかし、イノシシ以上に危険な獣である。イノシシだって十分に危険な獣なのであろうが、あれはそれ以上の凶悪《きょうあく》さを有した獣なのだということを、狩人ならぬ俺でも察することができた。

（たぶんそれ以上に、俺は森辺の民がすさまじい力を持っていることを知ってるからな。その森辺の民が生命を懸《か》けなければ相手にできないぐらい、ギバっていうのは恐ろしい存在なんだ）

俺はたびたび、狩人の力比べというものを目にしたことがある。それで知ったのは、森辺の民が俺の知る通常の人間よりもはるかに優れた身体能力を持っている、という揺《ゆ》るぎない事実であった。

たとえばアイ＝ファなどは、わずかなりとも俺よりは身長が低く、とてもすらりとした体格をしているのに、俺などとは比べ物にならない筋力を保持している。それはもう、筋肉や骨の性質が違うのだと思うしかないぐらい、顕著《けんちょ》な差であるのだった。

それに、シン＝ルウである。シン＝ルウだって俺よりは小柄《こがら》であるのに、甲冑《かっちゅう》を纏った大の男を刀のひとふりで数メートルも吹っ飛ばしたことがある。俺の常識に照らし合わせると、そんな真似は普通の人間には決して為《な》し得《え》ないことであるはずだった。

それに加えて、森辺の狩人は並々ならぬ反射神経や、視力、聴力《ちょうりょく》、周囲の気配を探《さぐ》る能力、自分の気配を殺す能力、などといったものを備え持っている。それらもひっくるめて、森辺の狩人の力であるのだろう。

かつて吟遊《ぎんゆう》詩人のニーヤが歌っていた『黒き王と白き女王』の歌が真実であるとしたら、森辺の民はシムの王国が再興される以前から、黒き森で黒猿《ざる》という野獣《やじゅう》を狩り続けていたことになる。さらに、黒き森を追われることで、あてどもなく放浪《ほうろう》の生活に身をやつすことになり——

——その果てに、モルガの森という第二の故郷を見出《みいだ》すことになったのだ。

モルガの森に辿《たど》り着くまでに多くの同胞《どうほう》が力尽《ちからつ》きることになったのだと、ジバ婆《ばあ》さんはかつてそのように語っていた。なおかつ、モルガの森で暮らすようになってからも、ギバという未知なる獣との戦いで、一族の数は半分にまで減じることになった。森辺の集落においては、そういった苛烈《かれつ》な運命を生き抜《ぬ》いた血筋の人間だけが、生き残ることを許されたのだ。

そんな彼《かれ》らであるからこそ、今もなおギバ狩りの仕事を果たし続けることができているのだろう。数百年にも及ぶ過酷な生が、森辺の民に尋常《じんじょう》ならざる力を与えることになったのだ。

もちろんダグたちも、優れた兵士なのだろうと思う。しかし、カミュア＝ヨシュも言っていた通り、それは人間同士で戦うための、戦争に勝利するための力であるのだ。極端《きょくたん》な話、王都の兵士たちと森辺の民が戦ったとしたら、兵士たちは身体能力のハンデをものともせずに、善戦できるのかもしれなかったが——その力が、ギバを相手に十全に出せるなどとは、なかなか考えることはできなかった。

「……アスタ、浮かない顔ですね」

と、ふいに横合いから声をかけられた。振り返ると、ユン＝スドラが心配そうに俺を見つめている。

「そろそろ石窯《いしがま》の菓子《かし》が焼きあがる頃合《ころあ》いだと思いますが、わたしが行ってきましょうか？」

「あ、いや、大丈夫《だいじょうぶ》だよ。ちょっと考え事をしていただけさ」

「そうですか。それはきっと、わたしたちを救う力となるのでしょう」

と、ユン＝スドラはいくぶん切なげな面持《おもも》ちで微笑んだ。

「アスタはまぎれもなく森辺の同胞です。でもきっと……アスタには、わたしたちにはない力が備わっています。そうだからこそ、アスタはこれまでもわたしたちを救うことができたのでしょうね」

「え、それは何の話だい？　俺にできるのは、こうして料理を作ることぐらいだよ」

「いいえ。アスタは森辺を訪《おとず》れるまで、どこかの町で暮らしていたのでしょう？　そうして町の人間の考えや心情をも察することができるというのは、わたしたちにはない力です。だから昨日も、兵士たちを追い返したり、族長ドンダ＝ルウの怒りを抑《おさ》えることもできたのではないでしょうか？」

ユン＝スドラは何だか、とても大人びた表情になっていた。

少し悲しそうな――しかしそれ以上に、幸福そうな笑顔である。

「そんな風に考えると、アスタの存在を遠く感じて、少しさびしくなったりもするのですが……だけどやっぱり、そんなアスタを同胞として迎《むか》え入れることのできた喜びと誇らしさがまさります。どうかこれからも、森辺の同胞としてわたしたちに力を与《あた》えてください」

「うん、もちろん。……ありがとう、ユン＝スドラ」

「御礼《おれい》を言いたいのはこちらのほうですよ、アスタ。……さあ、あんまり遅くなると、トゥール＝ディンがやきもきしてしまいます」

ユン＝スドラに背中を押されるようにして、俺はかまど小屋の出口に向かう。その胸には、ユン＝スドラの言葉がしんしんと染《し》み入っていくかのようであった。

（確かに、ユン＝スドラの言う通りだ。俺の思考回路は町の人間のほうに近いから、森辺のみんなには思いつけないようなことを思いついたりすることができる。森辺の民として、そういう部分をぞんぶんに発揮することができれば、何か力になれるかもしれない）

そんな風に考えながら、俺はかまど小屋を出て、トゥール＝ディンの待つ石窯のほうに向かった。

トゥール＝ディンは、真剣《しんけん》な面持ちで石窯と向かい合っている。そのかたわらには、護衛役たるチム＝スドラの姿もあった。

「やあ、お待たせ。ちょっと遅くなっちゃったかな？」

「いえ。おかしな香りはしないので、焦《こ》げついたりはしていないと思います。砂時計の砂も、今ちょうど落ちきったところですので」

「そっか。それじゃあ、さっそく取りだしてみよう」

俺がきょろきょろと視線をさまよわせると、チム＝スドラが無言で鉤《かぎ》のついた鉄の棒を差し出してくれた。石窯の戸は、この器具で引き抜くのだ。

「ありがとう、チム＝スドラ。……なんとなく、トゥール＝ディンとチム＝スドラの組み合わせっていうのは新鮮《しんせん》だね。何か話は弾《はず》んだのかな？」

石窯の戸を引き抜きながら、俺がそのように尋ねてみると、チム＝スドラは「いや」と首を振った。

「トゥール＝ディンはずっと火の具合を確かめたり、煙《けむり》の匂《にお》いを嗅《か》いだりして、俺の姿など目に入っていない様子だった。これほど真剣に取り組んでいるからこそ、トゥール＝ディンはアスタをも上回る菓子というものを作りあげることができるのだろうな」

「い、いいえ、とんでもありません。わたしは力が足りていないので、人並み以上に頑張《がんば》らないといけないだけで……」

と、トゥール＝ディンはたちまち小さくなってしまう。

その姿を見やりながら、チム＝スドラは「ふむ」と小首を傾《かし》げた。

「しかし、トゥール＝ディンの話はユンからもたびたび聞かされているぞ。北の集落の祝宴をまかされているというのも大した話であるし……そういえば、この前の祝宴ではその幼さで嫁《よめ》取《と》りを願われそうになったそうだな」

「ええ!?　そうなのかい、トゥール＝ディン？」

「ち、違います！　嫁取りなどは、願われていません！」

「そうなのか？　ハヴィラの男衆がトゥール＝ディンに懸想《けそう》してしまい、ダナの女衆とややこしい騒ぎになってしまったのだと聞いたのだが」

「あ、あれはちょっとした誤解があっただけで……ど、どうしてユン＝スドラがそんな話をご存じなのですか？」

「知らん。まあ、女衆というのは、噂話《うわさばなし》が好きなものだからな。こうして寄り集まったときに、ディンかリッドの女衆に聞いたのだろう」

トゥール＝ディンは耳まで赤くなって、今にも消え入ってしまいそうである。その姿を見やりながら、チム＝スドラはけげんそうに首を傾げた。

「どうしたのだ？　ユンもその女衆らも、それだけトゥール＝ディンは立派なかまど番であるということを伝えたかったのだと思うぞ。ユンなどは、まるで自分の自慢話《じまんばなし》のようにトゥール＝ディンのことを語ることが多いからな。……しかし、何か気を悪くしてしまったのなら、謝《あやま》ろう」

「い、いえ……」と、トゥール＝ディンは真っ赤な顔で小さくなってしまっている。トゥール＝ディンには気の毒であったが、チム＝スドラのほうに悪気があるわけもないし、はたから見ている俺にとっては微笑《ほほえ》ましいぐらいの話であった。

そんな一幕を経て、俺とトゥール＝ディンは耐熱《たいねつ》用の皿を石窯の中から引っ張りだす。そうすると、ガトーショコラの甘《あま》い香りが嫌というほどあふれかえった。

「うん、いい色合いだ。味見が楽しみだね」

トゥール＝ディンは、無言でこくこくとうなずいた。そんなトゥール＝ディンとともにかまど小屋に引き返すと、その場には本日何度目かの歓声《かんせい》があがった。

「やっぱりその菓子は、ものすごい香りだね！　ミャームーの香りも吹っ飛んじまったよ！」

「今度はどんな味がするのでしょう。とっても楽しみです！」

ユン＝スドラを筆頭に、みんな瞳《ひとみ》を輝《かがや》かせている。試食を重ねる内に、すっかりガトーショコラの虜《とりこ》になってしまったようである。

今回の試食品は、三皿だ。それぞれ、砂糖やカロン乳や乳脂《にゅうし》の分量を調整している。試食だけでお腹《なか》がふくれてしまわないように、薄《うす》っぺらい生地《きじ》に仕上げて、一人につきひと口分の量しか焼きあげてはいない。そうして生地を冷ましてから試食に及ぶと、十数名のかまど番たちはのきなみ陶然《とうぜん》たる表情を浮かべることになった。

「ああ、やっぱり美味《おい》しいですね……早く家の子供たちにも食べさせてあげたいです」

「そうだねえ。でも、こいつを先に食べさせると夢中になっちまいそうだから、祝宴のときは他の料理をいくらか食べさせてから出したほうがいいかもしれないね」

わいわいと騒ぐ女衆を横目に、俺《おれ》はトゥール＝ディンへと語りかける。

「昨日と今日の二日間で、格段に味が向上したみたいだね。甘さと苦さの割合いも、ちょうどいいんじゃないかな？」

「はい。ですが、もう少しだけ食感を軽くしたほうが食べやすいと思います。それに……何か少しは味の変化がないと、食べる内に飽《あ》きてしまうかもしれませんね」

気を取り直したように、トゥール＝ディンはまた真剣な面持ちになっていた。たった二日で目を見張るような進化を遂《と》げたというのに、まだまだ納得《なっとく》のいっていない様子である。

「食感を軽くしたいなら、火にかける時間を長くするのがいいかもね。下手《へた》にフワノの量を増やすと、また味の調整をやりなおさないといけなくなっちゃうしさ」

「そうですね……あるいは、ポイタンを使ってみるというのはどうでしょう？　そうすれば、自然に食感も軽くなるはずです」

「ああ、なるほど。それもいいかもしれないね」

俺がそのように応じたとき、入り口のほうから「むむ」という声が聞こえてきた。

「ずいぶん甘ったるい香りだな。今日は菓子をこしらえているのか」

「やあ。おかえり、アイ＝ファ。今日は早かったんだな」

「そうでもない。森にギバを残しているので、もうひとたび戻《もど》らねばならんのだ」

ということは、すでに一頭のギバを運んできたということなのだろう。相変わらず、ギバの収《しゅう》獲量《かく》は落ちていない様子であった。

アイ＝ファの足もとでは、猟犬《りょうけん》のブレイブがけげんそうに鼻をひくつかせている。ガトーショコラの強烈《きょうれつ》な芳香《ほうこう》に反応しているのだろう。

「私が次に戻る頃《ころ》には、家を出る刻限も近くなっていることであろう。それまでに、お前も準備を進めておくのだぞ」

「了解《りょうかい》したよ。気をつけてな、アイ＝ファ」

「うむ」という返事を残して、アイ＝ファは颯爽《さっそう》と立ち去っていった。

その後ろ姿を見送ってから、ユン＝スドラが顔を寄せてくる。

「アスタ、アイ＝ファは機嫌《きげん》を悪くしたりしていませんか？」

「え？　どうしてだい？」

「だって、宿屋を手伝うようになってから、もう半月ぐらいは経《た》っているでしょう？　それだけ毎日、外で晩餐《ばんさん》を取るというのは、森辺の民らしからぬ行いであるはずです」

それは確かに、ユン＝スドラの言う通りであった。大事な家族と晩餐をともにするというのは、森辺の民にとってかけがえのない行いであるのだ。

「まあ、今のところは大丈夫だよ。それに、あと数日もすれば、手伝いの必要もなくなるだろうからね。もともと食堂を手伝うのは、半月ぐらいで十分っていう話だったからさ」

「そうですか。それなら、いいのですが……」

ユン＝スドラはいささか心配げであったが、俺は心配していなかった。実は数日前の寝る間《ね》《ま》際《ぎわ》に、その話題はアイ＝ファとの間で持ち上がっていたのだ。

「家でゆっくりと晩餐を取れる日が待ち遠しいな」

そのときのアイ＝ファは、寝具《しんぐ》の上に横たわり、俺のほうに顔と身体《からだ》を傾《かたむ》けながら、そのように述べていた。その面《おもて》に浮かんでいるのは、とても穏やかでやわらかい微笑《びしょう》だった。

王都の貴族たちのもたらした苦難によって、厳しい表情を見せることの多くなったアイ＝ファであるが、朝から晩まで張り詰《つ》めているわけではない。そうした折には、以前と変わらぬ優しげな表情を見せてくれるのである。

また、俺の生誕の日を境に、そうした表情のやわらかさは格段に魅力《みりよく》を増している。そんなアイ＝ファの無防備であけっぴろげな情愛を向けられるだけで、俺は鼓動《こどう》が速くなるのを禁じえないほどだった。

「……どうやら心配はいらないようですね」

と、ユン＝スドラはにっこり微笑んだ。

「何だかアスタの鼻をつまんでしまいたい気持ちに駆《か》られましたが、むやみに触《ふ》れるのは習わしに背《そむ》く行いであるので、我慢《がまん》しておきます」

いったい今の一瞬《いっしゅん》で何を読み取ったのか、なかなか侮《あなど》れないユン＝スドラの洞察力《どうさつりょく》であった。

顔が赤くなってしまわない内に、俺は後片付けの準備を始めることにする。あとは煮込んでいたタラパソースの試食をするだけで、勉強会を切り上げる刻限に至っているはずであった。

「収穫祭が、楽しみですね。早くみんなが喜ぶ顔を見たいです」

使用した調理器具を水瓶《みずがめ》の水で洗いながら、マトゥアの若い女衆がそのように述べてきた。とても朗《ほが》らかな笑顔であるが、ただ目もとにはわずかに心配そうな影《かげ》も落ちている。

「それまでに、今の騒ぎが収まればいいのですけれど……アスタ、今日も町に下りる際は気をつけてくださいね」

「うん、ありがとう。アイ＝ファたちがついてくれてるから、心配はいらないよ」

そうしてタラパソースの味見も済ませて、すべての後片付けを終える頃には、アイ＝ファのほうも二頭分のギバの処置を終えていた。

時刻は間もなく、下りの五の刻である。ルウの集落に向かう頃合いだ。ブレイブは夜食である肉の塊《かたまり》とともにフォウの女衆に託して、俺たちは本日もギルルの荷車でルウ家を目指した。

「……近在の女衆の様子はどうだ？」

御者台《ぎょしゃだい》のアイ＝ファがそんな風に問うてきたので、俺はその横に身を乗り出しながら、「うん」

とうなずいてみせた。

「市場に出す肉の準備も手馴《てな》れてきたし、いい感じだよ。食材の分量を帳面に書き留めるっていうやり方にも、だいぶ馴《な》れてきたみたいだしな」

「そうか。収穫祭が、楽しみなことだな」

「ああ、前回から何ヶ月も経ってるから、いっそう豪勢《ごうせい》な宴《うたげ》料理を準備できるはずだよ」

普段通りの、アイ＝ファとの会話である。森に入った兵士たちのことは気がかりであるが、この場で話題に出しても詮無《せんな》きことだ。《キミュスの尻尾亭《しっぽてい》》に向かえば、またカミュア＝ヨシュが何かしらの情報をもたらしてくれるだろう。そんな風に考えながら、俺たちはルウの集落に急いだ。

しかし俺たちは、それよりも早く真実を知ることになった。ギルルの荷車で道を南に下っている内に、行く手からトトスにまたがった狩人の姿が見えてきたのである。

「あれは……リャダ＝ルウであるようだな」

「それじゃあまた、北の集落への伝言かな？」

王都の視察団が訪れた初日にも、リャダ＝ルウは使者の役を担《にな》わされていた。あのときはレイトを乗せて荷車を使っていたが、今日は時間も遅いので、最高速で北の集落を目指しているのだろう。リャダ＝ルウを乗せているトトスは、赤みがかった羽毛《うもう》を持つジドゥラであった。

「リャダ＝ルウよ、何か変事でも生じたのか？」

アイ＝ファが荷車を停《と》めてそのように呼びかけると、リャダ＝ルウもまた手綱《たづな》を引きしぼった。

「うむ。詳《くわ》しくは、ルウの集落で聞いてくれ。俺は一刻も早く、北の集落までおもむかなくてはならん」

「いったいどうしたのだ？　森に入った兵士どもが、何か面倒《めんどう》を起こしたのではあるまいな」

「……実はその通りだ。あやつらは、これ以上ないぐらいの面倒を起こしてくれた」

リャダ＝ルウは、真剣そのものの表情であった。

俺も思わず、御者台の横からいっそう身を乗り出してしまう。

「い、いったい何があったのですか？　まさか、人死にが出てしまったとか……？」

「自らの意思で森に踏《ふ》み込んだのだから、魂《たましい》を返すことになっても文句は言えまい。あやつらとて、それぐらいの覚悟《かくご》は固めていたはずだ」

そう言って、リャダ＝ルウは強く首を横に振った。

「だから、そのようなことではない。あやつらは、またも禁忌《きんき》を犯《おか》したのだ」

「き、禁忌ですか？」

「うむ。あやつらは――森と山の境に足を踏み入れてしまった。それで、ヴァルブの狼《おおかみ》に襲《おそ》われることになってしまったのだ」

俺は、後頭部をハンマーで殴《なぐ》られるような衝撃《しょうげき》を受けることになった。

リャダ＝ルウは、厳しい面持ちで手綱を握《にぎ》りなおす。

「幸い、傷ついたのは兵士たちのほうで、ヴァルブの狼を傷つけることはなかったようだがな。

もしもモルガの山に足を踏み入れて、モルガの三獣《さんじゅう》を傷つけていたならば――モルガの怒《いか》りで、ジェノスは滅《ほろ》んでいたかもしれん。まさかあやつらは、最初からそれが目的であったのではないだろうな」

「ま、まさか、そんなことは――」

「とにかく、後の話はルウの集落で聞いてくれ。俺は、北の集落に向かう」

リャダ＝ルウは別れの挨拶《あいさつ》もそこそこに、ジドゥラの脇腹《わきばら》を蹴《け》りつけた。

俺は存分に慌《あわ》てふためきながら、アイ＝ファに向きなおる。

「ア、アイ＝ファ、これはいったいどういうことなんだろう?」

「どういうことも何もない。兵士どもがどのような思惑《おもわく》であったとしても、それは許されざる行いだ」

静かな声音《こわね》でそう述べてから、アイ＝ファもまたギルルの脇腹を革鞭《かわむち》で打った。

得たりと駆け出したギルルの手綱を操《あやつ》りながら、アイ＝ファの横顔はこれ以上ないぐらい緊《きん》迫《ぱく》した面持ちになってしまっていた。

3

このたびの騒動《そうどう》をルウ家に伝えてきたのは、森辺の三族長の一人であるダリ＝サウティであったらしい。

王都の人々は、南方に切り開かれた新たな街道《かいどう》から森に入ったので、そこからもっとも近くに住まっていたのはサウティの血族であったのだ。兵士たちのギバ狩《が》りに同行することは許されなかったが、その結果はしっかり見届けておくべきだと思い至り、ダリ＝サウティは早めに仕事を切り上げて、トトスで南の街道に向かったのだという話であった。

「それでトトスを一刻ばかり走らせたら、道端《みちばた》で留守番してた連中と出くわしたんだとよ。あいつらは、荷車を連れてたらしいな」

《キミュスの尻尾亭》に向かう荷車の中で、ルド＝ルウがそのように説明してくれた。

兵士たちの荷車には、薬や包帯といった治療《ちりょう》の道具が準備されていたらしい。そして、ひっきりなしに火を焚《た》いて狼煙《のろし》をあげており、森に入った兵士たちに帰るべき場所を知らせる役を果たしていたのだそうだ。

なおかつその場には王都の兵士ばかりでなく、ジェノスの武官も加わっていた。森に入った一団にも、待機している一団にも、二名ずつのお目付け役が同行していたのだそうだ。前日にはルウ家でも騒《さわ》ぎを起こしているのだから、マルスタインも問答無用でお目付け役をつけることを認めさせたようだった。

しかし――それでもなお、モルガの禁忌は破られてしまったのだ。

「だけどな、ぎりぎり山の中には足を踏み入れてないらしいぜ。山と森の境に足を踏み入れて、そこでヴァルブの狼に襲われたって話だ」

ルド＝ルウは、昨日のように怒り狂《くる》ってはいなかった。ルド＝ルウにとっては、モルガの山を踏《ふ》み荒《あ》らすという禁忌を犯すよりも、血族の家を踏み荒らされることのほうが許し難《がた》いのかもしれない。

「まあ、山に入るなって掟《おきて》を定めたのは、ジェノスの領主だからな。森の恵《めぐ》みを荒らさないってのは狩人の誇《ほこ》りに関わる掟だけど、聖域がどうのこうのって話は、俺たちには関係ねーもんよ。何も怒る筋合いじゃねーや」

もちろん、森辺の民がその掟を破ったときは、ジェノスの領主との約定を破ったことになるので、森の恵みを荒らしたときと同じぐらいの重い罰《ばつ》が与えられることになる。しかし、町の人間が勝手に山を踏み荒らしたところで、森辺の民には関係のない話だ――という論法であるようだった。

「それにあいつらは、山と森の境に踏み込《こ》んだだけなのであろう？　ならば厳密には、掟を破ったことにもならん。そこで痛い目を見て引き返したというのなら、それが罰なのではないかな」

そのように相槌《あいづち》を打ったのは、シン＝ルウであった。本日もドンダ＝ルウは城下町に向かうことになったので、ジザ＝ルウは家に居残りになってしまったのだ。

「たしかダン＝ルティムも、山と森の境にまで足を踏み入れたことがある、という話だったな。そのときは、ヴァルブの狼に襲われるのではなく、逆に生命を救われたのだと聞いているが」

「うむ！　あやつは心正しき獣《けもの》であるようだった！　魂を返すまでに、もういっぺんぐらいは顔をあわせたいものだと願っているぞ！」

ダン＝ルティムはガハハと笑い声を響《ひび》かせてから、ルド＝ルウのほうに向きなおった。

「しかし、そやつらはどうしてヴァルブの狼に襲われてしまったのであろうな。ヴァルブの狼というのは、むやみに人間を襲ったりはしないものだと思っていたのだが」

「そりゃーあいつらが、狩人でも何でもない町の人間だったからじゃねーの？　そんな連中が五十人もぞろぞろと現れたら、モルガの山を踏み荒らすんじゃないかって疑われてもしかたねーだろ」

それは確かに、甲冑を纏《まと》った兵士の一団が山との境にまで踏み込んでくれば、不穏《ふおん》である。が、それは人間目線で考えたときの話であるはずだ。そもそも野の獣に、狩人と兵士の区別をつけることなどできはしないだろう。

「それで、彼らはどうしてそんな場所に足を踏み入れてしまったんだい？　まさか、ジェノスに災厄《さいやく》をもたらすために、わざと禁忌を破ったわけじゃないだろうね？」

俺がそのように言葉をはさむと、ルド＝ルウは「んー？」と首を傾げた。

「わざとってことはねーと思うよ。ジェノスの領主は、そのためにお目付け役ってのをつけたんだろうしな」

「うむ。森になれぬ人間がむやみに足を踏み入れれば、方角を見失っても不思議はあるまい。そやつらは東に向かっているつもりで、知らず内に北へと向かってしまったのであろうよ。甲冑などを纏っていれば、木にのぼって太陽の位置を確かめることもできぬだろうからな」

「ああ。それで、歩いても歩いてもギバに出くわさねーから、そろそろ引き返すかって考えたところで、その声が聞こえてきたらしーぜ」

「声？　声って、誰《だれ》の声？」

「知らねーけど、モルガの山が怒ったんじゃねーの？　『貴様たちは我らの領土を踏み荒らすつもりか！』って声が響いて、その後にヴァルブの狼が襲いかかってきたんだってよ」

俺は思わず、目をぱちくりとさせてしまった。

しかし、ダン＝ルティムとシン＝ルウは変わらぬ表情でルド＝ルウの言葉を聞いている。アイ＝ファはギルルの手綱を握っているし、少しでも俺と気持ちを分かち合えそうなのは、レイナ＝ルウただ一人であった。

「ちょっと待って、ルド。それはもちろん、モルガの山が怒っても当然の話なのかもしれないけれど……山や森は、人間の言葉を発したりはしないでしょう？」

「知らねーってば。だったら、ヴァルブの狼じゃねーの？」

「いや。案外、赤き野人かもしれんぞ。赤き野人の中には、ヴァルブの狼やマダラマの大蛇《だいじゃ》と心を通わせることのできるものもいるという伝承が残されているからな」

ダン＝ルティムの言葉に、俺は再び驚《おどろ》かされることになった。

「ちょ、ちょっと待ってください。赤き野人というのは、口がきけるのですか？　俺は、ヴァムダの黒猿みたいな獣を想像していたのですけれども……」

「うむ。俺も赤き野人を目にしたことはない。しかし、猿ではなく人と呼ばれているのだから、口をきいても不思議はあるまいよ」

「ていうか、モルガの三獣は聖域を守る聖獣《せいじゅう》ってやつなんだろ？　だったら、狼だろうが大蛇だろうが、口をきいてもおかしくないんじゃねーの」

「うむ！　俺の生命を救ってくれたヴァルブの狼も、実に賢《かしこ》そうな目つきをしていたぞ！　あやつが人間の言葉を発しても、俺はとりたてて驚かんな！」

何だかいよいよ現実離《ばな》れした話になってきてしまった。

「いや、だけど……俺はマダラマの大蛇と出くわしたことがありますけど、ただの大きな蛇《へび》にしか見えませんでしたよ」

「そやつは子蛇で、言葉を発するほどの知恵《ちえ》がなかったのではないか？　マダラマの王などは山を一巻きできるぐらい、でかい図体《ずうたい》をしているという伝承が残されているらしいぞ！」

豪快《ごうかい》に笑いながら、ダン＝ルティムは俺の背中をバンバンと叩《たた》いてきた。

「ともあれ、モルガの山に住まう何者かが、禁忌を犯そうとする兵士たちに怒りの声をあげたということだ！　その何者かは、他に言葉を発しておったのか？」

「ああ。ヴァルブの狼にさんざん痛めつけられた兵士たちが逃《に》げだそうとしたところで、『禁《き》忌《き》を犯さば、貴様たちを滅ぼすぞ！　肝《きも》に銘《めい》じておけ！』とか何とか言ってたらしーな」

「なるほど。それならば、このたびの罪はひとまず許されたということだな。誰にとっても、幸いな話だ」

シン＝ルウが、静かな面持ちでうなずく。確かにまあ、それが事実であるならば、幸いだ。

「それで、兵士たちはどんな様子だったんだい？　無傷ってことはないいんだろう？」

「ああ。ダリ＝サウティも居残りの連中と一緒《いっしょ》に見届けたらしいけど、とりあえず全員自分の足で戻ってきたって話だな。何人かは、肩《かた》が外れたり腕《うで》が折れたりしたみたいだけどよ」

「その逃げ帰る最中に飢《う》えたギバにでも襲われていたら、ただでは済まなかったろうな。それもまた、幸いだ」

シン＝ルウがそのように述べたてると、眉《まゆ》をひそめたルド＝ルウがそちらに顔を寄せた。

「なーんかシン＝ルウも、あいつらを心配してるみたいな口ぶりだな。アスタと一緒で、あんな連中に情けをかけてんのか？」

「情けをかけているわけではない。あいつらは、ただ命令を聞くことしかできない立場であるのだ。かつてのスン家で言えば、分家の家人のようなものなのだろう。上に立つ人間を正さねば、何も解決しないのだと思う」

「へん！　それでもルウ家の集落を踏み荒らしたのは、あいつらだかんな！」

ルド＝ルウは子供のように口をとがらせながら、そう言い捨てた。

そのとき、荷車が平地に下りた感触《かんしょく》があった。

「森の道を抜けたぞ。これから宿場町に入る」

アイ＝ファはひらりと御者台を降りると、あとは手綱を引いてギルルを歩かせた。

日没《にちぼつ》が近くなり、だいぶん辺りは薄暗《うすぐら》くなっている。街道のほうに出ると、本日も石畳《いしだたみ》に並べられた壺《つぼ》で火が焚かれていた。

「森に入ったのは、ダグってやつらなんだよな？　あいつら、宿屋に戻っててんのかな」

「どうだろうね。怪我《けが》をしたなら、別の場所に移されてるかもしれないけれど」

俺としても、ダグの様子は気になってしかたがないところであった。

ギバ狩りに出向いた彼らがヴァルブの狼に襲われるなんて、まったく想定外のことだ。この騒動によって、ジェノスと王都の関係性にはどのような影響《えいきょう》が生じるのか、俺には想像もつかなかった。

「ようこそいらっしゃいました。トトスと荷車をお預かりします」

《キミュスの尻尾亭》の扉《とびら》を開けると、すぐにレイトが出てきてくれた。今日も食堂の手伝いをするらしく、前掛《まえか》けをつけている。

「兵士たちの話は、夕刻にザッシュマから聞きました。族長たちは、まだ城下町ですか？」

「うん。さすがに話し合いが長引いてるんだろうね」

「そうでしょうね。ジェノスで最大の禁忌を犯すだなんて、迂闊《うかつ》であるにもほどがあります。この宿に宿泊《しゅくはく》している兵士たちも、半分ぐらいは手傷を負って、部屋で休んでいるようですよ」

そう言って、レイトは深々と嘆息《たんそく》した。

「しかし、彼らに怒りの声を投げかけるものがあったというのは、どういうことなのでしょうね。モルガの山には、精霊《せいれい》か何かが巣食っているのでしょうか」

「あ、やっぱりジェノス生まれのレイトにとっても、それは不思議な話なんだね」

「当然です。そもそもモルガの三獣だって、決して人間の前には姿を現さない、伝説の存在であるのですからね。王都の兵士たちは、神の怒りに触れたようなものですよ」

そのように言ってから、レイトは鳶色《とびいろ》の瞳をきらりと光らせた。

「でもまあ何にせよ、これは彼らの大失態です。同行していたジェノスの武官たちも目撃《もくげき》しているのですから、言い逃れはできません。ジェノス侯《こう》なら、これを契機《けいき》に話を有利な方向に持っていくこともできるでしょう」

「そうなのかな。だったら、災《わざわ》い転じて何とやらだね」

ともあれ、俺たちは厨房《ちゅうぼう》に向かうことになった。

本日は、テリア＝マスと一緒にミラノ＝マスも下準備を手伝っている。俺たちが挨拶をすると、ミラノ＝マスは「ああ」と不機嫌《ふきげん》そうな目を向けてきた。

「毎日、すまんな。あと数日もすれば、俺もまともに働けるようになるはずだから、もうしばらくだけ手伝いを頼《たの》みたい」

「もちろんです。無理をなさらないでくださいね、ミラノ＝マス」

ミラノ＝マスは無言でうなずき、鍋《なべ》のほうに視線を戻した。

その横顔を眺《なが》めながら、ルド＝ルウはけげんそうに首をひねる。

「どうしたんだよ。機嫌が悪そうだな、ミラノ＝マス」

「ああ。さっきまで、医術師だの何だのが出入りして、やかましくてかなわなかったのだ。まったく、兵士が森になど入るから、こんな騒ぎになってしまうのだ」

「そっか。そっちも災難だったんだな」

ルド＝ルウは頭の後ろで手を組んで、窓のほうに近づいていった。

「ま、あいつらもこれで森に入ろうなんて気は失《う》せただろ。けっきょくギバは一頭も狩《か》れなかったみたいだしなー」

「当たり前だ。あんなぼんくらどもに、ギバを狩れるはずがない」

「ふむ。しかしあやつらも、ギバを狩りに出向いてヴァルブの狼に襲われるとは思わなかったろうな」

ダン＝ルティムが笑《え》顔《がお》で相槌を打つと、ミラノ＝マスの背中がぴくりと震《ふる》えた。

そしてそこに、かつんと小気味のいい音色が響く。テリア＝マスが、床《ゆか》に木皿を落としてしまったのだ。

テリア＝マスはいくぶん震えた声で、「すみません」と告げてくる。そして俺たちに返事をする間も与えず、ミラノ＝マスが声をあげた。

「……あんた、ダン＝ルティムといったな。今、あんたはなんと言ったのだ？」

「うむ？　俺が何か気に障《さわ》るようなことでも言ってしまったか？」

「ヴァルブの狼……と聞こえたような気がしたのだが」

ミラノ＝マスが、ゆらりとダン＝ルティムのほうを振《ふ》り返った。その面には、不機嫌という言葉では収まらない瞋恚《しんい》の表情が浮《う》かべられている。そしてその後方では、テリア＝マスが呆《ぼう》然《ぜん》とした顔で立ちすくんでいた。

「確かにヴァルブの狼と言ったが、それが何なのだ？　お前さんたちは、あのレイトという子供から何も聞いておらんのか？」

「レイトはさっき顔をあわせたばかりで、まだ何の話もしていない。……それで、ヴァルブの狼が何だというのだ？」

「だからあいつらは、山と森の境にまで足を踏み入れて、ヴァルブの狼に襲われてしまったのだそうだ。それで魂を返さずに済んだのだから、森に感謝するべきであろうな」

「そうか」と、ミラノ＝マスは低く言い捨てた。

「俺はちょっと外に出てくる。テリア、後は頼んだぞ」

「うん……」と応じるテリア＝マスの顔は、ほとんど蒼白《そうはく》になってしまっていた。そうしてテリア＝マスは胸《むな》もとで指先を組み合わせて、何か小声で唱え始める。彼女の手から落ちた木皿は、床に転がったままであった。

「どうしたのですか、テリア＝マス？　ヴァルブの狼がどうしたというのです？」

「そ、それは、聖域を守る三獣のことなのでしょう？　モルガの怒りに触れてしまうなんて、それは……それは、許されざることです」

震える声でそう言ってから、テリア＝マスは力なく壁《かべ》にもたれてしまった。

「モルガが怒れば、ジェノスが滅ぶ……いえ、わたしたちの祖は、モルガが怒れば山麓《さんろく》に住まう自分たちの世界が滅ぶと、そのように信じて生きてきたのです。だから、たとえ王国にこの地を手渡《てわた》すとしても、決してモルガの聖域を犯したりはしないと約定を交《か》わしたはずなのに……どうしてこんな……」

「掟を破ったのは、ジェノスの人間じゃなくて王都の人間だからな。あんたたちが怯《おび》える必要はないんじゃねーの？」

ルド＝ルウがそう言っても、テリア＝マスは「いえ」と首を振った。

「わたしたちの祖もまた、聖域を犯さないという約定のもとに、この地に住まうことを許されたのです。モルガの山との約定を破れば、滅ぼされるのはわたしたち……ジェノスの領土に住まう人間たち、ということになるのでしょう」

「なるほど。この宿の人間は、自由開拓民《かいたくみん》という一族の血筋であったのだな。一番最初にモルガの山と約定を交わしたのは、その自由開拓民という者たちであったのか」

シン＝ルウが、気がかりそうに厨房の出入り口を見た。

「そうなると、禁忌を破られてももっとも心を乱すのは、森辺の民でも城下町の貴族でもなく、その自由開拓民の末裔《まつえい》たち、ということになるのだろう。もしかしたら、ミラノ＝マスは兵士たちのもとに向かってしまったのではないか？」

俺は慌てて、アイ＝ファを振り返った。

アイ＝ファは鋭《するど》く目を輝かせつつ、シン＝ルウのほうを見る。

「ならば、我々もそちらに向かうべきであろう。シン＝ルウもともに来てくれるか？」

「了解した」

文句の声をあげようとするルド＝ルウを尻目《しりめ》に、俺たちは厨房を飛び出した。それと同時に、険悪なわめき声が食堂の奥《おく》のほうから聞こえてくる。まだ食堂の座席は半分も埋《う》まっていなかったが、それらのお客たちはけげんそうに騒ぎのほうへと目を向けていた。

「……よう、今度はお前らか」

ミラノ＝マスの肩越《かたご》しに、最奥《さいおう》の座席に陣取《じんど》ったダグが視線を向けてくる。頭に包帯を巻いているが、その顔から普段《ふだん》の精悍《せいかん》さはまったく損《そこ》なわれていなかった。

「ミ、ミラノ＝マス、どうされたのですか？」

俺が声をかけても、ミラノ＝マスは振り返らなかった。

その背中は、怒りで小さく震えている。

「どうもこうもない。こんな連中を俺の宿に置いておくことはできんから、追い出そうとしているだけだ」

「ええ？　だけどそれは――」

「モルガの山は、聖域だ！　聖域を荒らせば、俺たちが滅ぶことになる！　そんな大罪を犯した連中を、俺の宿に置いておけるものか！」

怒声《どせい》をあげながら、ミラノ＝マスはその手に携《たずさ》えていた小さからぬ布の袋《ふくろ》を、床に叩きつけた。中には銅貨か銀貨でも詰まっているのだろう。硬質《こうしつ》的な音色が響きわたる。

「事前に受け取った宿賃だ！　そいつを拾って、さっさと消え失せろ！」

「……そいつは困った話だな。部屋で休んでいる俺の部下どもは、それなりの手傷を負ってしまっているのでな」

「知ったことか！　勝手に野垂れ死ぬがいい！」

すると、レイトが駆け足でこちらに近づいてきた。

「いったい何の騒ぎですか、ミラノ＝マス？」

「……レイトか。この大罪人どもを、俺の宿から追い出そうとしているだけだ」

「大罪人？　……ああ、モルガの山の件ですか」

レイトは静かな声で言いながら、床に落ちていた袋を拾った。

「説明が遅《おそ》くなって申し訳ありません。でも、彼らは山と森の境に足を踏み入れただけなのです。厳密には、禁忌を破ってはいないのですよ」

「しかし、ヴァルブの狼に襲われたのだろうが⁉」

「禁忌を破りそうになったので、モルガの山が警告を与えたのでしょう。彼らが禁忌を破っていたのならば、その場で魂を返すことになったはずです。こうして生きながらえているということが、禁忌を破っていない証《あかし》なのですよ」

そう言って、レイトが袋を差し出してみせたが、ミラノ＝マスは目を向けようともしなかった。

レイトはわずかに眉をひそめつつ、俺たちのほうを振り返ってくる。

「森辺の民のみなさんにおうかがいします。あなたがたとて、かつては森と山の境にまで足を踏み入れたことがあるのではないですか？」

「うむ。この地を故郷として間もない頃は、危《あや》うく禁忌を犯しそうになったこともあるはずだ。森と山の境といっても、明確な区切りがあるわけではないからな」

と、シン＝ルウが沈着《ちんちゃく》な声で応じた。

「しかしそれはジェノスの領主から申しつけられた重大な掟であったので、俺たちの祖も山と森の境を見分けられるように修練を重ねた。マダラマの大蛇の這《は》いずった跡《あと》や、ヴァルブの狼が牙《きば》を研《と》いだ跡――それに、赤き野人が枝を折った跡などを見逃《みのが》すことがなければ、うっかり山に踏み込むこともない」

「では、山と森の境では、モルガの三獣と出くわすこともありえるのですね？」

「ありえる。かまどの間にいるダン＝ルティムも、そこでヴァルブの狼と遭遇《そうぐう》したことがあるそうだ」

レイトはうなずき、ミラノ＝マスの腕にそっと手をかけた。

「お聞きになったでしょう？　森辺の民とて、山と森の境にまでは、足を踏み入れることはあるのです。彼《かれ》らとて、それと同じことをしたにすぎません。ただ、たまたま数多くのヴァルブの狼と出くわして、手痛い洗礼を受けることになってしまったのでしょう」

「…………」

「また、彼らが許されざる罪を犯していたとしたら、ジェノス侯が処断してくれるはずです。ミラノ＝マスもジェノスの民なのですから、領主に判断をまかせるべきでしょう？　自由開拓民がモルガの山と交わした約定は、そのままジェノス侯爵《こうしゃく》家に継承《けいしょう》されているのですからね」

「…………」

「明日の朝には、ジェノス侯からの布告が回されるはずです。それまでは、どうかこらえてください。もう彼らの身柄《みがら》を預かりたくないという話であれば、それも正式に申し出るべきです。

宿と家族を守るために、どうかご自分から貴族との約束を踏みにじるような真似《まね》はなさらないでください」

ミラノ＝マスはぎゅっとまぶたを閉ざしてから、初めてレイトのほうを向いた。

「……この場は、お前さんに従おう。しかし、こいつらの行いを許したわけではない。こいつらのせいで、ジェノスは滅んでいたかもしれんのだからな」

「はい。それは僕《ぼく》も、同じ気持ちです」

ミラノ＝マスは大きくうなずき、レイトの手から銅貨の袋を受け取った。

「もうしばらくは、この銅貨を預かっておく。しかし、ジェノスの領主が間違《まちが》った判断を下すようであれば、何がどうあれ出ていってもらうからな」

「ああ、それでかまわねえよ」

ダグは、不敵に笑っていた。

最後にその顔をきつくにらみつけてから、ミラノ＝マスは厨房に戻っていく。

「やれやれ、まさかお前たちに救われるとはな。部屋でうなっている部下たちのために、礼を言わせてもらうぜ。カミュア＝ヨシュの弟子《でし》レイトに、ルウ家の狩人シン＝ルウよ」

「あなたに礼を言われる筋合いはありません。僕は養父に正しい道を歩いてもらいたいと願ったまでです」

「うむ。俺も問われたことに答えたまでだ」

「ふん、可愛《かわい》げのない連中だぜ」

ダグは、酒杯《しゅはい》に注がれた果実酒をあおった。頭に包帯を巻いているのに、酒を控《ひか》える気はないらしい。

「さあ、話が終わったんなら、料理を注文させてくれ。今日はへとへとに疲《つか》れちまったからな」

俺は立ち去り難い心境であったが、現時点ではかける言葉が見つからなかった。さらには後ろからアイ＝ファにせっつかれてしまったので、しかたなしにきびすを返すことにする。

「我々の出る幕はなかったな。とんだ無駄足《むだあし》を踏んでしまった」

「でも、アイ＝ファがミラノ＝マスのために駆けつけてくれたのは、すごく嬉《うれ》しかったよ」

俺が小声で答えると、背中を強めに小突《こづ》かれることになった。

そうして厨房に向かっていく道行きで、ひそめられた会話の声が耳に忍《しの》び入ってくる。

「あいつら、モルガの禁忌を犯したのか……？」

それは、名も知れぬ食堂のお客たちであった。

どこにでもいそうな、西の民である。宿屋の食堂に出向いてきているということは、おおよそ他の町から訪《おとず》れてきた行商人たちであるのだろう。だから、ジェノス在住の人間というのは、少なかったはずだ。

そうであるにも拘《かか》わらず、その場に集まった人々の面には、一様に恐怖《きょうふ》と戦慄《せんりつ》の表情が浮かべられているように感じられた。

4

翌日――緑の月の十五日である。

下ごしらえの仕事を終えて、二台の荷車でルウの集落に向かうと、そこには予期せぬ人物が待ちかまえていた。ルティム本家の若き家長、ガズラン＝ルティムである。

「ガズラン＝ルティム、このような時間にどうしたのですか？」

「はい。これから宿場町に下りるので、どうせならばアスタたちとともに向かおうかと思い、お待ちしていました」

とても穏《おだ》やかに笑いながら、ガズラン＝ルティムはそう言った。

ガズラン＝ルティムの手には、ルティム家のトトス、ミム・チャーの手綱が握られている。

そして、ミム・チャーは荷車につながれたルウルウやジドゥラとのんびりにらめっこをしており、レイナ＝ルウたちは宿屋に引き渡《わた》すための料理を積み込んでいるさなかであった。

「申し訳ありません、アスタ。すぐに片付きますので、少しだけお待ちください」

「うん。まだ時間にゆとりはあるから、焦《あせ》らなくて大丈夫《だいじょうぶ》だよ」

レイナ＝ルウに答えてから、俺はあらためてガズラン＝ルティムに向きなおった。

「どうしてガズラン＝ルティムが宿場町に？　何か用事でもあるのですか？」

「いえ。ただ、宿場町の様子をこの目で確認《かくにん》しておきたいと願ったまでです。とりたてて、用事があるわけではありません」

話を聞いても、俺にはいまひとつ理解が及《およ》ばなかった。この時間ではまだ王都の兵士たちも眠《ねむ》りこけているし、彼らが活動する頃には、ギバ狩りの開始時刻に至ってしまう。それで、何を確認しようというのだろうか。

「ここ数日で大きな騒ぎが続いたので、宿場町の様子が気になってしまったのです。特に昨晩は、アスタたちの手伝っている宿屋の主人が、王都の兵士たちに食ってかかってしまったのでしょう？」

「ああ、ダン＝ルティムに話を聞いたのですね。はい、モルガの聖域を踏み荒らされそうになったことが、ご主人の逆鱗《げきりん》に触れてしまったようです」

「その主人は、自由開拓民というものの末裔であるそうですね。しかし、この地にジェノスの町が作られてから、すでに二百年もの歳月《さいげつ》が過ぎているのだと聞き及びます。であれば、たとえ自由開拓民の末裔でなくとも、同じように心を乱す人間は多いのではないでしょうか？」

俺《おれ》は昨晩、恐怖に青ざめていたお客たちの姿を思い出しながら、「そうですね」と答えてみせた。

「もともとギバは、ジェノスで災厄の象徴《しょうちょう》とみなされていたのですよね。モルガの三獣は、そんなギバを山から追い出したという逸話《いつわ》が残されているそうですから……それだけでも、モルガの三獣は凄《すさ》まじい力を持った存在として恐《おそ》れられているような気はします」

「ええ。それで宿場町がおかしな騒ぎになったりはしていないか、私はそれを危惧《きぐ》しているのです」

すると、俺のかたわらに控えていたライエルファム＝スドラが「ふむ？」と小首を傾《かし》げた。

「町がどのような騒ぎになろうと、かまど番の身は俺たちが守ってみせよう。ルティムの家長は、護衛役に加わるつもりであるのか？」

「いえ。私はあくまで、町の様子が気になるだけです。それを見届けたら、中天までには集落に戻る心づもりです」

「そうか。まあ、お前は森辺でも指折りの知恵者《ちえしゃ》であるという評判だからな。よくはわからぬが、好きにするといい」

するると、ガズラン＝ルティムはにこやかに目を細めながら、ライエルファム＝スドラの姿を見返した。

「私こそ、スドラの家長は思慮《しりょ》の深さと決断力をあわせ持つ傑物《けつぶつ》であると聞き及んでいます。ファの近在の氏族をまとめあげることができたのも、あなたの裁量あってのことなのでしょう？」

「そのように馬鹿げたことを抜《ぬ》かすのは、バードゥ＝フォウだな？　俺など、そんな大した人間ではない」

「しかし、そのフォウとベイムの家長が族長たちと行動をともにするようになったのも、もとはあなたの言葉がきっかけであったのではないですか？」

それは確かに、その通りのはずだった。大事な会議の場に小さき氏族の代表者が加わり、その結果をすみやかに全氏族に通達するように定められたのも、そもそもはライエルファム＝スドラの発案であったのである。なおかつ、ガズラン＝ルティムもまたバードゥ＝フォウらとともに族長のお供をする立場であったので、ライエルファム＝スドラの評判を聞き及ぶことになったのだろう。

「スドラの家と血の縁《えにし》を結ぶことができて、バードゥ＝フォウはとても喜んでいました。私からも、祝福の言葉を捧《ささ》げさせてもらいたく思います」

「ふん。俺たちこそ、滅びに瀕《ひん》していたところをフォウの家に救われた身であるのだ。買いかぶりもほどほどにしてほしいところだな」

居心地《いごこち》悪そうに小さな身体をゆすってから、ライエルファム＝スドラはガズラン＝ルティムの笑顔をじろりとねめつけた。

「それよりも今は、王都の貴族どもの話だ。城下町のほうでも、なかなかの騒ぎであったようだな」

「ええ。ジェノス侯爵にとっても、あれは看過できぬ話であったはずですからね。昨晩は族長たちも交えて、ずいぶん長きの時間、会議が続けられたようです」

その話は、朝方に連絡網《れんらくもう》が回されていた。昨日の会議に参席したのはドンダ＝ルウとダリ＝サウティのみであり、彼らが帰還《きかん》したのは夜遅《よるおそ》くになってからであったので、朝方にようやくフォウの家にまで伝令役を回されることになったのだ。

それによると、監査官《かんさかん》たちはかなり厳しく批判されることになったのだという話であった。まあ、ジェノスにおいて最大の禁忌を破りそうになってしまったのだから、それも当然だ。実際に事を起こしたのは兵士たちでも、命令を下したのは監査官たちであるので、彼らが責任を逃《のが》れることもかなわなかったのだった。

「貴族どもは、決してジェノスに害をなすつもりではなかった、と言いたてていたそうだな」

「はい。西方神に誓《ちか》って、それだけは違《ちが》うと申し立てていたそうです」

「ふむ。族長たちは、その言葉を信じたのだな？」

「ええ。監査官たちは、激しく狼狽《ろうばい》していたそうです。ドレッグという人物はそれほど心情を隠《かく》すことに長《た》けてはいないようですので、族長たちが見誤ることはないでしょう」

では、タルオンのほうはどうだったのだろう。

俺がその点を尋《たず》ねてみると、ガズラン＝ルティムは「はい」とうなずいた。

「タルオンという人物は、心情の読みにくい相手だと思います。しかし族長たちは、彼の言葉も虚言《きよげん》ではないようだった、と言っていたそうです」

タルオンの弁明については、俺もフォウの人々から聞き及んでいた。いわく、そのような手段でジェノスに災厄をもたらせば、セルヴァの王が暴虐《ぼうぎやく》な命令を下したのだという悪評を招くことになる。セルヴァの王の代理人としてこの地を訪れている自分たちに、そのような行いは決して許されない――という弁明であるようだった。

王国セルヴァの仕組みが理解しきれていない俺たちには、その信憑性《しんぴようせい》をはかることは難しい。ただ、ドンダ＝ルウとダリ＝サウティは、タルオンの態度や口ぶりから、それは虚言でないと判断した。なおかつ、話の内容の信憑性に関しては、マルスタインから保証してもらえたのだそうだ。

「そのような真似をすれば、ジェノスの反乱を後押《あとお》しすることになってしまうからね。王都の貴《とうと》き方々は、ジェノスの独立こそを防ぎたいと願っているのだから、そのような真似に及ぶはずもない」

マルスタインは、そのように述べていたらしい。

また、ドレッグなどはこのような大失態を犯した兵士たちに、怒り心頭であったそうだ。

「どうやら昨日の騒ぎは、監査官たちの立場をずいぶん苦しくさせたようです。ジェノス侯爵の不始末を糾弾《きゅうだん》するのに、自分たちのほうが不始末を起こしてしまうというのは、はなはだ具合が悪いことなのでしょう」

「そうか。しかし、兵士たちにギバ狩りを命じたのはその貴族どもなのだからな。兵士たちを叱責《しっせき》する前に、自分たちの愚《おろ》かさを嘆《なげ》くべきであろうよ」

ライエルファム＝スドラとガズラン＝ルティムは、とても穏やかに会話を続けている。レイナ＝ルウたちが出発の準備を進めている姿を横目に、俺は昨晩も感じた疑念をぶつけてみることにした。

「あの、町の人間がモルガの山に踏み入りそうになったという話は、森辺の民にとって大したことではないのでしょうか？」

両名は、けげんそうに俺を振り返ってくる。「そうですね」と声をあげたのは、ガズラン＝ルティムのほうであった。

「もしもモルガの禁忌を完全に破ってしまい、聖域たる山を踏み荒らしてしまったならば、それは大ごとなのでしょうが……このたびは、ヴァルブの狼によってそれも守られているのですから、べつだん騒ぎにする必要はないように思います」

「そうですか。では、彼らがヴァルブの狼を傷つけたり、モルガの山を踏み荒らしたりしていたら、森辺の民も心を乱すことになっていたのでしょうか？」

その問いに対する答えは、「いいえ」であった。

「森辺の民は、八十年前にジェノス侯爵と結んだ約定を重んじているに過ぎません。町の人間が山を踏み荒らすという禁忌を犯しても、心を乱したりはしないと思います」

「でも、モルガの怒りはジェノスを滅ぼす、とされているのでしょう？」

「そうですね……つまり、森辺の民は自分たちもジェノスの民であるという自覚が足りていない、ということになるのでしょうか」

そう言って、ガズラン＝ルティムは考え深げに目を伏《ふ》せた。

「今では我々も、宿場町や城下町に友を持つ身です。そちらにまで災厄が降りかかってしまうのだと考えれば、禁忌《きんき》を犯《おか》そうとする人間に怒りを向けるべきなのかもしれませんね」

「そ、それよりもまず、自分たちの身のことは考えないのですか？　たとえば、モルガの三獣が怒って山を下りてきたら、まず真っ先に森辺の集落が危うくなってしまうでしょう？」

「そのときは、死力を尽《つ》くして戦うまでです。禁忌を犯したのが町の人間であるならば、森辺の民が滅びを受け入れる理由もありませんので」

ガズラン＝ルティムの言葉に、ライエルファム＝スドラも「そうだな」と相槌を打った。

「それに俺たちは、モルガの山を聖域とする人間の心持ちが、いまひとつ理解できていない。俺たちは森を母としているが、ジェノスの民はそういう意味でモルガの山を大事に思っているわけではないのだろう？」

「はい。むしろ、人間の踏《ふ》み入ってはいけない危険な領域だと見なしているように感じられますね」

「うむ。ならば、近づかないのが当たり前だ。森辺の民にとって、モルガの山というのはただの危険な場所であるに過ぎない。モルガの山を聖域と呼ぶのは、あくまでジェノスの民たちなのだ。だから、たとえその場所を踏み荒らされようとも、俺たちが怒りを感ずることはない」

つまり森辺の民は、モルガの山に神秘性を認めていない、ということなのだろう。だからこそ、兵士たちが禁忌を犯しそうになっても、心を乱すことにならなかったのだ。

「だから私は、宿場町の民の様子を案じているのです。彼らにとって、モルガの山というのがどのような存在であるのか、それが実感できないために、不安になってしまうのかもしれません」

そう言って、ガズラン＝ルティムは静かに微笑《ほほえ》んだ。

「昨日の騒ぎも、ジェノス侯爵によって布告が回されることでしょう。それはむしろ、禁忌は破っていないので心を乱す必要はない、という内容になるはずです。しかし、彼らがヴァルブの狼《おおかみ》に襲《おそ》われたという話は隠すわけにもいかないでしょうから……やっぱり私は、いささか心配です」

「そうですね。昨日の宿屋の様子を見た限りでも、少なからず動揺《どうよう》は広がるのではないかと思います」

俺がそのように答えたとき、「よー」とルド＝ルウが近づいてきた。

「ガズラン＝ルティムも、宿場町を覗《のぞ》きに行くんだって？　よかったら、俺も一緒に連れてってくれよ」

「はい。荷車は引かせてこなかったので、ともにトトスにまたがることになりますが、それでかまいませんか？」

「ああ。行きは荷車に乗せてもらうからよ。帰りだけ、トトスの尻《しり》に乗っけてくれ」

ルド＝ルウは、呑気《のんき》そうに笑っている。ガズラン＝ルティムのように宿場町の様子を心配しているわけではなく、単に好奇心《こうきしん》から同行を求めているのだろう。そうしている間に、レイナ＝ルウたちのほうも準備が整ったようだった。

護衛役を同行させるために、荷車は四台の大所帯だ。ルド＝ルウはレイナ＝ルウやリミ＝ルウと同じ荷車に乗り込み、ガズラン＝ルティムはミム・チャーで最後尾《さいこうび》を進むことになった。

荷車の手綱《たづな》を握《にぎ》るのはいずれもスドラの狩人であり、かまど番たちは大量の調理器具や食材とともに、荷台で揺《ゆ》られている。同乗しているトゥール＝ディンやユン＝スドラの表情にも、とりたてて普段と異なる様子は見られなかった。

（確かに森辺にとって、モルガの山っていうのはあまり関心のない存在なんだろう。そうだからこそ、山麓の森辺で暮らすことにも抵抗《ていこう》がなかったんだろうしな）

しかし、昨晩のミラノ＝マスやテリア＝マスは、あれほどまでに取り乱していた。普段はモルガの山のことなど話題にも出ないのに、禁忌が破られそうになったと聞いた途端《とたん》、恐怖や怒《いか》りの念にとらわれることになったのだ。

（自由開拓民の氏を残している家はもう残りわずかだっていう話だけど、それは余所《よそ》から移住してきた人たちと婚姻《こんいん》を繰《く》り返した結果なんだろうし……ジェノスの住人ではなさそうな宿屋のお客でさえ、あれだけ動揺してたんだからな。きっとガズラン＝ルティムの心配も、的外れではないんだろう）

となると、宿場町にはこれまで以上に不穏な空気が蔓延《まんえん》してしまっているのだろうか。そんな不安を抱《かか》え込みながら、俺は宿場町に下りることになった。

「……べつだん、普段と異なった様子はないようだな」

そのように言いながら、ライエルファム＝スドラは御者台《ぎょしゃだい》を降りた。しばらくして、荷車が大通りのほうに差しかかった頃合《ころあ》いで、俺も外界を覗き見する。

街道《かいどう》には、普段通りに人があふれていた。西や南や東の人々が、それぞれの仕事を果たすために往来を行き交っている。陽気なジャガルの民の中には、さっそくこちらに挨拶《あいさつ》をしてくれる人々もいた。

「すでに布告は回されているはずですが、それほどの動揺は見られないようですね」

最後尾にいたガズラン＝ルティムがミム・チャーの手綱を引きながら、俺たちの隣《となり》に並んできた。

「この後、アスタたちはどのように仕事を進めるのですか？」

「まずは宿屋で屋台を借り受けて、それから露店《ろてん》区域に向かいます。あ、ルウ家の人たちは宿屋の料理を受け持つ当番なので、それを先に届けることになりますね」

「では、アスタたちが所定の場所に着くまでは、私も同行させていただきます」

ジドゥラの荷車が、途中《とちゅう》で列を離《はな》れて横道に入っていく。裏通りにある《玄翁亭《げんおうてい》》へと料理を届けにいくのだ。そちらの荷車には、御者《ぎょしゃ》の狩人の他にバルシャも同行しているはずだった。

俺たちは真《ま》っ直《す》ぐ《キミュスの尻尾亭《しっぽてい》》に向かい、屋台を借り受ける。そちらに晩餐《ばんさん》用の料理を渡すのは、ルウルウの荷車に乗ったレイナ＝ルウたちの仕事である。

「兵士たちは、まだ部屋ですか？」

俺が問いかけると、テリア＝マスは「はい」とうなずいた。普段よりも、わずかに元気のない様子である。

「朝方、広場で布告が回されたようですね。兵士様たちは禁忌を犯したわけではないので、何も心配する必要はない……という内容であったようです」

「そうですか。ミラノ＝マスは、大丈夫ですか？」

「はい。このまま兵士様をお預かりするべきかどうか、商会長に相談しようと考えているようです」

兵士たちを宿泊させるのは城下町からの依頼《いらい》であったので、その窓口は商会長のタパスとなるのである。レイトの忠告通り、今後のことは正規の手順を踏んで決めようという心づもりであるのだろう。俺たちはテリア＝マスに別れの挨拶を告げて、露店区域を目指すことにした。

今のところ、おかしな空気は感じられない。まだ兵士たちは宿屋で休んでいる時間帯であるので、なおさらだ。それに、東や南の民はもちろん、遠方からやってきた西の民にとっても、昨日の一件などは他人事であるはずだった。

「なー、別になんにも変わりはねーじゃん。ガズラン＝ルティムの考えすぎだったんじゃねーの？」

と、気づけばルド＝ルウがガズラン＝ルティムの横を歩いていた。周囲の様子に目を配りながら、ガズラン＝ルティムは「そうですね」と微笑む。

「私の杞憂《きゆう》であったのなら、それが何よりです。ルド＝ルウには無駄足を踏ませてしまいましたね」

「いや、俺も自分の目で確かめたかったから、それは別にいいんだけどさ」

屋台を押《お》して歩きながら、俺は意外の念にとらわれることになった。

「それじゃあ、ルド＝ルウも町の様子が心配だったのかい？」

「そりゃまあ、ガズラン＝ルティムにあんな風に言われちゃな。知り合い連中が無事かどうか気になるだろ」

ルド＝ルウの知り合いと言えば、ごく限られた顔ぶれしか存在しない。ミラノ＝マスとテリア＝マス、ユーミとミシル婆《ばあ》さん、それにドーラの親父《おやじ》さんとターラである。

「そっか。ルド＝ルウはターラとも仲良しだったしね」

「別に、あんなちびっこの話はしてねーだろ。おかしなこと言うと、ひっぱたくぞ?」

と、ルド＝ルウは妙《みょう》にムキになった様子で、俺をにらみつけてきた。内心で、俺は「あれれ?」と小首を傾げてしまう。

(ルド＝ルウが、リミ＝ルウ以外のことでムキになるなんて、珍《めずら》しいな。……そういえば、ターラとリミ＝ルウは同い年だったっけ)

その両名は、まるで姉妹《しまい》のように仲良しだ。リミ＝ルウのことをひそかに溺愛《できあい》するルド＝ルウは、ターラに対しても強い情愛を抱《いだ》くようになったのだろうか。

(まあ、ターラのほうもルド＝ルウを慕《した》ってるから、仲良くなれたのなら何よりだ)

そんな風に考えて、俺がこっそり和《なご》やかな気分に陥《おちい》りかけたとき——平穏《へいおん》な空気が、ふいに粉々に打ち砕《くだ》かれた。前方から、年をくった女性のわめき声が響《ひび》きわたってきたのである。

「御託《ごたく》はいいから、出ていけって言ってんだよ! 二度とあたしの宿に顔を出すんじゃないよ!」

ガズラン＝ルティムとルド＝ルウは、同時に同じ方向を見た。

その視線の先を追うと、大きな建物から何名もの男たちがわらわらと出てくるさまが見える。見覚えのあるお仕着せを纏《まと》った、王都の兵士たちだ。数は、二十名ばかりもいただろう。突然《とつぜん》のこの騒《さわ》ぎに、往来の人々も立ちすくんでいた。

「俺たちの判断で、勝手に宿を移すことは許されていない。お前とて、いったん引き受けた仕事をそのように投げ出すことは許されないはずだ」

兵士の一人が、張りのある声でそのように述べたてた。

兵士たちの後から姿を現した人物が、「はん！」と盛大《せいだい》に鼻を鳴らす。

「先に騒ぎを起こしたのは、そっちだろうよ？　よりにもよってモルガの禁忌を犯すだなんて、そんな大馬鹿どもと関わりを持つのは、まっぴらだね！」

「昨日のギバ狩《が》りに、俺たちの隊は加わっていない。誰《だれ》も手傷を負っていないのが、その証だ」

「やかましいってんだよ！　どうあれ、禁忌を犯したのはあんたらのお仲間だ！　そんな大それた真似をしでかしておいて、でかい顔をするんじゃないよ！」

怒鳴《どな》り散らす女性の背後から、やたらと図体《ずうたい》のでかい男が、ぬうっと現れた。その腕に抱えられていた数々の荷物が、兵士たちの足もとに投げ出される。それは、彼らの持参した荷物の袋と、そして白銀に輝《かがや》く甲冑《かっちゅう》であった。

建物の中には別の人間たちもひそんでいるらしく、次から次へと同じ荷物が届けられてくる。大男は、それらも同じように街道の石畳へと無造作に放り出していった。

「女……お前は本当に、貴き方々のお言葉に背《そむ》くつもりであるのだな？」

兵士の声に、隠しようもない激情の気配が漂《ただよ》った。

ガズラン＝ルティムはきつく眉《まゆ》を寄せて、俺のほうにミム・チャーの手綱を差し出してくる。

「アスタ。申し訳ありませんが、ミム・チャーをお願いいたします」

「ど、どうするつもりなのですか、ガズラン＝ルティム？」

「あの女性が兵士に斬《き》られてしまったら、王都とジェノスの間には致命的《ちめいてき》な亀裂《きれつ》が入ってしまいます。この騒ぎを見過ごすわけにはいきません」

ガズラン＝ルティムが騒乱《そうらん》の場へと駆《か》け出していくと、ルド＝ルウも「しかたねーなー」とその後を追いかける。すると、俺と一緒《いっしょ》に屋台を押していたトゥール＝ディンが、わずかに震える声で呼びかけてきた。

「ア、アスタ。あの女衆は……宿屋の寄り合いや勉強会に参加していましたよね？」

トゥール＝ディンの言う通り、それは俺たちにとって見知った相手であった。肉厚の体格をした、ひどく貫禄《かんろく》のある壮年《そうねん》の女性――《アロウのつぼみ亭《てい》》の女主人、レマ＝ゲイトである。

（そうか。氏を持っているレマ＝ゲイトも、自由開拓民の末裔だったたんだ）

ミム・チャーの手綱を手に、俺は呆然とそう考えた。

そんな俺に、ライエルファム＝スドラが「おい」と声をかけてくる。

「アスタはあの場に近づくのではないぞ。ルティムの家長らにまかせておくがいい」

「は、はい。ですが……」

俺がそのように言いかけたとき、どこからか「そうだ！」というひび割れた声があがった。

「森辺の集落だけじゃなく、モルガの山まで踏み荒《あ》らそうだなんて……手前《てめえ》ら、何を考えてやがるんだよ！」

俺は慌《あわ》てて周囲を見回したが、声の出どころはわからなかった。

その間に、今度は別の場所から声があがる。

「お前らは、ジェノスに滅《ほろ》びをもたらすつもりなのか!?」

「お前らみたいな大罪人は、ジェノスから出ていきやがれ！」

静まりかえっていたはずの空気が、ふつふつと煮《に》えたぎっていく。ライエルファム＝スドラはいよいよ緊迫《きんぱく》した面持《おもも》ちで、俺のほうに身を寄せてきた。レマ＝ゲイトの怒りに満ちた声が、往来にたたずむ一部の人々に火をつけてしまったのだ。

事情のわからない南の民たちなどは、けげんそうにそんな人々のことを見やっている。東の民たちは無言で立ち尽くしており、また、レマ＝ゲイトの怒りに感化されなかった西の民たちは、恐れをなした様子で騒乱の場から遠ざかっていった。

「お待ちください。このような場で争うのは、ジェノスの法に背く行いであるはずです」

そこに、ガズラン＝ルティムの力強い声が響きわたった。

周囲の人々はぎょっとしたように押し黙《だま》り、レマ＝ゲイトは怒りに満ちた顔つきでそちらを振り返る。

「何だい、森辺の民なんざお呼びじゃないよ！　引っ込《こ》んでおいてもらおうか！」

「いいえ。確かに私は森辺の民ですが、同時にジェノスの民でもあります。この騒ぎを他人事と考えるわけにはいきません」

ガズラン＝ルティムはよどみのない足取りで、レマ＝ゲイトと兵士たちの間に立ちはだかった。ルド＝ルウもその隣に立ち並び、兵士たちに検分の眼差《まなざ》しを突《つ》きつけている。

「……お前たちも、この女に加担しようというつもりか？」

兵士の一人が凄《すご》みをきかせた声音《こわね》で問うと、ガズラン＝ルティムは「いいえ」と応じた。

「私は誰の味方でもありません。あえて言うならば、ジェノスの法に沿った立場を取りたいと願っています」

「ジェノスの法だと？」

「はい。残念ながら、私にはあなたがたとこの女性のどちらに非があるのか、それを判ずることはできません。ただし、往来で騒ぎを起こしたり刀を抜いたりすることは罪である、ということは知っています。……ですから、どうぞあなたがたもジェノスの法に従っていただきたく思います」

兵士たちは、まだ誰も刀を抜いてはいない。しかし、その柄《つか》に手をかけている者は、一人や二人ではなかった。大切な甲冑を地面に放り出されたことで、彼らも激昂《げきこう》しているのだ。

「あなたがたは、昨日も一昨日もジェノスの法に触《ふ》れることになりました。この上、さらに罪を重ねてしまったら、もはや罪人呼ばわりも逃れられない身となってしまうでしょう。それで、王命を果たすことがかなうのでしょうか？」

思いも寄らぬ森辺の狩人の登場に、周囲の人々は一瞬《いっしゅん》で静まりかえっていた。

しかし、兵士たちはまだ剣呑《けんのん》な空気を発散しており、レマ＝ゲイトなどは憎々《にくにく》しげに眉を吊《つ》り上げている。

「横から出てきて、何をほざいているんだい！　賢《さか》しげな口ばかりききやがって……あんた、本当に森辺の民なのかい⁉」

「私は森辺の民、ルティム本家の家長ガズラン＝ルティムと申します。あなたも今少し落ち着かれるべきでしょう。ジェノスの貴族から引き受けた仕事を抛《なげう》とうというおつもりであるならば、然《しか》るべき手順を踏むべきではないでしょうか？」

「見ず知らずの人間に、偉《えら》そうな口を叩《たた》かれる覚えはないよ！　これは、あたしとこいつらの問題さ！」

「いえ。これは、ジェノスと王都の問題であるはずです」

ガズラン＝ルティムの声や表情は決して昂《たか》ぶっていなかったが、そこに秘《ひ》められた断固たる意思の力に、さしものレマ＝ゲイトも口をつぐむことになった。そして——昔からガズラン＝ルティムを知る俺には、彼がどれほどの覚悟《かくご》と決意をもってそこに立っているのか、見誤ることもなかった。

とても沈着な表情を保ったまま、ガズラン＝ルティムの茶色い瞳《ひとみ》が鋭く輝いている。それはまるで、遥《はる》かなる高みから地上を見渡《みわた》す猛禽《もうきん》のように鋭い眼差しであり、レマ＝ゲイトを黙らせるに足る迫力《はくりょく》と冷徹《れいてつ》さをみなぎらせていたのだった。

「うわ……まるで、ルティムの長老みたいな目だね」

と、少し離れた場所で別の屋台を受け持っていたリミ＝ルウが、そんな風につぶやいていた。

確かにガズラン＝ルティムの祖父であるラー＝ルティムも、このように鋭い眼差しを有するご老人であったのだ。

「争いが生じてしまったのならば、ジェノスの衛兵にすべてを託《たく》すべきでしょう。私はジェノスの民としてそのように考えますが、何か間違っているでしょうか？」

兵士たちの何名かは、唇《くちびる》を噛《か》んで後ずさり始めていた。歴戦の勇士たる彼らも、ガズラン＝ルティムの気迫《きはく》に圧《お》されているのだ。

そうしてその場に、重苦しい静寂《せいじゃく》がどんよりと垂れこめかけたとき――人垣《ひとがき》をかきわけて、新たな兵士が姿を現した。

「ぞごまでだ……ざわぎをおごずごどは、わだじがゆるざん」

そばにいた人々が、ぎょっとした様子で身を引いている。

それは、百獅子《しし》長のイフィウスであった。

「た、隊長殿《どの》、これは……」

「わがっでいる。ごのようなざわぎになるのではないがど、わだじもげねんじでいだのだ」

イフィウスは濁《にご》った声音を絞《しぼ》り出しながら、その合間にシュコーシュコーという不気味な呼吸音を響かせる。その姿を、ガズラン＝ルティムは鋭い眼差しのまま見つめた。

「あなたは……兵士たちの長である、イフィウスという御方《おかた》ですね」

「そのどおりだ……ぶがだぢのびれいは、わだじがわびざぜでいだだぐ」

金属でできたクチバシのような鼻が、ほんの少しだけ上下した。わずかながらに、頭を下げたということなのだろう。

「おまえだぢ、にもづをびろえ……よるまでにはあだらじいやどをじゅんびざぜるので、ぞれまではわだじのやどでにもづをあずがる」

兵士たちはイフィウスに反問することなく、レマ＝ゲイトに向けていた怒りの表情も消し去って、それぞれ無言で荷物を拾いあげた。

イフィウスはもう一度金属の鼻を上下させてから、優雅《ゆうが》な仕草できびすを返す。兵士たちは、規則正しい足取りでそれに付き従っていった。

「……ふん！」と最後に鼻を鳴らしてから、レマ＝ゲイトも扉《とびら》の向こうに姿を消した。それで往来に立ちすくんでいた人々も、ようよう動き始める。その内の何名か――おそらく兵士たちに非難の声をあびせかけていた人々は、とてもばつが悪そうな顔をしていた。

「さすがはルティムの家長だな。見事な手並みであったぞ」

俺たちが近づいて、ライエルファム＝スドラが声をかけると、ガズラン＝ルティムは静かにこちらを振《ふ》り返ってきた。その瞳には、まださきほどの鋭さの余韻《よいん》めいた光が浮《う》かべられている。

「やはり、町に下りて正解でした。宿場町の一部の人間にとって、モルガの山を踏み荒らすという行いは強い禁忌であったようです」

「どうやら、そのようですね。さきほどの女性はレマ＝ゲイトといって、やはり自由開拓民《かいたくみん》の末裔《まつえい》であるのです」

俺の言葉に、ガズラン＝ルティムは「そうですか」とうなずいた。

「アスタ。今日の夜、時間をいただくことはできますか？」

「夜ですか？　夜は宿屋の手伝いがあるのですが……でも、他の誰かに代わりを頼《たの》むことはできると思います」

「それではどうか、ルウの集落に集まっていただきたく思います。他の族長筋と、フォウとベイムの家には、こちらから伝えておきますので」

「では、三族長の会合を行うつもりであるのだな？」

ライエルファム＝スドラが問いかけると、ガズラン＝ルティムは「はい」と応じた。

「森辺の民はジェノス侯爵と手を携《たずさ》えて、この苦難を一刻も早く乗り越《こ》えなければなりません。王都の人々に、正しき道を示してみせるのです」

「では、ガズラン＝ルティムにはその道筋が見えたのか？」

「いえ。ですが我々は、自分たちの正しいと信ずる道を進む他ないでしょう。森辺の民として――そして、ジェノスの民として、もっとも正しい道を探すのです」

そう言って、ガズラン＝ルティムはひさかたぶりに微笑《びしょう》をもらした。

「そのために、どうか力をお貸しください、アスタ。アスタの存在は、森辺の同胞《どうほう》にまたとない力をもたらしてくれることでしょう」

「はい。俺にできることであれば、決して力は惜《お》しみません」

さきほどは否定していたが、ガズラン＝ルティムには何か進むべき方向が垣間見《かいまみ》えたのだろう。なおかつ、ガズラン＝ルティムがこれほどまでに話を急いでいるということは――きっと、俺が考えていた以上に、事態は差し迫《せま》っているのだ。

町に住んでいたことのある俺には、森辺の民らしからぬ考えをひねり出すことができる。きっとそれが、森辺の民の力になるだろう――昨日、ユン＝スドラはそんな風に言ってくれていた。しかしこのガズラン＝ルティムは生粋《きっすい》の森辺の民でありながら、余人の考えの及ばないところにまで目を向けることのできる、そういう傑物であるのだった。

「ガズラン＝ルティム。宿屋に伝言を残しておけば、カミュア＝ヨシュを呼ぶこともできると思います。彼も森辺の会合に呼んでみてはいかがでしょうか？」

「ああ、それは助かります。カミュア＝ヨシュに加わってもらえれば、いっそう進むべき道も明確になるはずです」

そう言って、ガズラン＝ルティムは力強くうなずいた。

「必ずや、この苦難を退けてみせましょう。ジェノスと森辺に平和な生活を取り戻《もど》すために」

俺は、「はい」とうなずいてみせた。

ガズラン＝ルティムが、いったいどのような道を見出《みいだ》したのか——俺などには想像することも難しかったが、迷いや不安の気持ちはなかった。これだけ頼もしい同胞が大勢いるのだから、どのような苦難でも乗り越えることはできるはずだ。俺は、そのように信ずることができた。

幕間★★★〜森辺の夜〜

1

ガズラン＝ルティムの呼びかけで族長たちの会議が開かれることになった、緑の月の十五日――宿場町での商売とルウ家における勉強会を終えた俺は、そのままかまど小屋に居残って晩餐作りの手伝いをさせてもらっていた。

同じく勉強会に参加していたトゥール＝ディンとユン＝スドラはチム＝スドラとともにギルルの荷車で帰還してもらい、アイ＝ファへの伝言役をお願いしている。今日の会議は突然のものであったので、アイ＝ファにはまだ事情が伝わっていないのである。

しかし、本日はもともと《キミュスの尻尾亭》に下りる予定であったので、アイ＝ファも早めに戻ってきてくれるだろう。その後はチム＝スドラと別々の荷車でルウの家まで来てもらい、チム＝スドラはライエルファム＝スドラらと合流して自分の家に帰るという、そんな具合に段取りはまとまっていた。

「バードゥ＝フォウとベイムの家長も日が暮れる前に戻ってくればいいのだが、さてどうであろうな」

かまど小屋の入り口にたたずんだライエルファム＝スドラが、そんな風につぶやいている。もう一人の居残り組である狩人《かりうど》は、広場のほうを見張ってくれていた。

「そうすれば、みんな荷車で一緒に来られますもんね。徒歩だと、それなりの距離《きょり》になってしまいますし」

「うむ。しかしまあ、トトスを扱《あつか》うようになるまでは、それが当たり前の話であったのだ。……もっとも、以前は血族でもない氏族の家を訪れる機会など、ほとんどなかったのだがな」

「ええ。それはきっと、時間が惜しくて遠出をする気持ちになれなかった、という面もあるのでしょうね。そう考えたら、トトスこそが森辺の民の絆《きずな》を深めた一番の功労者なのかもしれません」

もしもトトスがいなかったら、グラフ＝ザザやダリ＝サウティをルウの集落まで呼び出すことも、かなり難しくなってしまうことだろう。特に北の集落などは、徒歩だとルウの集落まで四時間はかかろうかという距離であるのだ。

「しかし、トトスを使っても北の集落が遠いということに変わりはない。グラフ＝ザザたちの帰りが遅《おそ》ければ、ルウの集落に辿《たど》り着くのもずいぶん遅くなってしまうだろうな」

「そうですね。トトスに荷車を引かせなければ、一刻ぐらいで辿り着けるかもしれませんけど……それでもやっぱり、かなり遅めの到着《とうちゃく》になってしまうでしょうね」

俺がそんな風に言ったとき、ライエルファム＝スドラが外のほうにうろんげな目を向けた。

「……どうやら、そうでもなかったようだ」

「え？」と俺が振り返ると、ライエルファム＝スドラが場所を空けるように身を引いた。その空間に、巨大《きょだい》な人影《ひとかげ》がぬうっと出現する。

「至急の会議を開きたいとの伝言を受けて、参上した。族長ドンダ＝ルウの伴侶《はんりょ》は、ここか？」

「ああ、おひさしぶりだね。ルウの家にようこそ、族長グラフ＝ザザ」

一緒にかまど番の仕事を果たしていたミーア・レイ母さんが、にこやかな笑顔《えがお》を向ける。グラフ＝ザザは「うむ」とうなずきながら、燃えるような目でかまど小屋の内部を見回してきた。

頭からギバの毛皮をかぶった、魁夷《かいい》なる姿である。その面《おもて》はギバの上顎《うわあご》の陰《かげ》になってほとんどうかがえないのであるが、それでも恐るべき迫力だ。こうしてみると、息子《むすこ》のゲオル＝ザザなどはまだまだずいぶん親しみやすい風貌《ふうぼう》であったのだな、という思いを新たにさせられることになった。

「……ひさしいな、ファの家のアスタ。お前もずいぶんな騒動《そうどう》に見舞《みま》われたようだが、息災そうで何よりだ」

「あ、はい。おかげさまで……えーと、今日はお早いおつきでしたね」

「……日没《にちぼつ》はもう間近だ。さして早いとも思わんが」

何やら普通《ふつう》に言葉を交《か》わしているだけで、気圧《けお》されてしまいそうになる。すると、ミーア・レイ母さんが横からフォローをしてくれた。

「でも、いきなりの話だった割には、やっぱり早かったんじゃないかね。こっちから会議の話を伝えに行ったとき、グラフ＝ザザたちはもう森の中だったんだろう？」

「ああ。しかし、今日はなかなかの収穫《しゅうかく》だったので、日が高い内に一度集落まで戻ることになったのだ。そのときに会議の話を女衆から伝え聞いたので、俺と供の人間だけが早めに仕事を切り上げてきた」

「ああ、なるほどね。何にせよ、一緒に晩餐を取れるのは何よりだよ。立派な晩餐を準備してみせるから、楽しみにしていておくれ」

「うむ」とうなずいてから、グラフ＝ザザは再び俺のほうに眼光を向けてきた。

「今日は、ファの家の人間も会議に加わるのだという話だったな」

「はい。おそらくカミュア＝ヨシュも来てくれるのではないかと思います」

「うむ。ガズラン＝ルティムがそのように願い出たというのなら、俺にも異存はない」

そのように述べてから、グラフ＝ザザはわずかに目を細めたようだった。

「それで……今日はお前だけなのか、ファの家のアスタよ」

「え？　アイ＝ファでしたら、ギバ狩りの仕事を終えた後に来てくれるはずですが」

「そうではない。お前はルウの家で修練を積む際も、ディンとスドラの女衆を引き連れているという話であったはずだ」

ユン＝スドラはともかく、トゥール＝ディンはグラフ＝ザザの許しなくして勝手な真似《まね》はできないので、もちろんその話もずいぶんな昔に通達済みである。

「はい。さきほどまでは、二人も一緒でした。勉強会を終えた後、自分たちの家に戻ったのです」

「……そうか。まあ、他の家のかまどを預かるというのは、あまり普通の話ではないからな」

そのように述べるなり、グラフ＝ザザは肉厚の肩《かた》をそびやかして身をひるがえした。

「では、ルウの家で他の族長たちを待たせてもらう。刀は、そちらに預ければいいのだったな？」

「ああ。うちの家長もすぐ戻るはずなんで、くつろいでいておくれよ」

グラフ＝ザザが姿を消すと、かまど小屋の空気がわずかにゆるんだ気がした。今では北の一族とも同胞としての絆を結びなおしたルウ家であるが、やはりグラフ＝ザザのもたらす気迫がいくばくかの緊張《きんちょう》感を生み出してしまうものらしい。

「グラフ＝ザザは、あまり機嫌《きげん》がよくなさそうな気配であったな。やはり王都の貴族どものせいで、苛立《いらだ》ちをつのらせているのだろうか」

横に引っ込んでいたライエルファム＝スドラが、けげんそうに首を傾《かし》げる。その声に答えたのは、鉄鍋《てつなべ》の中身を攪拌《かくはん》していたリミ＝ルウであった。

「でも、最初は機嫌よさそうだったよね！　トゥール＝ディンがいないから、残念だったんじゃないかなあ？」

「ふむ？　トゥール＝ディンがいないと、どうしてグラフ＝ザザが不機嫌《ふきげん》になってしまうのだ？」

「それはリミにもわかんないけど。でも、みんなのことをぐるーって見回して、アスタとトゥール＝ディンの話を始めたら、急にむすーっとしちゃったから。トゥール＝ディンがいると思ってうきうきしてたのに、いないからガッカリしちゃったのかなーって思ったの」

リミ＝ルウは、俺《おれ》などよりもよほど心情の機微《きび》を読むのに長けているのである。そうしてリミ＝ルウの話を聞いていると、ライエルファム＝スドラも「なるほど」とうなずくことになった。

「確かに、時間が経《た》つにつれてグラフ＝ザザは穏《おだ》やかならぬ気配を増していったように思う。案外、お前の言った通りなのかもしれんな」

「うん！　トゥール＝ディンはザザの血族だから、きっとグラフ＝ザザはトゥール＝ディンのお料理が食べたかったんじゃないかな！」

リミ＝ルウは、屈託《くったく》のない顔で笑っている。その笑顔を眺《なが》めながら、俺も内心で「なるほど」とつぶやくことになった。

「とまあ、昨日、そんな話があったんだよ」

翌日の昼下がりである。

宿場町での商売を終えて、本日はファの家で勉強会だ。いよいよレシピの完成に近づいてきたガトーショコラの作製に励《はげ》みながら、トゥール＝ディンは「ええ？」と目を丸くしていた。

「い、いくら何でも、グラフ＝ザザがそのようなことで一喜《いっき》一憂《いちゆう》したりはしないと思います。ルウ家には、とても立派なかまど番が何人もそろっているのですから……」

「そんなことないよ。というか、かまど番の腕前《うでまえ》どうこうじゃなく、トゥール＝ディンの料理を食べたかったっていうだけの話なんじゃないのかな？」

「い、いえ、そんなことは……わたしはつい先日、ザザの集落で婚儀《こんぎ》の祝宴《しゅくえん》をまかされたばかりですし……」

「それだって、もう半月以上も前の話じゃないか。トゥール＝ディンの料理が恋《こい》しくなったって不思議はないよ」

そんな風に話していると、すぐそばのかまどで煮込《にこ》み料理の修練に励んでいた女衆が「そうですよ！」と声をあげた。

「グラフ＝ザザは、トゥール＝ディンの料理をたいそう気に入っておられるのですから、何も不思議ではありません。会議にはアスタも加わるという話であったので、トゥール＝ディンも一緒なのではないかと期待してしまったのでしょう」

それは、トゥール＝ディンにとって血族であるリッドの若い女衆であった。俺の記憶《きおく》に間違《まちが》いがなければ、この娘《むすめ》さんも先月の祝宴ではトゥール＝ディンとともに宴《うたげ》料理の準備をまかされていたのだ。

「でも、それでトゥール＝ディンがいないからといってへそを曲げてしまうというのは、まるで幼子のようですね。グラフ＝ザザはあんなに立派な狩人なのに、何だか可愛《かわい》らしく思えてしまいます」

「い、いえ。ですから、たぶんそれは誤解か何かで……」

「ルウ家では、今日も族長たちの会議が開かれるのでしょう？　その場にトゥール＝ディンを連れていくことは難しいのでしょうか？」

リッドの女衆の言葉に、俺は「うん」とうなずいてみせる。

「さっきの帰り道、ミーア・レイ＝ルウに確認《かくにん》してみたんだけど、そういうことならトゥール＝ディンにもかまどの仕事を手伝ってほしいって言われたんだよね。トゥール＝ディンがよければ、どうかな？」

「えええ？　だ、だってそれは、大事な会議なのでしょう？　そんな場所に、わたしなどがお邪魔《じゃま》するわけには……」

「そうは言っても、晩餐の間はルウ本家の家族だって勢ぞろいしてるからさ。会議の本番は、晩餐を終えてからなんだよ。帰りは遅くなっちゃうけど、俺たちの荷車で送ることはできるから、晩餐の後はリミ＝ルウやララ＝ルウなんかとおしゃべりしてればいいんじゃないかな？」

トゥール＝ディンは、目を白黒させてしまっていた。

「だ、だけど……他の家のかまどを預かることはあまり普通の話ではないと、グラフ＝ザザも言っていたのでしょう？　深い理由もなく、わたしがルウ家のかまどを預かってしまうというのは……」

「でも、こういう機会でもないと、なかなかトゥール＝ディンの料理を食べてもらえる機会はないだろう？　特にその場には、ドンダ＝ルウやダリ＝サウティもいるわけだしさ。ファの近在の氏族がどれほどかまど番としての腕《うで》をあげたか、それを知ってもらういい機会なんじゃないかな」

そう言って、俺はトゥール＝ディンに笑いかけてみせた。

「まあ俺としては、グラフ＝ザザを喜ばせてあげたいっていうのが一番の理由なんだけどね。最近は色々と厄介《やっかい》な問題が起きて、みんな鬱憤《うっぷん》がたまっているだろうから、美味《おい》しい料理で少しでも安らいでほしいんだ」

トゥール＝ディンは全身でもじもじしながら、俺の顔を上目づかいで見上げてきた。

「……グラフ＝ザザは、わたしなどの料理で心が安らぐのでしょうか……？」

「そりゃそうさ。血族の作る美味しい料理なら、格別なんじゃないかな。血の縁《えにし》を重んじる森辺の民にとって、それは当然の話だろう？」

「…………」

「もしもこれが俺たちの勘違《かんちが》いで、グラフ＝ザザに余計な真似をするなって叱《しか》られちゃったら、俺がきちんと事情を説明してみせるよ」

俺がそう言うと、トゥール＝ディンは「いえ」とぷるぷる頭を振った。

「そのときは、わたしが責任をもって叱責《しっせき》を受けます。……だから、わたしもルウの家に連れていっていただけますか……？」

「うん、もちろん」

トゥール＝ディンは弱々しいながらも、にこりと微笑んだ。

きっとトゥール＝ディンの内にも、グラフ＝ザザの力になりたいという気持ちが芽生えたのだろう。グラフ＝ザザとて、こんなに健気《けなげ》なトゥール＝ディンを叱責したりは決してしないはずだと信じたいところであった。

（何せ、二夜連続の族長会議だもんな。深刻さの度合いも、かなりのものだし……誰だって鬱憤を溜《た》め込んでいるはずだ）

昨晩も遅くまで会議を続けることになったのだが、それで話は終わらなかったのだ。王都の監査官《かんさかん》たちからもたらされた騒動に、森辺の民はどのような行動でもって対処するべきか――それはやっぱり、そんな簡単な議題ではなかったのである。

しかし、確かに光明は見えている。聡明《そうめい》なるガズラン＝ルティムの見ている光景が、ようやく俺たちにも見えてきたのだ。もう一晩、みんなで忌憚《きたん》のない意見を交わし合えば、きっと進むべき道は開けるはずであった。

森辺の族長たちがこれほどまでに頭を悩《なや》ませているのは、サイクレウスが健在であったとき以来のことだろう。そんな族長たちに、少しでも安らぎを与《あた》えたい。それも、俺にとってはまぎれもない本心であった。

そうして俺とトゥール＝ディンは、ルウの集落に向かうことになった。

時刻は、下りの四の刻の半。ルウ家の晩餐の準備に間に合うように、勉強会は少々早めに切り上げることになった。ライエルファム＝スドラたちも、当然のように同行してくれている。

ルウ家は眷族《けんぞく》を招いて独自に勉強会を行っていたらしく、ちょうど俺たちが到着する頃《ころ》に、それに参加していた女衆が帰路につくところであった。荷車を使って、リリンやマァムやムファといったやや遠方の眷族たちも集まっていたようだった。

「ようこそ、ルウの家に。今日はよろしくお願いするよ、トゥール＝ディン」

かまど小屋に向かうと、ミーア・レイ母さんが笑顔で迎《むか》え入れてくれた。

トゥール＝ディンがルウ家のかまどを預かったのは、ただ一度。町の人々を招いた親睦《しんぼく》の祝宴のみとなる。家屋の中で普通に食する晩餐に参加するのは、これが初めてのことであろう。森辺において、他の家の晩餐にお邪魔するというのは、それぐらい珍しい話であるのだった。

「まあ、あたしらはしょっちゅうアスタを呼びつけていたから、すっかり慣れっこになっちまったけどね。なんにも遠慮《えんりよ》はいらないから、いつも通りに晩餐をこしらえておくれよ」

「は、はい。承知いたしました」

ということで、さっそく俺たちは晩餐の準備に取りかかった。本日のかまど番は、ミーア・レイ母さん、ヴィナ＝ルウ、ララ＝ルウの三名である。レイナ＝ルウは《キミュスの尻尾亭》に向かう関係で、ともに晩餐を取れないために、もう半月ばかりもこの仕事からは外れることになっていた。

「レイナには気の毒だけど、一緒に食べることができないなら晩餐の準備をまかせることはできないからね。ま、本人は楽しそうにしているから、べつだん問題はないんだろうけどさ」

「ええ、最近のレイナ＝ルウは楽しそうですね。きっと《キミュスの尻尾亭》を手伝った経験は、今後のレイナ＝ルウの力になると思いますよ」

「ああ、きっとそうなんだろうね。でも、宿屋の手伝いもぼちぼちおしまいなんだろう？」

「はい。そろそろ半月ぐらいになりますから、宿屋のご主人もずいぶん元気になってきたみたいです」

とはいえ、二日前には王都の兵士たちを追い出そうとしていたミラノ＝マスである。あれからおかしな騒ぎには発展していないが、俺にとっては大きな気がかりのひとつであった。

（そのためにも、今日の会議で決着をつけないとな）

そんな風に考えながらトゥール＝ディンの様子をうかがってみると、ララ＝ルウが笑顔で一緒に作業を進めていた。この二人は、案外と仲がいいのである。

「そういえば、もうすぐあんたと出会って一年になるんだね！　なーんか、十年も昔の話に感じられるけどさ！」

「あ、はい……あのときは本当に、ご迷惑《めいわく》ばっかりかけてしまって……」

「そんな大昔の話で謝《あやま》ることないでしょ！　だいたい、あんたは何も悪いことはしてないんだしさ！」

二人が話しているのは、きっと一年前の出会いの日――スン家における家長会議の話なのだろう。鉄鍋の煮汁《にじる》で火傷《やけど》をしそうになったトゥール＝ディンを、ララ＝ルウが助けることになったのだ。

「あの頃のあんたって、病人みたいに暗い顔してたもんね。ま、スン家で暮らしてたら、それが当たり前なんだろうけどさ！」

「あ、ええ、はい……」

「でも、今は元気になったよね！　周りの人間ともうまくやってるみたいだしさ」

ララ＝ルウは、とても情感の豊かな女の子だ。やんちゃな男の子のように白い歯を見せるララ＝ルウと、はにかむように微笑《ほほえ》むトゥール＝ディンの姿は、見ていてとても心のなごむものであった。

そうして時間が過ぎるにつれて、窓の外には夕闇《ゆうやみ》が垂れこめていく。グラフ＝ザザが現れたのは、いよいよ晩餐《ばんさん》も完成に近づいた頃合《ころあ》いであった。

「何やら、かまど小屋まで出向いてほしいと言われたのだが、いったい何の用――」

と、そこで口をつぐんだグラフ＝ザザが、黒い瞳をぎらりと輝かせた。

「トゥール＝ディン、どうしてお前がこの場にいるのだ？」

「ルウの家にようこそ、グラフ＝ザザ。せっかくだから、あんたの血族であるトゥール＝ディンにもかまど仕事を手伝ってもらおうと思って、あたしが呼びつけたんだよ」

大らかに笑うミーア・レイ母さんに続いて、トゥール＝ディンも「は、はい」と声をあげた。

「グラフ＝ザザの許しを得る前に、勝手な真似をしてしまって申し訳ありません。わたしも晩餐をともにすることを許していただけるでしょうか……？」

グラフ＝ザザはしばらくトゥール＝ディンの姿を凝視《ぎょうし》してから、「勝手にするがいい」と言い捨てて、さっさと立ち去ってしまった。

「ドンダ父さんに負けないぐらい無愛想だねー。ま、美味しい料理を食べさせれば、文句を言われたりもしないでしょ」

ララ＝ルウの言葉に、トゥール＝ディンは「はい」とうなずいた。ミーア・レイ母さんも、トゥール＝ディンを力づけるように背中を叩いている。

「それじゃあ、できあがったやつから広間に持っていこうか。みんな、腹を空《す》かせて待ってるだろうからね」

俺たちは、五人がかりで晩餐を運んでいった。広間には、のちから参加する予定のカミュア＝ヨシュを除くすべてのメンバーがすでに勢ぞろいしている。それは、広々としたルウ本家の広間が埋《う》めつくされるほどの人数であった。

まずは会議に参加する三族長と、ガズラン＝ルティム、バードゥ＝フォウ、ベイムの家長、アイ＝ファ。グラフ＝ザザとダリ＝サウティのお供が一名ずつ。そして本家の家人であるジバ婆さん、ティト・ミン婆さん、リミ＝ルウ、サティ・レイ＝ルウ、コタ＝ルウ。さらにかまど番の五名もふくめて、総勢は十九名である。

しかしまあ、ジザ＝ルウ、ルド＝ルウ、レイナ＝ルウの三名が宿場町に下りているために、この人数で済んでいるのだ。そうでなければ、キャパオーバーを起こしかねない人数であった。

「お待たせしたね。今日はディンの家のトゥール＝ディンもかまど仕事を手伝ってくれたんで、昨日よりもいっそう立派な晩餐を準備できたと思うよ」

「トゥール＝ディン？　……ああ、以前にサウティの集落で力を貸してくれた女衆か。城下町での、舞踏会《ぶとうかい》という祝宴以来だな」

ダリ＝サウティが笑いかけると、トゥール＝ディンは恐縮《きょうしゅく》した様子で頭を下げた。森の主《ぬし》を討伐《とうばつ》するために選《え》りすぐりの狩人たちがサウティの集落に滞在《たいざい》した際、俺やトゥール＝ディンもかまど番として同行することになったのである。

そしてその後は、それぞれ立場は違《ちが》っていたものの、城下町の舞踏会でも顔をあわせている。両者が口をきいている姿はあまり記憶になかったが、それなりのご縁は生じているのだった。

「お前の噂《うわさ》は、あれからも色々と聞いているぞ。今ではルウ家の女衆に劣《おと》らぬほど、かまど番としての腕を上げたそうだな。これは、楽しみなことだ」

「あ、いえ……お、お口にあえば幸いです」

ララ＝ルウは家人として所定の席に座《すわ》らなければならなかったので、トゥール＝ディンは俺の隣《となり》で縮こまることになった。そうして全員が席につくのを待ってから、ドンダ＝ルウが重々しく声をあげる。

「ふた晩続けて客人を招くというのは、珍《めずら》しいことだ。この後はまた納得《なっとく》いくまで言葉を交わさねばならんが、まずは腹を満たしてもらおう」

食前の文言が、厳粛《げんしゅく》に詠唱《えいしょう》される。これだけの狩人が集結すると、その重厚《じゅうこう》さもひとしおであった。

しかしその後は、楽しい晩餐だ。いつも真っ先にはしゃいだ声をあげるルド＝ルウが不在であるために、リミ＝ルウがその役を担《にな》っていた。

「今日も美味しそうだねー！　トゥール＝ディンは、どの料理を作ったの？」

「わ、わたしはその……汁物《しるもの》料理をお引き受けしました」

「ああ。うちでは二番目の娘が汁物料理を得意にしてるんだけどさ。宿屋の手伝いで出払《ではら》っちまってるから、今日はトゥール＝ディンにお願いしたんだよ」

ミーア・レイ母さんの言葉を受けて、ダリ＝サウティが汁物料理の皿を取った。

「ふむ。なかなか強烈《きょうれつ》な香りだな。ずいぶん辛《から》みがきいていそうだ」

「は、はい。ギバの臓物を使えたので、タラパのすーぷをこしらえてみました」

それは、トゥール＝ディンが一番最初に体得した得意料理であるはずだった。ギバの臓物をふんだんに使い、それらの臭《くさ》みを消すためにタラパと香辛料《こうしんりょう》を多用した、イタリア風のモツ鍋《なべ》と呼びたくなるような汁物料理である。

「ギバの臓物か。あれは、なかなか下ごしらえに手間がかかるそうだな。サウティでは肉が余るぐらいなので、あまり口にする機会もないのだが――」

と、穏やかに笑いながらタラパのスープをすすったダリ＝サウティは、ぎょっとしたように身をのけぞらせた。

「うむ。やはり、なかなかの辛さだな」

そのように述べて、今度は具材を口にする。すると、ダリ＝サウティの目ははっきりと驚《おどろ》きに見開かれた。

「いや、これは美味《うま》いな。驚くべき美味さだ。辛いには辛いが、それ以上に、なんというか……うむ、俺では上手《うま》い言葉を見つけられんようだ」

「ほんとだ、おいしー！　ちょっと辛いけど、食べやすいね！」

ダリ＝サウティとリミ＝ルウの反応に、みんなもスープの木皿に手をのばす。幼いコタ＝ルウには、スープを出汁《だし》で割った薄味《うすあじ》のものが準備されていた。

「ああ、これは本当に美味しいねえ……目の覚めるような味じゃないか……」

ジバ婆《ばあ》さんも、顔をくしゃくしゃにして微笑んでいる。垂れさがったまぶたにほとんど隠《かく》されているその瞳がとても優《やさ》しげな光をたたえながら、グラフ＝ザザのほうを見た。

「噂には聞いていたけれど、これは見事なお手並みだよ……あんたも誇《ほこ》らしいだろう、グラフ＝ザザ……？」

「ふん。このトゥール＝ディンは、ファの家の行いを見定めさせるために同行を許しているからな。ルウ家の女衆に劣らず、ファの家のアスタの手ほどきを受けているのだろうから、それだけの力をつけるのも当然だ」

底ごもる声で言ってから、グラフ＝ザザもスープをすすった。

ギバの毛皮の下で、その目もまた驚きに見開かれる。

「トゥール＝ディン、これは……これは本当に、お前が作ったものなのか？」

「え？　は、はい……もちろん、ルウのみなさんの手も借りていますが……」

「でも、あたしらはトゥール＝ディンの言う通りに野菜やギバの臓物を切り分けただけだよ。味付けとか火の面倒《めんどう》を見てたのは、みーんなトゥール＝ディンだからね！」

薄《うす》めの胸をそらしながら、ララ＝ルウが誇らしげに述べている。仲のいいトゥール＝ディンの腕をほめられるのが、我《わ》がことのように嬉《うれ》しいのだろう。

「しかし、タラパを使った臓物の汁物料理なら、北の集落でも何度となく出されている。しかし、このような味ではなかったはずだ」

「は、はい……ルウの集落にはさまざまな食材が準備されていますので、それらを使わせていただきました。干した海草や、レテンの油、それにイラやナフアという香草《こうそう》のおかげで、ずいぶん味は違っていると思います」

北の集落ではそこまでの食材がそろっていないので、もっとシンプルな仕上がりになっていたのだろう。また、それほど料理の経験のない血族のかまど番たちにレシピを伝えるのにも、なおさらシンプルにする必要が生じたはずだ。

もちろんそれでも、立派な仕上がりであったに違いない。遥かなる昔日《せきじつ》、その料理を北の集落の祝宴で出そうと考えていると述べるトゥール＝ディンに試食を頼まれて、ゴーサインを出したのは、他ならぬ俺なのである。

「……それはつまり、俺たちが手を出さないような値の張る食材を使っている、という意味だな？」

グラフ＝ザザの言葉に、トゥール＝ディンはとても心配げな面持《おもも》ちになってしまった。

「……もしかしたら、グラフ＝ザザのお気を悪くさせてしまったでしょうか……？」

「ふん。ルウ家が何に銅貨をつかおうとも、俺が口を出すような話ではない。ルウ家は宿場町での商売で、有り余るほどの富を得ているのだろうからな」

そう言って、グラフ＝ザザは木皿の中身をかきこんでいった。トゥール＝ディンは、しゅんとした様子で肩を落としてしまっている。すると、その姿を見たララ＝ルウが、眉《まゆ》を吊り上げてグラフ＝ザザに向きなおった。

「ねえ、せっかくトゥール＝ディンが腕によりをかけて作ったのに、その態度はないんじゃない？」

「うるせえぞ、ララ。客人に偉そうな口を叩くんじゃねえ」

すかさずドンダ＝ルウがたしなめると、ララ＝ルウは「だってー！」と口をとがらせる。すると今度は、黙然《もくぜん》と食事を進めていたアイ＝ファが小首を傾げながらグラフ＝ザザのほうを見た。

「それでけっきょく、グラフ＝ザザはこのすーぷを美味いと思ったのか？」

「……俺はいちいち、そのようなことを口にしたりはしない」

「そうか。しかし、トゥール＝ディンは血族たるグラフ＝ザザのためにこの料理をこしらえたようなものなのだ。もしも美味いと思ったのなら、一言ぐらいねぎらいの言葉をかけてもよいのではないだろうか」

余所《よそ》の家の話にアイ＝ファが口を出すのは、とても珍しいことだ。グラフ＝ザザはうるさそうに肩をゆすってから、いっそう勢いよく木皿の中身をかきこんだ。

「トゥール＝ディンが、不出来な料理など作るわけはなかろう。そのようなことはわかりきっているから、いちいち口に出すまでもないのだ」

そう言って、グラフ＝ザザは空になった木皿をトゥール＝ディンのほうに示してみせた。

「おい、まさか一杯《ぱい》で終わりなわけではあるまいな？」

「は、はい！　まだこちらの鉄鍋にいくらか残されています」

「……ならば、さっさとそいつをよこせ」

「はい」と、トゥール＝ディンは笑《え》みを広げた。心から嬉しそうな笑顔である。ドンダ＝ルウばりに意固地なグラフ＝ザザであるが、トゥール＝ディンはその言動から彼《かれ》の内心を察することができたのだろう。

「まったく、世話の焼ける連中だな」

誰《だれ》にも聞こえないように小声でつぶやきながら、アイ＝ファもトゥール＝ディン特製のスープをすすっている。そのすました横顔を見つめながら、俺はついつい微笑をこぼしてしまった。

「同感だけど、アイ＝ファだって人前では自分の気持ちを隠すだろう？　それと同じことなんじゃないのかな」

余計な発言をした俺は、もちろんこっそり脇腹《わきばら》を小突《こづ》かれることになった。

ともあれ、重要な会議を前に、族長たちの心を安らがせることには成功できたようだった。

2

その翌日の、緑の月の十七日――俺は、半月ぶりにファの家で晩餐をこしらえていた。

昨日や一昨日はルウ家の族長会議にお招きされたために《キミュスの尻尾亭《しっぽてい》》の仕事もレイナ＝ルウとシーラ＝ルウに任せることになり、いざ今日こそは――というタイミングで、ミラノ＝マスが完全復帰することになったのである。

つい三日前にはダグたちを宿から追い出そうとしていたミラノ＝マスであったので、そういう意味では俺としても後《うし》ろ髪《がみ》を引かれる思いであった。が、ミラノ＝マスは商会長タパスを通して城下町の貴族たちと話し合った結果、もうしばらくは王都の兵士たちを預かることに同意していた。ジェノスの貴族たちも、このまま無条件で兵士たちを逗留《とうりゅう》させるつもりはないと申し述べていたそうで、ミラノ＝マスはひとまずその言葉を信じることにしたのだという話であった。

また、兵士たちを預かることに文句を言いたてた宿屋は他にも複数あったらしく、そちらにも同様の言葉が届けられたらしい。やはり、モルガの禁忌《きんき》に触《ふ》れるというのは、ジェノスの民にとって決して看過できぬ出来事であったのだ。

《アロウのつぼみ亭》のレマ＝ゲイトなどは問答無用で兵士たちを追い出してしまったが、幸いにも罪に問われたりはしなかった。ただ罰則《ばっそく》として、事前に支払《しはら》われていた報奨金《ほうしょうきん》と宿賃は没収《ぼっしゅう》されたのだと聞いている。忍耐《にんたい》を強《し》いている他の宿屋の手前、罰則を与えないわけにはいかなかったのだろう。それでも、貴族からの依頼《いらい》を無下にしたのだから、罰金《ばっきん》ていどで済んだのは幸いと言うべきなのだろうと思われた。

ともあれ、宿場町には不穏《ふおん》な空気が蔓延《まんえん》してしまっている。それに、ダレイムのほうでもそれに負けないぐらい王都の人々に対する反感がつのってしまっているのだと、ドーラの親父《おやじ》さんが教えてくれた。

「兵士なんぞがギバ狩《が》りに挑《いど》もうってだけで馬鹿げていたのに、モルガの禁忌に触れるってのはどういう馬鹿さ加減だよ！　うちの爺婆《じじばば》なんかはもう、頭にきすぎてぶっ倒《たお》れちまいそうな勢いだったさ！」

当のドーラの親父さんも、ぷりぷりと怒《おこ》っていた。今回の一件で心を乱す人々は、怒るか、恐《おそ》れおののくかのどちらであったのだが、親父さんは前者であったのだ。また、同じダレイムの野菜売りであるミシル婆さんなどは、相変わらずの不機嫌そうな面持ちで「馬鹿な連中だ」と言い捨てるばかりであった。

やはりジェノスにはさまざまな素性《すじょう》の人々が住まっているので、同じ話を聞いても反応がまちまちになるのだろう。近年に移住してきた人々などは、周囲の人々が何を騒《さわ》いでいるのかも理解できずに、面食《めんく》らっている様子である。ユーミの父親のサムスなどは、その代表格であった。

いっぽう、古くからこの地に住まっており、両親や祖父母などからモルガの伝承を入念に伝えられていた人々は、大きく心を乱すことになる。自由開拓民の末裔であるミラノ＝マスやレマ＝ゲイトなどが、そちらの代表格だ。

今のところは、ジェノスの民と兵士たちの間で大きな諍《いさか》いが起きたりはしていない。しかし、このまま何の手も打たずに放置していたら、それもどうなってしまうかわからないだろう。誰かが兵士に石でも投げたら、それを引き金にして暴動にまで発展しそうな危《あや》うさが、ここ数日の宿場町には満ちみちていた。だからやっぱり、早急《さっきゅう》に対処すべきであると主張していたガズラン＝ルティムは、正しかったのだ。

昨日と一昨日の二日をかけて、森辺の族長たちは進むべき道を模索《もさく》することになった。その場には俺やアイ＝ファやカミュア＝ヨシュも招かれて、大いに激論を交わすことになった。それでようやくまとまった結論を城下町に伝えて、マルスタインから了承《りょうしょう》を取りつけることがかなったのだった。

よって、決戦の日は、明日である。

そんな決戦の日を前にして、俺とアイ＝ファは半月ぶりに自分たちの家で晩餐を囲む機会を授《さず》かったのだった。

「まるまる半月も外で晩餐を取ることになるなんて、ずいぶん珍しい体験だったよな。サイクレウスともめて、ルウ家でお世話になってたとき以来ってことになるわけか」

母屋《おもや》のかまどで晩餐の最後の仕上げに取りかかりながら、俺はそんな風に言ってみせた。

「サウティの集落でお世話になったり、ダバッグに旅行に行ったりしたこともあったけど、あれはせいぜい数日ていどの話だったし……まあとにかく、ミラノ＝マスが元気になって何よりだよ」

土間のブレイブが肉塊《にっかい》をたいらげているさまを見守りながら、アイ＝ファは「うむ」とうなずいている。その目が、いくぶん恨《うら》めしげに俺を見やってきた。

「ところで、アスタよ。私は腹が減ってたまらないのだが」

「ごめんごめん！　半月ぶりのきちんとした晩餐だから、ついつい気合が入っちゃってな。そのぶん、アイ＝ファにも喜んでもらえるように工夫《くふう》を凝《こ》らしたつもりだから、もうちょっとだけ待っていてくれよ」

「工夫を凝らさずとも、アスタの料理に文句はないぞ。……とにかく私は、腹が減ったのだ」

「了解《りようかい》です！　それじゃあ悪いけど、かまど小屋の鉄鍋を持ってきてもらえるかなあ？　こっちも、すぐに仕上がるから」

「鉄鍋か。わかった」

「かまどに置いてある、小さなほうの鉄鍋な。火を消した炭の上で保温されてるから、火傷しないように気をつけて」

「うむ、心得ている」

アイ＝ファは、颯爽《さつそう》とした足取りで玄関《げんかん》を出ていった。その間に、俺は鉄鍋に果実酒を投じて、蓋《ふた》をする。これで余熱を通せば、メインディッシュも完成である。

アイ＝ファが戻《もど》ってくる前に、俺は食器と副菜の皿を並べていった。シュミラルからもらった硝子《ガラス》の酒杯《しゆはい》には冷やしたチャッチの茶を注ぎ、ラダジッドからもらった硝子の大皿には生野菜のサラダを盛りつけている。太い木串《ぐし》を加工した箸《はし》や、城下町から取り寄せたフォークのごとき食器など、ファの家でもずいぶん食器類は充実《じゆうじつ》してきていた。

「待たせたな」と、小鍋《こなべ》を抱《かか》えたアイ＝ファが戻ってくる。一人でも容易に運搬《うんぱん》できる、小さな鉄鍋である。きちんと専用の蓋もついているし、二人きりの晩餐ではこの小鍋もたいそう重宝していた。

「ありがとう。この鍋敷《なべし》きの上に置いてくれ」

「うむ」と、アイ＝ファが鍋を下ろす。俺はさっそく蓋を開いて、ミネストローネ風のタラパスープを木皿によそった。上座に陣取《じんど》ったアイ＝ファは、威厳《いげん》たっぷりの眼差《まなざ》しで俺を見つめてくる。

「……それで、そっちはまだ仕上がらんのか？」

「もうすぐ完成だよ。本当に待ち遠しそうだな」

「……半月ぶりの晩餐を心待ちにして、何かおかしいか？」

「いえいえ、滅相《めっそう》もない！　俺だって、この日を待ちわびていたよ」

俺は大鍋《おおなべ》の蓋を取り払《はら》い、木串で焼き加減を確かめた。問題なく、火は通っている。この料理は今日の昼下がりから着手した新メニューであったので、火加減にはかなり気をつかっていた。

「よし、完成だ。盛り付けるから、ちょっと待っててな」

鉄鍋の中身を木皿に移し、残った肉汁《にくじゅう》でソースをこしらえて、これで完成である。目の前に置かれた木皿を見下ろしたアイ＝ファは「ふむ」と重々しくうなずいた。

「やはり、はんばーぐであったか」

「うん。この半月はハンバーグを作る機会がなかったからな。でも、今日のは特別仕立てだぞ」

俺が自分の席に着くと、アイ＝ファはまぶたを閉ざして食前の文言をつぶやいた。

《キミュスの尻尾亭》で晩餐を取る際も、俺はアイ＝ファとペアにならせてもらっていたものの、やはり自分たちの家で家族水入らずで食事をするという行為《こうい》に大きな意味が生じるのである。食前の文言を復唱しながら、俺はとても温かい気持ちを抱《いだ》くことができた。

そうして大事な儀式《ぎしき》を終えたアイ＝ファは、さっそくハンバーグの皿を手に取った。ころんとした俵形のパテが二枚並べられており、チャッチとネェノンとブナシメジモドキのソテーも添《そ》えられている。ソースは肉汁と果実酒とアリアのみじん切りをベースにした、シンプルなグレイビーソースである。

「ふむ……何が特別仕立てなのか、見た目ではわからぬようだな」

「うん。最初に言っておくと、中に乾酪《かんらく》が仕込《しこ》んであるわけでもないぞ」

ギャマの乾酪を使ったハンバーグはアイ＝ファの一番の大好物であったので、ガッカリさせてしまわないように事前通告しておくことにした。

「そうか」とうなずきつつ、アイ＝ファはフォークを取り上げる。それで片方のパテを取り分けても、アイ＝ファの表情に変化はなかった。どうやら、ぱっと目では細工のわからないほうを引き当てたらしい。そちらで普段《ふだん》と違いがあるとしたら、アリアのみじん切りを使用していないことぐらいであるはずだった。

アイ＝ファは小首を傾げつつ、切り分けたパテを口に運ぶ。ミネストローネ風のタラパスープをすすりながら、俺がこっそりその表情をうかがっていると――やがて、アイ＝ファの目が驚きに見開かれた。

ハンバーグのパテを入念に噛《か》みながら、アイ＝ファは食い入るように俺を見つめてくる。八割の期待と二割の不安に胸を高鳴らせながら、俺はアイ＝ファがそれを呑《の》み下すのを待ち受けた。

「アスタ、このはんばーぐは……何なのだ？」

やがてひと口分のパテを食べ終えたアイ＝ファが、さっそく問うてくる。その瞳《ひとみ》には、とても真剣《しんけん》な光が浮《う》かべられていた。

「それはな、ギバのタン——ギバの舌を使ったハンバーグなんだよ」

「ギバの舌？　ギバの舌を使うと、このようなはんばーぐが出来上がるのか？」

「うん。けっこう独特の食感だろ？　アイ＝ファの口に合うといいんだけど……」

おそるおそる問うてみると、「美味いに決まっている」というお言葉をいただくことができた。

俺がほっと息をついている間に、アイ＝ファはまたギバ・タンのハンバーグを口に運んでいく。それは何だか、幼い子供みたいにせわしなく見える所作であった。

「アイ＝ファの口にも合ったんなら、よかったよ。もともとハンバーグ好きだったアイ＝ファの好みに合うかどうか、少しだけ心配だったんだ」

俺の言葉には、ぶんぶんと首を横に振《ふ》っている。心配など不要、というジェスチャーであるのだろう。口をきくのも惜《お》しむ性急さで、アイ＝ファはハンバーグを頬張《ほおば》っていた。その姿にまたとめどもない幸福感を味わわされつつ、俺も自分のハンバーグを口に運ぶことにした。

ギバのタンというのは、かなり噛みごたえのある部位である。それを粗挽《あらび》きにして使っているものだから、このパテもなかなかの噛みごたえであった。ただし、むやみに固いわけではない。なんというか、ぎゅっと身が詰《つ》まっているような、それでいて弾力《だんりょく》にとんだ食感であるのだ。普通《ふつう》の肉よりも肉らしい、実に力強い味わいであった。

なおかつ、肉汁もたっぷりであるのだが、脂《あぶら》のくどさがなく、けっこうさっぱりとした味わいでもある。上質の赤身肉のような、そんな食べごたえと食べやすさであった。

「で、もう片方のパテにはまた細工があってな。そっちのほうがより独特だと思うんだけど、どうだろう？」

一気に片方のパテをたいらげそうな勢いであったアイ＝ファが、その言葉でフォークの行き先を変更《へんこう》させる。新たなパテを切り分けたアイ＝ファは、けげんそうに眉を寄せた。

「こちらには、何か食材が加えられているようだな」

「うん。食材って言っても、ギバ肉百パーセントだけどな」

「ぱーせんと？」と首をひねりつつ、アイ＝ファはそのパテも口に含《ふく》んだ。ほんの一、二回噛んだだけで、またその目が大きく見開かれる。これは、けっこう変化球な仕上がりであるはずだった。

「そっちのパテには、普通のギバ肉の挽《ひ》き肉《にく》に、大きめに切り分けたギバの舌を混ぜ込《こ》んであるんだよ」

大きめといっても、せいぜい一センチ四方ぐらいである。ごろごろとした四角いタンを、粗挽きの肉にたっぷりと練り込んだ、これはそういうパテであるのだった。

通常のパテの食感に、タンのしっかりとした食感が加えられる。最初はタンと普通の肉を両方粗挽きにしてブレンドしてみたのだが、あまり効果的ではなかったので、こういう特別仕立てを思いつくに至ったのだ。

これはこれで、けっこう面白《おもしろ》い仕上がりになったのではないかと、俺はそのように自負している。しかし、ハンバーグに対して人一倍思い入れの強いアイ＝ファには、どのように感じられるのか――俺がまた胸を高鳴らせながら待ちかまえていると、「美味い」という言葉が届けられた。

「どちらも美味い。普段食べているはんばーぐに劣らず、美味い」

「そっか。それならよかったよ。じゃあ、その二種類の中では、どっちがアイ＝ファの好みに合ったかな？」

アイ＝ファはいったん開いた口を閉ざすと、真剣そのものの眼差しで二種類のパテをにらみ据《す》えた。その末に、今度はちょっと眉を下げて、俺のほうを見つめてくる。

「アスタよ……お前はどうしてそのように難しい質問を、私に持ちかけるのだ？」

「あ、ごめん。どっちも気に入ってくれたんなら、それが一番嬉しいよ」

「だから、最初からそう言っている」

アイ＝ファはわずかに唇《くちびる》をとがらせてから、ようやく他の料理の存在を思い出したように、焼きポイタンを手に取った。

その後はもう、ものすごい回転力で次々と料理をたいらげていく。アイ＝ファのハンバーグはどちらも二百五十グラムの見当でこしらえたのに、最後のひと口を食べる際には、とても名《な》残惜《ごりお》しそうな顔をしていた。そうしてタラパスープも生野菜サラダも焼きポイタンも、残らず二人の胃袋《いぶくろ》に落とし込まれて、半月ぶりの晩餐もあっという間に終了《しゅうりょう》である。

空いた皿を重ねて鉄鍋《てつなべ》の中に投じ、水瓶《みずがめ》の水を注いでから、二人で並んで壁際《かべぎわ》に座り込む。

アイ＝ファはひとつ満足そうな吐息《といき》をついてから、俺《おれ》のほうに顔を向けてきた。

「アスタよ、とても美味だったぞ」

「うん。満足してもらえたなら、嬉しいよ」

「満足しないわけはあるまい。期待以上の晩餐だった」

そのように述べてから、アイ＝ファは何故《なぜ》か切なげに眉をひそめた。

「……アスタよ、一度口にした言葉をひるがえすのは、森辺の民として恥《は》ずべき行いであると思うのだが……」

「うん？　何の話かな？」

アイ＝ファは答えず、床《ゆか》に投げ出されていた俺の右手の先を、そっとすくいあげた。

そしてそれを、自分の両手でふわりと包み込む。そのいきなりの行動と、アイ＝ファの指先の温かさに、俺はずいぶんドギマギすることになった。

「なるべくおたがいの身に触れるべきではないと言ったのは私だが、どうにも気持ちを抑《おさ》えるのが難しい。せめて手の先だけに止《とど》めるので、容赦《ようしゃ》してくれ」

「い、いや、容赦もへったくれもないけどさ」

俺の生誕の日にだって、俺はアイ＝ファの涙《なみだ》をぬぐってしまったり、指切りのために小指をからめたりしてしまっている。極度なスキンシップでなければ、何をはばかる必要もないだろう。

とはいえ、こんな風に手を握《にぎ》られながら、アイ＝ファにやわらかく微笑みかけられるだけで、俺はこれ以上もなく鼓動《こどう》を速めることになってしまった。

「……それにしても、はんばーぐでまたここまで驚かされることになろうとは、私も思っていなかった。よくあのような作り方を思いついたものだな」

「うん。実は、そのきっかけはドンダ＝ルウだったんだよな」

「ドンダ＝ルウ？　どうしてドンダ＝ルウが、新しいはんばーぐを思いつくきっかけになったのだ？」

不思議そうに言ってから、アイ＝ファは「ああ」と楽しげに目を細めた。

「なるほどな。ドンダ＝ルウははんばーぐのやわらかさを嫌《きら》っているから、少しでも噛みごたえのあるはんばーぐをこしらえてやろうと思いたったのか」

「うん。昨日や一昨日みたいにルウ家にお招きされると、俺も晩餐作りを手伝うことになるけれど、やっぱりなかなかドンダ＝ルウの好みでないハンバーグを作る気にはなれなかったからさ」

ドンダ＝ルウも、普通の焼いた肉と一緒《いっしょ》にハンバーグを出されたり、スープハンバーグとして出されたりすれば、べつだん嫌《いや》な顔をしたりはしない。しかしそれでも、ドンダ＝ルウにとってハンバーグが好みでないという事実は動かせなかったので、俺は何とかそれを打破してみせたかったのだ。

「これでドンダ＝ルウがギバ・タンのハンバーグを気に入ってくれたら、ルウ家にお招きされた日でも思うぞんぶん作ることができるだろ？　特に最近は《キミュスの尻尾亭》を手伝ってた関係でアイ＝ファにハンバーグを出すことができてなかったから、昨日や一昨日なんかは心苦しいぐらいだったんだよ」

「ならば、昨日や一昨日に作ればよかったのではないか？　商売の後に、作り方を考案する時間は取れたはずであろう？」

「うん、それはそうなんだけど……でもやっぱり、新しいハンバーグはアイ＝ファに真っ先に食べてほしかったからさ。ファの家で晩餐を作れる日を待とうって思いなおしたんだ」

俺の手を握るアイ＝ファの指先に、ぎゅっと力が込められた。

アイ＝ファの瞳が潤《うる》んだように輝《かがや》きながら、俺の顔をじっと見つめてくる。

「……アスタよ、一度口にした言葉をひるがえすのは、森辺の民として恥ずべき行いであると思うのだが……」

「え？　おい、アイ＝ファ？」

俺の手から、アイ＝ファの温《ぬく》もりが離《はな》れていった。

が、次の瞬間《しゅんかん》には、さらなる温もりが俺を包み込んでくる。アイ＝ファは狩人の敏捷《びんしょう》さで、俺の身体《からだ》をこれでもかとばかりに抱きすくめてきたのだった。

「いや、アイ＝ファ、何もそこまで感極《かんきわ》まらなくても……」

「やかましい。責任の大部分は、お前にある」

かすれた声で囁《ささや》きながら、アイ＝ファは俺の頬《ほお》に自分の頬をすりつけてきた。

きっと罠《わな》などでギバ寄せの実を使っているのだろう。甘《あま》い香りが、とてつもない陶酔《とうすい》感をともなって、俺の鼻腔《びこう》に忍《しの》び込んでくる。

俺の心臓は、早鐘《はやがね》のように胸郭《きょうかく》を打っていた。そして、薄っぺらい衣服を通して、アイ＝ファの鼓動までもが俺の胸に伝わってきていた。

アイ＝ファの温もりが、あらゆる箇所《かしょ》から俺の内に浸透《しんとう》してくる。こんな風に身を寄せ合うのは、雨期以来――『アムスホルンの息吹《いぶき》』を発症《はっしょう》した俺がようやくまともに動けるようになって、アイ＝ファにこれが最後だと宣言されながら抱きすくめられて以来のことであるはずだった。

「……今後はただ愛《いと》しいというだけの理由でお前の身に触れたりはしないと誓《ちか》ったのに、私は自ら禁を破ってしまった」

俺の背中に腕《うで》を回したまま、アイ＝ファがまた囁く。

「しかし私は、あの頃以上にアスタのことを愛おしいと思ってしまっている。だから、あの頃の覚悟《かくご》も呆気《あっけ》なく砕《くだ》け散ることになってしまったのだろう」

「う、うん、そうなのか……」

「うむ。だから、私にそのような思いを抱かせるに至った、お前にも大きな責任があるのだ」

だったら、それぐらいの責任は引き受けてみせよう。俺はこれほどに幸福であるのだから、

それでアイ＝ファの気が安らぐのであれば本望《ほんもう》であった。

そんな風にぼんやりと考えながら、俺もアイ＝ファのしなやかな身体をそっと抱きすくめてみせる。アイ＝ファは心地好《ここちよ》さそうに吐息をもらしながら、また俺の頬に頬をすりつけてきた。

「……明日はいよいよ、王都の貴族たちに我々の進むべき道を示すことになる」

と、アイ＝ファがふいに押《お》しひそめた声でそのように述べてきた。

「それでこの騒ぎが収束するかはわからんが……お前さえかたわらにいてくれれば、私はどのように険しい道でも切り開いてみせよう」

「うん。俺も同じ気持ちだよ、アイ＝ファ」

アイ＝ファはますます強い力で、俺の身体を抱きすくめてきた。

いささかならず呼吸が苦しくなってきたものの、それはアイ＝ファの怪力《かいりき》で締《し》めあげられているゆえなのか、単に昂揚《こうよう》して息が詰まってしまっているだけなのか、俺には判別することができなかった。ただわかるのは、俺がこの世の誰よりも幸福である、というその一点のみである。

半月ぶりにゆったりと過ごすファの家の夜は、そうして誰に邪魔《じゃま》されることもなく、しんしんと更《ふ》けていったのだった。

第三章★★★進むべき道

1

日は過ぎて、緑の月の十八日——その日の昼下がり、俺たちはジェノスの貴族および王都の監査官《かんさかん》たちと会合を開くために、城下町に向かうことになった。

今回に限っては、こちらの側から持ちかけた会合だ。俺たちは緑の月の十五日から二夜連続で会議を開き、今後の進むべき道を決定することがかなったのである。

ガズラン＝ルティムの呼びかけで行われたその会議も、思うぞんぶん紛糾《ふんきゅう》することになった。それでも何とかふた晩で決着をつけることができたのは、森辺の民の有する決断力のおかげであろう。その結論はただちにすべての氏族とジェノス侯爵《こうしゃく》マルスタインのもとに届けられることになり、そうして今日の事態に至ったのだった。

「本当に、これで何もかも解決すんのかな。やっぱり俺には、よくわかんねーや」

城門で乗り換《か》えたトトス車の中でそんな風にぼやいたのは、護衛役のルド＝ルウであった。本日は会合に参加しないかまど番もたくさん引き連れているので、そちらの護衛役として同行してもらったのだ。

かまど番を引き連れてきたのは、会合の後に晩餐会《ばんさんかい》を開催《かいさい》しようと目論《もくろ》んでいるためである。しかし、もしも森辺の民の提案が退けられたときは、王都の監査官たちは欠席することになるだろう。そのときはジェノスの貴族にだけでも料理をふるまってもらいたいと、マルスタインからそのように伝えられていた。

「この前は、ギバ料理を食べてくれない人がいたもんね。今日の料理は喜んでもらえるかなあ」

仏頂面《ぶっちょうづら》をしたルド＝ルウの隣で、リミ＝ルウはにこにこと笑っている。族長たちが進むべき道を決したということで、リミ＝ルウはもうすっかり大船に乗った心地《ここち》であるようだった。

実際のところ、森辺の民の真情が正しく伝わるかどうかは、五分である。しかしまた、マルスタインからはすでにすべての提案を受け入れるという言葉をもらっている。問題は、それで監査官たちを納得させることができるかどうか、という点であった。

だけど俺たちは、進むべき道を決めたのだ。現状で、できうる限りの最善の道を模索したつもりである。これよりもなお建設的な道が存在するというのなら、それは監査官たちの側から提示されるのを待つ他なかった。

「……あの、本当にわたしたちなどがかまどを預かってしまって、大丈夫《だいじょうぶ》なのでしょうか？」

と、俺の横に陣取っていた二名の女衆が、心配そうに声をかけてくる。それは、マトゥアとラッツの女衆であった。本日は彼女《かのじょ》たちもかまど番の手伝いとして、初めて城下町に足を踏《ふ》み入れることになったのである。

「うん、お願いしたのはこちらなんだから、何も心配はいらないよ」

「だけどやっぱり、気が引けてしまいます。わたしたちなんて、トゥール＝ディンやユン＝スドラに比べたら、まだまだ未熟な腕ですし……」

「大丈夫だってば。屋台の商売や下ごしらえの仕事なんかで、みんなの手際《てぎわ》は拝見してるからね。その上で二人を選んだんだから、胸を張って仕事をやりとげておくれよ」

俺が言葉を重ねると、マトゥアの女衆はようやく「はい」と微笑《ほほえ》んだ。

彼女たちをかまど番に選んだのは、ミーア・レイ母さんの助言あってのこととなる。こういう際にはルウの血族ばかりが同行しているので、小さき氏族の者たちにももっと機会を与《あた》えるべきではないか――と、ミーア・レイ母さんはそんな風に言ってくれたのだった。

ただしもちろん本日も、熟練のメンバーは全員顔をそろえている。そちらはレイナ＝ルウ、シーラ＝ルウ、リミ＝ルウ、トゥール＝ディン、ユン＝スドラといった顔ぶれで、そこに彼女たち二名が加わることになったのだ。

本日は城下町の料理人が招かれることもなく、森辺の民だけで料理を作ることになっている。なおかつ、会合に参席する人数はけっこうなものであったので、かまど番もそれぐらいの人数が必要であると見なされたのである。

それを護衛する狩人《かりうど》は、ルド＝ルウ、ダルム＝ルウ、チム＝スドラ、ジョウ＝ランの四名だった。チム＝スドラとジョウ＝ランが選ばれたのも、かまど番と同じ理由だ。スドラ家の残りの狩人たちは、ジョウ＝ランが抜《ぬ》けた穴を埋めるべく、ランの家の狩り場《かば》で仕事を果たすのだという話であった。

俺やアイ＝ファやユン＝スドラとは小さからぬ因縁《いんねん》のあるジョウ＝ランであるが、みんなを騒がせた罪はすでに許されているし、狩人としての実力は申し分ないので、このたび選出されることになったのだ。バードゥ＝フォウとしても、これはルウ家からもたらされた大役であるので、小さき氏族の中で勇者の称号《しょうごう》を勝ち取った二名に託《たく》すことにしたのだろう。俺やアイ＝ファとしても、バードゥ＝フォウの決断に文句をつける気持ちはさらさらなかった。

それで、会合のほうには三族長とガズラン＝ルティム、バードゥ＝フォウ、ベイムの家長、それに俺とアイ＝ファまで加わるので、森辺の民の総勢は十九名だ。屋台の商売はたまたま休業日であったものの、狩人たちはみんなギバ狩りの仕事を血族に託して、本日の決戦に臨《のぞ》もうとしているのだった。

「……今日はいったい、どういう結末になるんだろうな」

俺がこっそり呼びかけると、アイ＝ファは「うむ？」といぶかしげに見返してきた。

「我々は進むべき道を定めたのだから、何も心配する必要はあるまい。あとは、王都の貴族たちがそれをどう受け止めるかであろう」

「うん。だから、それを心配しているんだよ」

「心配しても、結果は変わらん。すべては母なる森の思し召《おぼめ》すままにだ」

そう言って、アイ＝ファは目もとだけで微笑んだ。

「アスタやガズラン＝ルティムの言葉は、私の心に強く響《ひび》いた。族長たちとて、それは同じはずだ。だから、何も心配する必要はない」

アイ＝ファのやわらかい眼差しは、俺にまたとない安心感を与えてくれた。

「到着《とうちゃく》いたしました。足もとに気をつけてお降りください」

ジェノスの武官の言葉とともに降車すると、そこは元トゥラン伯爵邸《はくしゃくてい》である貴賓館《きひん》であった。

晩餐会まで連動させる計画であったので、本日はこの場所で会合が行われるのだ。

七名のかまど番と四名の護衛役は、浴堂へと導かれていく。彼らはそのまま厨《くりや》に向かって、調理の作業を開始するのである。俺がいつそちらと合流できるかは、会合の成り行き次第《しだい》であった。

会合に参加するメンバーは、武官の案内で階段をのぼらされる。案内されたのは、最初に監査官たちと引きあわされた大部屋の食堂であった。

本日は、巨大《きょだい》な卓《たく》が部屋の中心に据えられている。入り口で狩人の刀を預けてから、俺たちは武官に指定された場所に着席した。

今日はアイ＝ファも護衛役ではなく、会合の参加メンバーとなる。また俺の身柄《みがら》がどうのこうのと取り沙汰《ざた》される可能性は否《いな》めなかったので、アイ＝ファ自身がそれを希望したのである。

なおかつ、族長たちは扉《とびら》の外に護衛役を立たせようとはしなかった。もともと普段の会合でも、族長たちは自分たちのための護衛役を準備することはないらしい。たとえ刀は預けるとしても、これだけの狩人がそろっていれば護衛役など必要ない、という考えであるのだろう。

（今日の会合でも、荒事《あらごと》に発展する危険はないはずだからな。俺たちは、刀を使わずに解決できる道を選び抜いたつもりなんだ）

俺がそんな風に考えていると、遠くのほうから鐘《かね》の鳴る音色が聞こえてきた。約束の刻限、下りの三の刻に達したのだ。

するとそれを待ちかまえていたかのように、部屋の奥《おく》の帳《とばり》が引き開けられた。以前と同じく、まずは二十名の兵士たちが入室して左右の壁際に立ち並ぶ。それから、ジェノスの貴族たちが姿を現した。

人数は、七名。ジェノス侯爵マルスタイン、調停役のメルフリード、調停役の補佐官ポルアース、ダレイム伯爵《はくしゃく》パウド、サトゥラス伯爵ルイドロス——さらに、トゥラン伯爵リフレイアに、その後見人たるトルストである。

リフレイアと顔をあわせるのは、実にひさびさのことであった。相変わらず、フランス人形のように秀麗《しゅうれい》な容姿をしている。ただ、つんと取りすましたその白い面は、見るたびに大人びていくようだった。

そうしてその後から、王都の監査官たちも入室してくる。ドレッグとタルオン、そして千獅《し》子《し》長のルイドだ。本日のルイドは甲冑《かっちゅう》姿ではなく、以前の食事会のときと同じ装束《しょうぞく》で、きちんと席についていた。

「全員そろったようだな。まずは、このように急な集まりに応じていただき、感謝の言葉を述べさせていただきたい」

ゆったりと微笑んだマルスタインが、そのように述べたてた。会合を開くように頼《たの》んだのは森辺の民であるが、それを承諾《しょうだく》してこれだけのメンバーを一堂に集めたのは、すべてマルスタインであるのだ。

「本日は、森辺の民からの申し入れを受けて、こうした会合を開くことになった。これは、ここ数日で生じたおたがいの誤解やわだかまりを解いて、正しき道を探すための集まりである――そうであったね、森辺の族長がた」

「ああ」と応じたのは、ダリ＝サウティであった。

「緑の月の十三日と十四日に生じた騒乱《そうらん》によって、ジェノスの平穏《へいおん》が脅《おびや》かされることになった。この騒ぎを収束させるために、我々は力を尽《つ》くしたいと考えている」

ドレッグはふてくされたような顔つきで、タルオンは内心の読めない微笑《びしょう》を浮かべつつ、その言葉を聞いていた。現在のジェノスにはびこっている不穏な空気は、すべて彼らの下した命令が引き金となっているのだ。そういった負い目があるために、この会合への参席を断ることもできなかったのだろう。

「確かにジェノスの宿場町においては、住民たちと王都の兵士たちの間に大きな確執《かくしつ》が生まれてしまったようだ。三軒《けん》の宿屋が兵士たちの宿泊《しゅくはく》を拒絶《きょぜつ》し、四軒の宿屋もその役目を降りたいと嘆願《たんがん》してきたそうだね」

マルスタインの視線を受けて、ルイドロスが「ええ」とうなずいた。マルスタインとどこか似た雰囲気《ふんいき》のある、瀟洒《しょうしゃ》で優雅《ゆうが》な壮年《そうねん》の貴族である。

「宿屋を追い出されてしまった兵士たちには新たな宿屋を準備しましたし、四軒の宿屋には今少しだけ辛抱《しんぼう》してほしいと説得をしましたが……何らかの道を示さない限り、またどこかで騒ぎが起きてしまう危険は否めないでしょうな」

相変わらず俺には実感が持てずにいたが、宿場町というのはサトゥラス伯爵家《はくしゃくけ》の管理下にある領土なのである。宿屋の斡旋《あっせん》に関しては、ルイドロスと商会長タパスの間でやりとりが為《な》されているはずであった。

「そして、住民たちの不安は宿場町のみならずダレイムの領地にも蔓延している、と――そういう話であったね、ダレイム伯《はく》？」

「はい。ダレイム領は、古くからこの地に住まう人間がもっとも多いとされておりますからな。モルガの禁忌が破られそうになったとあっては、それも当然の話でありましょう」

息子《むすこ》のポルアースとはまったく似ていないダレイム伯爵パウドが、むっつりとした顔でそう応じる。立派な髭《ひげ》ともみあげが特徴的《とくちょうてき》な、小柄《こがら》でずんぐりとした壮年の貴族だ。

「宿場町がここまで大きくなったのは、ダレイム領とトゥラン領の収穫《しゅうかく》でジェノスがまたとない豊かさを得たのちのことであるのだから、それも道理だね。……では、トゥラン領のほうはどうであったのかな？」

「はい。目に見えて大きな騒ぎなどは起きておりませんが……それは、住民の数が少なく、また、年老いた人間が多いためでしょう。しかし、年老いた人間ほど、モルガの禁忌に対しては大きな恐れを抱いているはずでありますから……誰もが内心で怯《おび》えきっているのではないかと思われます」

くたびれたパグ犬のような風貌《ふうぼう》をしたトルストが、ぺこぺこと頭を下げながらそのように答えた。この中ではもっとも弱々しげな風貌をしているが、トゥラン伯爵家の再興に関してはなかなかの手腕《しゅわん》を見せているというもっぱらの評判である。とても善良そうな人柄《ひとがら》がにじみでているので、俺もこの人物には少なからず好感を抱いていた。

「聞いての通り、現在のジェノスにはきわめて不穏な空気が蔓延してしまっている。この状《じょう》況《きょう》を打破するために、我々は力を尽くさなければならないだろう。……それは、監査官の方々にもご理解できているはずだ」

「ふん。俺たちに嫌味《いやみ》や皮肉を叩《たた》きつけるだけで何か事態が好転するというのなら、好きなだけ試《ため》してみるがいい」

ようやくドレッグが、憎《にく》まれ口《ぐち》を叩いた。しかし、その声に以前ほどの元気は感じられない。本日は果実酒も口にしていないようで、ずいぶんとさえない顔色をしている。

「むろん、そのような真似《まね》をしてもこの状況を打破することはできないだろう。そこで我々は、森辺の民の提案を受け入れて、この会合を開くことにしたのだ」

そう言って、マルスタインが俺たちのほうに視線を戻してきた。

森辺の民の提案を耳にしているのは、マルスタインとメルフリードとポルアースの三名だけだ。ルイドロスやパウドやトルストは、ほのかな緊張《きんちょう》感を漂《ただよ》わせながら、俺たちのほうを見やっていた。

「俺たちも、現在の状況には憂慮《ゆうりょ》している。その根底には俺たち森辺の民の存在があるのだろうから、なおさらにな。よって、森辺の民の進むべき道を探し、それを皆《みな》に聞いてもらうべきだと考えたのだ」

そのように告げてから、ダリ＝サウティはガズラン＝ルティムのほうを振り返った。

「ここから先はガズラン＝ルティムに取り仕切ってもらいたく思うのだが、どうだろうか？

俺たちの中で、もっとも弁舌《べんぜつ》に長《た》けているのはガズラン＝ルティムだろうからな」

「……族長たちがそれを望むのでしたら、私は従います」

ドンダ＝ルウとグラフ＝ザザは、無言のままうなずいた。

それを確認《かくにん》してから、ガズラン＝ルティムは貴族たちに向きなおる。

「最初に申し述べておきますと、今からお話しするのは森辺の民の総意となります。よって、誰《だれ》の口から語られてもその内容に違《ちが》いはありませんので、私が説明役を担《にな》わせていただこうかと思います」

「ふむ。其方《そなた》たちは二日前に会議を終えたという話であったが、すでにすべての氏族から賛同を取りつけているということかな？」

「はい。もともと森辺の民の進むべき道を決するのは族長でありますから、こういった火急の際には必ずしもすべての氏族に賛同を得る必要はないのですが……このたびは、賛同し難《がた》く思う人間があらば申し出るようにと通達しました。それで今日まで族長たちに言葉を返す人間はありませんでしたので、すべての氏族の人間が賛同したものとお考えください」

「五百名から六百名ばかりも存在するという民のすべてから賛同されるというのは、得難い話だな。我々も、そうありたいものだ」

相変わらず、マルスタインはゆったりと微笑んでいる。

ガズラン＝ルティムはひとつうなずいてから、まずはジェノスの貴族たちを見回した。

「我々は今日、三つの話を携《たずさ》えてきました。それらのすべてが正しい判断であるかどうか、ご意見をいただきたく思います」

「現在の騒動《そうどう》を収めるのに有益な話ならば、大歓迎《だいかんげい》だ。それはいったい、どのような話であるのかな？」

それなりの社交術を備えているルイドロスが、笑顔《えがお》でガズラン＝ルティムをうながす。ガズラン＝ルティムはその場にいるすべての貴族に向けて、語り始めた。

「大前提として、このたびの騒乱は監査官の方々が森辺の民に大きな不信感を抱いているがゆえの結果であろうと思われます。我々は、その不信感を解くための道を探しました」

「ほう。それはますます興味深いね」

「……まず第一に、我々はトゥラン伯爵家と和解したいと願っています」

ぎくりと身体を震《ふる》わせたのは、気の毒なトルストであった。

「わ、和解とはいったい何の話でありましょう？　森辺の民とトゥラン伯爵家の確執は、すでに取り除かれたと思うのですが……」

「はい。しかし、我々は一部の人間に対して、ぬぐい難い不信感を抱いたままでした。ただ、ジェノスの貴族と正しい縁《えん》を紡《つむ》ぐために、その思いをねじふせていたのです。それを、解消したいと願っています」

トルストがますます青い顔になっていくいっぽうで、監査官のタルオンは目尻《めじり》の皺《しわ》を深くして微笑んだ。

「それは興味深い話ですな。あなたがたは、いったいトゥラン伯爵家の誰に不信感を抱いていたのでしょう？」

「それは、トゥラン伯爵家の当主リフレイアと、その従者であるサンジュラです」

穏《おだ》やかな笑顔のまま、タルオンは動きを停止させた。

それよりも素直《すなお》なドレッグは、ぎょっとしたように身を引いている。

「サ、サンジュラだと？　それはどういう――――」

「サンジュラはかつて、アスタの信頼《しんらい》を裏切り、その身をかどわかすという罪に手を染めました。その罪は鞭叩《むちたた》きという罰《ばつ》によって贖《あがな》われたと聞きましたが、我々は彼《かれ》を心から許すことができなかったのです」

リフレイアは、とても静かな面持《おもも》ちでガズラン＝ルティムの言葉を聞いている。だけどきっと、内心ではトルスト以上に動揺《どうよう》していることだろう。俺は彼女のためにも、ガズラン＝ルティムの言葉がさらなる核心《かくしん》に迫《せま》ることを願った。

「森辺にも、さまざまな罰が存在します。しかし、どのような罰を与えようとも、罪人が心を入《い》れ替《か》えなければ意味はないのです。よって、罰を罰とも思わない人間では、決して周囲の信頼を得ることはかないません。……我々は、サンジュラが改心したと信じることができませんでした」

「し、しかし、あの者は単なる従者であり……」

と、トルストが弱々しく反論しかけたので、ガズラン＝ルティムは優《やさ》しげな微笑をそちらに向けた。

「しかし彼にはサイクレウスの隠《かく》し子であるという疑いがかけられており、なおかつ、目を離すのは危険であるという意味合いもあって、リフレイアの従者となることが許されたのだと聞いています。それゆえに、我々も警戒《けいかい》を解くことができなかったのです」

「で、ですが、あの者が今さら何か害を為すなどとは思えませぬし……」

「それは、主人たるリフレイア次第ではないでしょうか？　そもそも彼がアスタをかどわかしたのも、リフレイアの命令あってのことです。リフレイアに悪心あらば、彼もまた罪人になりかねない――つまりはそういうことなのではないでしょうか？」

トルストは、憔悴《しょうすい》しきった面持ちで口をつぐんでしまった。

リフレイアは、変わらぬ表情でガズラン＝ルティムを見据《みす》えている。ガズラン＝ルティムはそちらにも微笑みを投げかけてから、今度はマルスタインのほうに視線を向けた。

「リフレイアは城下町においてもいまだ過去の罪を許されず、他の貴族との交流を禁じられている。そういうお話でしたね、マルスタイン？」

「ああ。しかしそれは、罪が許されていないというよりは、悪心を持つ者をリフレイア姫《ひめ》に近づけないため、という意味合いのほうが強いだろうな。サイクレウスに連なる罪人たちはすべて処断されたはずであるが、リフレイア姫を陰謀《いんぼう》の道具にしようなどと考える人間がいないとも限らないためだ」

「……それともうひとつ、彼女自身が悪心を抱く危険性も考慮《こうりょ》していたのではないですか？」

ガズラン＝ルティムの言葉に、マルスタインは「うむ」とうなずいた。

「父親たるサイクレウスを処断されたリフレイア姫が、報復のためにジェノス侯爵家や森辺の民に悪心を抱くかもしれない――そのような考えも、確かに私の中にはあった」

「森辺の民に根ざしていた不信感の根源は、それです。ジェノスの領主たるあなたが信頼することのできないリフレイアを、我々も信頼することはできなかったのです」

ガズラン＝ルティムは、とても静かな声音《こわね》でそう述べたてた。

「我々は、リフレイアという人間のことをよく知りません。ただ知っているのは、サンジュラを使ってアスタをかどわかしたことだけです。それでも、リフレイアをよく知るあなたがたが彼女を信頼してほしいと述べていたならば、そのように努力することもできましたが……あなたがたもまた、リフレイアを罪人のように扱《あつか》っている。それでは私たちも、リフレイアとサンジュラを心から信頼することができないのです」

「ふむ。しかし、森辺の民もリフレイア姫の行動を制限することに賛同していたのではなかったのかな？　わたしは、そのように聞いていたのだが」

いぶかしげに口をはさんだのは、ルイドロスである。

そちらに向かって、ガズラン＝ルティムは「はい」と応じる。

「リフレイアが悪人であるならば、それに自由を与えることは危険です。だから我々も、マルスタインの行いを是《ぜ》としていました。……しかし、リフレイアは悪人なのでしょうか？」
「さて、それは何とも答え難い問いかけであるが――」
「我々もこの一年近くで、多少はリフレイアと触《ふ》れ合う機会がありました。それは本当に、ごく限られた機会でありましたが……その中で、リフレイアを悪人と見なす人間は一人もいなかったのです」

俺たちは、リフレイアのことをあまり知らない。俺などはまだしも、森辺の民の中でリフレイアと言葉を交《か》わした人間は、本当にごくわずかしか存在しないのだ。

ただ俺たちは、リフレイアが北の民たちにもっと人間らしい生活を与えたいと願っている、という話を聞いていた。王都の監査官たちがいる以上、その話題に触れるわけにはいかなかったが――森辺の族長たちがリフレイアという人間の功罪をはかるのに、それは大きな判断材料であるはずだった。特にダリ＝サウティなどは、同じ心情から北の民に美味なる食事を与えたいと願っていた立場なのである。

「リフレイアが悪人でないならば、我々は絆《きずな》を結びなおしたいと考えています。しかし、そうするためには、リフレイア自身の心情もうかがわなくてはなりません。父親であるサイクレウスを大罪人として告発した森辺の民とジェノス侯爵マルスタインを、あなたは恨《うら》んでいるのでしょうか、リフレイア？」

リフレイアはガズラン＝ルティムの顔を真《ま》っ直《す》ぐ見返しながら、言った。

「父様はまぎれもなく大罪人であったのだから、それを処断することを恨んだりするのは逆恨《さかうら》みだわ。むしろ、わたしを恨んでいるのはあなたがたのほうでしょう？」

「だから、絆を結びなおしたいと願い出ているのです。おたがいを許す気持ちがなければ、絆を結ぶことはかないません」

「……森辺の民と絆を結びなおせるのなら、わたしだってそうしたいわ。あなたたちはわたしの無茶《むちゃ》な願いを聞き入れて、大罪人である父様にギバの料理をふるまってくれたのだから……その行いには、心から感謝しているの」

そう言って、リフレイアは遠くを見るように目を細めた。

「でも、そうね……思えばわたしはその件に関して、アスタにしかきちんと御礼《おれい》を言っていなかった気がするわ。アスタも森辺の民なのだから、族長という立場の者たちから許しを得ない限り、そのような真似はできなかったのよね」

「ええ、その通りです。あなたがアスタのもとを訪《おとず》れたのちに、族長たちは会議を開いて、その申し出を受け入れることに決定したのです」

「それなら、この場であらためて御礼の言葉を述べさせていただくわ。一年近くも前の話で、何を今さらと言われるだけでしょうけれど……あなたたちのおかげで、わたしは父様とようやく心を通い合わせることができた気がしているの。だから、あなたたちの温情に、わたしは心から感謝しています」

そう言って、リフレイアは音もなく席を立つと、俺たちに向かって深く頭《こうべ》を垂れてきた。

「本当に、どうもありがとう。そして、あなたたちの同胞《どうほう》であるアスタにひどい真似をしてしまって、本当にごめんなさい。二度とあのような真似はしないと、わたしはあらためて西方神に誓います」

ダリ＝サウティが、左右のドンダ＝ルウとグラフ＝ザザにそれぞれ耳打ちした。ドンダ＝ルウとグラフ＝ザザは無言でうなずき、ダリ＝サウティは穏やかな目でリフレイアを見る。

「我々は、トゥラン伯爵リフレイアの謝罪を受け入れよう。今後は正しい絆を結べるように努力していきたいと願っている」

「ありがとう」と小さな声で答えてから、リフレイアは着席した。

その姿を見やりながら、マルスタインは「うむ」とうなずく。

「私も今では、リフレイア姫の心情を疑ったりはしていない。ただやはり、このように幼き身で爵位《しゃくい》を継承《けいしょう》することになったリフレイア姫に、悪心を持つ者が近づくことを警戒しないわけにはいかなかったのだ」

「それならば、リフレイアは罪もないままに自由を奪《うば》われていることになります。それはあまりに、無体な話ではないでしょうか」

ガズラン＝ルティムが言いたてると、マルスタインは「そうだな」と微笑んだ。

「このたびの会合を申し入れる際、森辺の族長たちはリフレイア姫が信頼に足る人間であるならば罪人扱いするべきではないと申し立ててきたのだ。私は、その言葉を受け入れようと考えている」

驚《おどろ》きの表情を浮《う》かべたのは、ルイドロスとパウドとトルストであった。

うかな？」

「ジェノス侯《こう》、それはつまり――リフレイア姫の社交をお許しになる、という意味なのでしょ

「その通りだよ、サトゥラス伯。もとよりリフレイア姫はアスタを誘拐《ゆうかい》した罪で、半年間の禁固の刑《けい》を言い渡《わた》されていた。トゥラン伯爵家の爵位を継承させるために、それは大幅《おおはば》に減じられることになったわけだが……あれから半年以上の月日を、リフレイア姫は籠《かご》の中の鳥のように過ごしてきたのだ。その行いをもって、姫の罪は贖われたのだと見なそうと思う」

そう言って、マルスタインはトルストのほうを見た。

「しかしまた、幼き姫の身では伯爵家の公務をこなすことはできないし、こういう際には後見人が取り仕切るのが通例だ。其方にはこれまで通り、トゥラン伯爵家の立て直しをお願いするよ、トルスト」

「は……も、もちろんでございます」

トルストは、恐縮《きょうしゅく》しきった様子で頭を下げた。

それを横目に、ドレッグは「はん」と鼻を鳴らす。

「茶番だな。どうして俺たちが、このような茶番を見せつけられなくてはならないのだ？」

「貴方《あなた》がたは、ジェノス侯爵家と森辺の民が共謀《きょうぼう》してトゥラン伯爵家を失脚《しっきゃく》させたと疑っておられたのだろう？　ならば、すべてを見届ける義務が生じるのではないのかな」

そう言って、マルスタインはにこやかに目を細めた。

「また、どれほどダバッグを嗅《か》ぎ回ったところで、サンジュラなる者がサイクレウスの子であ

るという証《あかし》を見つけることはかなうまい。我々とて、当時はかなりの人手を使ってその一件を調べていたのだからな。そうだろう、メルフリードよ？」

「はい。サイクレウスは、よほど入念にその証を消し去ったのでしょう。素性《すじょう》が知れれば、シルエルにサンジュラを害されると懸念《けねん》していたのではないでしょうか」

「うむ。ということは、どうあってもトゥラン伯爵家はリフレイア姫とトルストの手に託されるということだ。監査官たちも、今後はそのつもりで自分たちの公務に励《はげ》んでいただきたいところだな」

ドレッグはありもしない酒杯《しゅはい》を探すように、卓の上で指先を這《は》わせていた。

タルオンはやわらかい微笑の裏に内心を隠しつつ、不動である。

そしてルイドは、やはりメルフリードに負けないぐらいの無表情であった。

「それでは、次の話に取りかかりたいと思います。次は――監査官についての話といたしましょうか」

ガズラン＝ルティムは静かに微笑みながら、そのように言葉を連ねていった。

2

「我々は、監査官のあり方に大きな疑念を抱《いだ》いています」

ガズラン＝ルティムは、言葉を飾《かざ》らずにそう言い放った。

「あなたがたが間違《まちが》った命令を下したために、ジェノスの平穏は大きく揺《ゆ》さぶられることになりました。それは、自覚しておられますか？」

「ふん。辺境区域の領民風情《ふぜい》が、俺たちを告発しようというのか？」

「我々は、ジェノスに平穏を取り戻《もど》したいと願っています。あなたがたは、そうではないのでしょうか？」

相手がどのように高圧的であっても、ガズラン＝ルティムが心を乱すことはない。そのぶん、ドレッグは苛立《いらだ》ちを募《つの》らせているようだった。

「しかし、あなたがたも好んでジェノスの平穏を脅かしたわけではないのでしょう。少なくとも、モルガの禁忌《きんき》を破ろうなどという気持ちはなかったはずです。それなのに、無茶な要求を通そうとするあまりに大きな失敗を犯《おか》すことになりました。それは、何故《なぜ》なのでしょう？」

「何故かだと？　それは、モルガの森に出向いた兵士どもが無能だったからだ！　責めたいのならば、あいつらを責めろ！」

俺は、ひそかに首をすくめることになった。ドレッグの隣《となり》のルイドが、灰色の瞳《ひとみ》をぎらりと輝かせたためである。

アイ＝ファはアイ＝ファで、不快そうに眉《まゆ》をひそめている。内緒話《ないしょばなし》が可能であれば、ドレッグに対する怒《いか》りの言葉をもらしていたことだろう。

「それは、違います。町の人間が森に足を踏み入れれば、方向を見誤るのも当然の話です。どれほど優秀《ゆうしゅう》な兵士であっても、修練を積まなければギバ狩《が》りの仕事を果たすことはかないません」

「ふん。ならば、無茶な命令を下した俺《おれ》たちを無能だとそしる気か？」

「そしる気持ちはありません。しかし、あなたがたがどれほどジェノスや森辺やモルガについての知識が足りていないか、それを知っていただきたいと願っています」

口調は丁寧《ていねい》だが、辛辣《しんらつ》な言葉である。しかしそれも、こちらの言い分を伝えるには必要な措《そ》置《ち》であるはずだった。

「あなたがたは、最初から判断を誤っていました。ジェノス侯爵と森辺の民にあらぬ疑いをかけたことも、それを証《あか》すために無茶な行いに及《およ》んだことも、すべてです。それは、あなたがたが物事の表面しか見ていないためだと思われます」

「おい、お前はどこまで俺たちを侮辱《ぶじょく》すれば――」

「侮辱ではありません。我々はその理由を突《つ》き止《と》めるために、森辺で会議を重ねていたのです」

やわらかい口調で、ガズラン＝ルティムはドレッグの言葉をさえぎった。

「それで私たちは、ひとつの結論に至りました。あなたがたも森辺の民も、おたがいを理解しあえるように行いを改めるべきではないか――私たちは、そのように考えています」

「……我々が、どのように行いを改めるべきであると？」

ついに、タルオンのほうが反応してきた。

ガズラン＝ルティムは、ゆっくりとそちらに向きなおる。

「言葉を飾らずに言わせていただきます。あなたがたも、このジェノスで暮らすべきではないでしょうか？」

「……ジェノスで、暮らす？」

「はい。年に一、二度訪れるだけで、ジェノスの有り様を理解するのは難しいことでしょう。この地に住まい、その目で人々の暮らしを見なければ、正しい判断は下せないかと思います」

「馬鹿を言うな！　どうして俺たちが、このような辺境区域に根を下ろさなければならないのだ！」

たちまちドレッグが爆発《ばくはつ》すると、マルスタインがそれを掣肘《せいちゅう》した。

「それはべつだん、常軌《じょうき》を逸《いっ》した提案ではないはずだ。王都では、近在の領地に外交官というものを置いているのだろう？　それと同じものをジェノスにも派遣《はけん》すればいいのではないのかな」

「それは、マヒュドラやゼラドとの戦いに関わる領地に限ったことだ！　このような辺境の果てに外交官を派遣する習わしなど存在しない！」

「しかし、貴方がたは監査官としての公務を全《まっと》うすることができなかった。ならば、監査官のあり方そのものを変革するべきではないのかな」

すでに森辺の民からの提案を聞いているマルスタインは、悠揚《ゆうよう》せまらぬ様子で言葉を重ねていく。

「貴方がたは――いや、王都におわす国王陛下は、ジェノスがゼラド大公国のように叛旗《はんき》をひるがえすことを懸念しておられる。それならば、外交官を置いてでも我々の様子を監査《かんさ》するべきではないだろうか。我々に後ろ暗いところはないと知っていただくためには、それがもっとも有用な手立てだと思える」

「いや、しかし――」

「むろん、すべてをお決めになるのは国王陛下だ。だから私は、それを文書にしたためて、国王陛下に進言させていただこうと考えている」

ドレッグは、愕然《がくぜん》と身をのけぞらせることになった。

タルオンは、笑いの形に細めた目でマルスタインを見つめている。

「ジェノス侯、それは本心であられるのでしょうかな？」

「本心だ。私自身が望んでいるとあれば、陛下もお悩《なや》みはしないことだろう」

ガズラン＝ルティムは、口を閉ざして貴族たちのやりとりを見守っていた。

森辺の民としては、単に監査官たちとも正しい縁を紡ぎたいと願っただけの話であるのだ。そうするためには、何が必要か――やはり、時間をかけて信頼関係を構築するしかない。そういった、至極《しごく》シンプルな内容であったのだった。

その提案を聞き入れて、マルスタインは独自の提案を供していた。俺たちもその内容を聞くのは初めてであったので、ガズラン＝ルティムも耳をそばだてているのだろう。

「このたびの貴方がたの失敗も、功を焦《あせ》ったがゆえであろう。限られた時間で成果をあげようとすれば、判断を誤ることにもなる。それはもう、身をもって理解できているのではないのかな？」

「しかし……しかしそれでも、ジェノスに居を移すなどというのは……」

「何もジェノスに永住するわけではない。外交官というものは、半年や一年の任期で交代するものであったはずだ。あまり長きにわたって腰《こし》を据《す》えては、その地の人間と癒着《ゆちゃく》して、外交官としての本分を果たせなくなってしまうのだろう。それぐらいのことは、外交官と無縁《むえん》であった私にも容易に想像することができる」

そうしてマルスタインは力強い笑《え》みをたたえながら、さらに言った。

「森辺の民を森から下ろすだの、町の人間で自警団を作るだの、そのような話はジェノスの領主として容認《ようにん》することは決してできない。ジェノスに住まい、その実情をしっかり把握《はあく》していれば、私の言葉も正しく理解できるはずだ」

「………………」

「そして、森辺の民は自分たちも行いを正す意思がある、という話だったね」

マルスタインからの視線を受けて、ガズラン＝ルティムは「はい」とうなずいた。

「監査官の方々は、森辺の民に対して大きな不信感を抱いているようでした。それには、我々の側にも非があったのではないかと考えています」

「ふむ？　我々の知らないところで、何か落ち度でもあったのかな？」

しばらく聞き役に徹《てっ》していたルイドロスが、興味深そうに発言する。

ガズラン＝ルティムは、「いえ」と首を振《ふ》っていた。

「知らないところではありません。ただ、誰も気に止めていなかったのです。貴族であるあなたがたも、ジェノスに住まう領民たちも――そして、森辺の民自身もです」

「ますますわからんな。それは何の話なのだろうか？」

「それは、私たち森辺の民が、あまりにも王国の習わしから外れた存在である、ということです」

それが、最後の議題であった。森辺の民にとっては、これこそがもっとも大きな決断を必要とする案件であったのだ。ガズラン＝ルティムは、静かに言葉を重ねていった。

「私たちはこれまで、外部の人間との交流を拒《こば》んでいたために、自分たちがどれほど特異な存在であるかを知ることができませんでした。……いや、町の人間たちと自分たちは異なる存在であるのが当然だと考えて、そこに重きを置いていなかったのです」

「ふむ。確かに森辺の民というのは特異な存在であるのだろうが……それは、どの点においての話なのかな？」

「それは、すべてにおいてです。ですが、その中心にあるのは……やはり、四大神と四大王国に対する認識《にんしき》や姿勢だと思うのです。それゆえに、王都の人々には森辺の民があやしげな蛮族《ばんぞく》にしか思えないのではないでしょうか」

「いや、それはまあ……森辺の民というのは、自由開拓民《かいたくみん》さながらの生活に身を置いているからな。そのような目を向けられてしまうのも、致《いた》し方《かた》ない部分はあるのだろう」

ルイドロスは、場をとりなすようにそう述べたてた。

しかし、ガズラン＝ルティムは「いえ」と首を横に振る。

「我々は自由開拓民よりもなお、王国の規範《きはん》から外れた存在であるのだと思います。これは、我々の友人であるカミュア＝ヨシュから聞いた話であるのですが……自由開拓民というのは四大神を父として、山や森などを母としているそうですね」

「ああ。セルヴァにおいては地神や氏を捨てることのできなかった一族が、自由開拓民として生きているのだからな。しかし、森辺の民にそれを許したのは八十年前のジェノス侯爵《こうしゃく》なのだから、今さらそれを責めたてるわけにはいくまい」

「地神と氏に関しては、その通りなのでしょう。ですが問題は、四大神に対する認識と姿勢にあるのです」

ガズラン＝ルティムはいったん口を閉ざし、森辺の同胞の姿を見回してから言った。

「我々は、四大神というものに重きを置いていません。はっきり言ってしまうならば……そのようなものは、どうでもいいと考えてしまっているのです」

「どうでもいい？　いや、しかし……この大陸に住まう人間は、すべてが四大神の子であるのだぞ」

「その認識が、森辺の民には薄《うす》いのです。我々の母は森であり、死した後には森に魂《たましい》を返すのだと信じています。そこに、四大神というものが介在《かいざい》する余地はありません」

ルイドロスはちょっと顔色を変えて、周囲の人々を見回した。

パウドやトルストも、同じような顔色になってしまっている。それぐらい、彼らにとっては四大神というのが神聖なる存在であるのだ。

「我々の祖は、ジャガルの黒き森という場所で暮らしていました。その時代から、四大神に対する信仰《しんこう》というものは持っていなかったようです。そうだからこそ、セルヴァに神を乗り換《か》えることについても、まったく抵抗《ていこう》がなかったのでしょう」

「いや、しかし……そのようなことが、ありえるのだろうか？　森辺の民が四大神の子でなかったのなら、さすがに移住を許されることもなかったと思うのだが……」

「詳《くわ》しい経緯《けいい》は、我々にもわかりません。ただ、自分たちがジャガルの民であるという自覚はあったようなのです。しかし、それは故郷たる黒き森がジャガルの版図にあったというだけの話で、四大神の信仰には結びつかなかったようなのですね」

その話を俺たちにもたらしてくれたのは、ルウ家の最長老たるジバ婆《ばあ》さんであった。現在の森辺において、黒き森の時代を知るのはジバ婆さんただ一人であるのだ。

しかしそのジバ婆さんも、黒き森で暮らしていたのは五歳《さい》ぐらいまでである。あとの話は、想像や憶測《おくそく》で埋《う》める他なかった。

「森辺の民は、ジャガルとシムの間に生まれた一族であるという伝承も残されています。ジャガルとシムは敵対国であるので、本来は血の縁《えにし》を結べる間柄《あいだがら》でもありません。それゆえに、四大神を重んじる気風が生まれなかったのかもしれません。……ともあれ、私たちは四大神の子であるという強い自覚をもたないまま、今日まで過ごすことになったのです」

「それは……まったく、驚くべき話だな。たとえ自由開拓民といえども、四大神を軽《かろ》んずることは決してないはずだ」

「はい。ですから我々も、その行いを改めたいと願っています」

そう言って、ガズラン＝ルティムは静かに微笑《ほほえ》んだ。

「我々は、あくまで森を母とする森辺の民です。その誇《ほこ》りを捨てることはできません。しかし、それと同時に、ジェノスの領土に住まうジェノスの民であるのです。ジェノスの領民を同胞として、ともに正しい道を進んでいきたい――我々は、そのように願っています」

「わたしたちは、その心情を疑ったりはしていないよ。そうでなければ、其方たちからギバの肉を買いつけたりもしなかっただろう」

気を取りなおしたように、ルイドロスが微笑を浮かべた。

「ありがとうございます」と、ガズラン＝ルティムも微笑み返す。

「ですが、我々が四大神を軽んじていると知れれば、その真情に疑いを持つ人間が現れてしまうことでしょう。また、その事実を知らなくとも、我々の態度やふるまいから、不遜《ふそん》なものを感じ取れるのかもしれません。……そちらの監査官《かんさかん》の方々がそうであったようにです」

いきなり矛先《ほこさき》を向けられて、ドレッグはぎょっとしたように身を引いた。

タルオンは、探《さぐ》るようにガズラン＝ルティムを見つめている。

「ですから、我々は自分たちも西方神の子であるという自覚を強く抱きたいと願っています。そのために、力を添《そ》えていただきたく思います」

「もちろん、力を添えるのはやぶさかではないが……いったいどのような形で力を添えればいいのだろうか？」

「まずは、西方神の子であるという儀式《ぎしき》に取り組ませていただきたいと考えています。それが、最初の第一歩となることでしょう」

ルイドロスは、けげんそうに眉をひそめた。

「儀式とは、何のことであろうな。赤子が生まれた際に聖堂で行う、洗礼のことだろうか？」

「どのような儀式が相応であるのか、我々のほうこそ想像もつかないのですが……我々の祖は、ジャガルからセルヴァに神を乗り換える際にも、族長筋の人間のみが儀式を受けたのだと聞いています。それもまた、森辺の民に四大神への信仰が芽生えなかった一因なのではないでしょうか？」

ガズラン＝ルティムの言葉に、パウドがくわっと目を見開いた。

「神を移すのに儀式を行わないなどというのは、ありえない話ですぞ。それは真実であるのですかな、ジェノス侯？」

「残念ながら、八十年前の真実を知る者は、もはやジェノス城にも存在しない。……しかしまあ、森辺の民がジェノスを訪れたとき、その数は千名にも及んだようだからね。その全員を城下町の大聖堂に招くことはなかったのだろうと思うよ」

「はい。ルウ家の最長老は、そのように語っていました。族長に近しい血族の数名だけが石塀《いしべい》の内側に招かれたようであったと、最長老は証言しています」

そして、神を乗り換えるのに大仰《おおぎょう》な儀式が必要であるという情報をもたらしてくれたのは、実際にそれを体験したことのあるカミュア＝ヨシュとシュミラルであった。その両名とジバ婆さんの話を照らし合わせた結果、俺たちはその事実を知るに至ったのである。

「儀式を受けた族長筋のガゼ家は、すでに滅《ほろ》んでいます。後に残された我々は、誰ひとり神を乗り換える儀式さえ行っておりません。これもまた、王国の法や習わしに背《そむ》く行いなのではないでしょうか」

「だから、西方神の子としての儀式をほどこしたい、と……それは、当然の話でありますな。そもそも、八十年前のジェノス侯爵のやりようが杜撰《ずさん》に過ぎたのです」

パウドが眉間《みけん》に深い皺を寄せると、マルスタインはそれをなだめるように微笑んだ。

「それは私の曽祖父《そうそふ》のしでかした失敗だ。八十年の歳月《さいげつ》を経て、私が償《つぐな》わせてもらおうと考えているよ。祭祀長《さいし》と相談して、神を乗り換える洗礼の儀式を行ってもらうつもりだ」

「しかし、今でも森辺の民は五百名から六百名という人数であるのでしょう？　その全員を、城下町の大聖堂に招くのですか？」

ルイドロスの問いかけに、マルスタインは「無論だ」とうなずいた。

「これでまた族長筋の人間だけを呼びつけても、八十年前と変わらないからね。生まれたばかりの赤子から老人まで、全員に洗礼を受けてもらおうと思う。……それが、森辺の民からの提案でもあるからね」

「は……それはまた、思い切った決断でありますな」

ジェノスと王都の区別なく、貴族たちには大きな動揺が広がっている様子である。その中で、ずっと押《お》し黙《だま》っていたドンダ＝ルウが発言した。

「俺たちは数百年間、森を母として生きてきた。それと同じぐらい強い気持ちで西方神を父として崇《あが》めるには、おそらく長きの時間がかかることだろう。それでもこれは、モルガの森辺を故郷と定めた我々に必要な行いなのだろうと思う」

「そうだね。ジェノスの領主として、私はその申し出を心から嬉《うれ》しく思っているよ」

するとそ今度は、ギバの毛皮の下で黒い瞳を輝《かがや》かせていたグラフ＝ザザがドンダ＝ルウに劣《おと》らぬ重々しい声を発した。

「それでもなお、この地が我らの故郷に相応《ふさわ》しくないと断じたときには、モルガを捨てて新たな森を探す他ない。我らはそれだけの覚悟《かくご》をもって、この行いに身を投じようと決断したのだ」

その鋭《するど》い眼光の先には、監査官たちの姿がある。

ドレッグは恐《おそ》れをなしたように顔をそむけて、タルオンはややうつむき加減にグラフ＝ザザを見返していた。

「黒き森からモルガの森に移り住む際、我らは数百名から千名にも及ぶ同胞を失ったのだと聞いている。モルガを捨てて新たな森を探すには、また同じだけの同胞を失うやもしれん。そのような苦難を同胞に与《あた》えるのは、我らにとっても大きな痛苦だが……それでも俺たちは、誇りなくして生きることはできないのだ」

「………」

「森辺の民を森から下ろそうというならば、西方神の子としての洗礼を受けた後でも、我らはこの地を捨てることになろう。それは、数百名の森辺の民を死なせるに等しい行いであるということを、心に刻みつけてもらいたい」

「大丈夫《だいじょうぶ》だよ。ギバ狩りの仕事を果たす森辺の民なくして、ジェノスの繁栄《はんえい》はありえない。私はジェノスの領主として、森辺の民から森を奪ったりはしないと約束する。文字通り、我々は運命をともにする同胞であるのだよ」

そう言って、マルスタインも監査官たちのほうを見た。

「以上が、森辺の民からの三つの提案だ。トゥラン伯爵家との和解、西方神の洗礼、そして、監査官たちの永続的な逗留《とうりゅう》——私はそれらを、全面的に支持しようと思う」

「…………」

「さらにもう一点、私と森辺の民からの、共通の提案がある。監査官たちには、是非《ぜひ》とも承諾《しょうだく》してもらいたいと願っている」

ドレッグとタルオンが、それぞれの表情でマルスタインを振り返る。

マルスタインは微笑《びしょう》をたたえたまま、言った。

「近日中に、二百名の兵士たちを率いて王都に帰還《きかん》していただきたい。期日は、そうだな……森辺の民の洗礼を見届け次第《しだい》、ということにしてもらおうか」

「な、何を抜《ぬ》かしているのだ、ジェノス侯よ。お前は今、監査官は永続的に逗留するべきであると申し出たばかりではないか！」

「それをお決めになるのは、国王陛下であろう？　その前に、ひとまず兵士たちだけでも撤退《てったい》してもらわなくては、けっきょく騒乱《そうらん》の火種になってしまう。貴方がたは早急《さっきゅう》に王都へと帰還して、今後のことを定めていただきたい」

「馬鹿を抜かすな！　何の成果もあげられぬ内に、王都の土を踏《ふ》めるものか！」

「では、兵士たちのみを帰還させることになるのかな。さしあたって、宿場町に逗留している二百名の兵士たちさえ撤退していただければ、わたしたちの側に不服はないよ」

そう言って、マルスタインは卓《たく》の上で指先を組み合わせた。その面には穏やかな微笑がたたえられたままであるが、茶色い瞳には明るく力強い輝きが宿されている。

「それとも、どこかに天幕でも張らせるかね？　街道《かいどう》を北にのぼれば、ジェノスで管理している闘技場《とうぎじょう》がある。あそこならばかまどの準備もあるし、二百名の兵士たちが逗留するのにも不都合はないだろう」

「天幕だと？　戦場でもないのに、どうしてそのような真似を――」

「このままではジェノスが戦場となりかねないから、このような言葉を申し述べているのだ。貴方がたは、森辺の民が何のためにこれほどの決意を固めることになったのだと思っているのかね？」

マルスタインは、ドレッグのわめき声をやんわりと断《た》ち切った。

「宿場町に蔓延《まんえん》する不穏《ふおん》な空気を一掃《いっそう》するには、もはや兵士たちを撤退させる他ない。森辺の民はそのように考えて、最善の道を選び抜いたのだよ。監査官が永続的にジェノスに逗留するならば、もはや兵士たちなど不要だろう？　なおかつ、森辺の民は王国に叛意《はんい》がないことを示すために、トゥラン伯爵家《はくしゃくけ》との和解と西方神の洗礼を受けることを申し出てきた。これ以上、何が必要だというのかな？」

「いや、しかし……」

「しかしも何もない。森辺に住まう全住民が洗礼を終えた日を最後に、兵士たちには宿場町を出ていってもらう。これは、ジェノス侯爵たる私の決定だ」

マルスタインは、決して声を荒《あら》らげたりはしない。しかし、その穏やかな声音には何にも屈《くっ》しない確かな意志の力が感じられた。

「天幕が必要であれば、私のほうで準備させていただこう。幸い、西方の町ダバッグではいくらでもカロンの革を買いつけることができるので、数日もあれば準備できるはずだ」

「天幕は、必要ない。ただ、負傷した兵士たちを王都まで運ぶための車を準備していただきたい」

と、低い声音でマルスタインに応じる者があった。千獅子《しし》長にして部隊長たる、ルイドである。ドレッグは、惑乱《わくらん》しきった顔つきでそちらを振り返った。

「か、勝手に話を進めるな、ルイド！　俺たちはまだ、ジェノス侯の申し出を承諾したわけでは――」

「それでは、わたしの部下たちをなおもこの地に留《とど》めようというおつもりか？　宿場町に出入りできない身で、これ以上何の仕事が残されているというのです？」

「だから、宿場町に出入りさせないというのも、ジェノス侯の勝手な申し出であるのだから――」

「勝手な申し出をしているのは、すべてあなたがたのほうだ。そうだからこそ、このような事態を招いてしまったのでしょう？」

ルイドは無表情のままであるが、その灰色の瞳は煮《に》えたぎった水銀のような眼光をたたえている。ドレッグは、病人のような顔色で口をつぐむことになった。

「このままジェノスとの争いになれば、わたしの部下たちは罪もない領民を斬《き》ることになる。そのような真似《まね》は決してさせないし、また、国王陛下もお許しにならないはずです」

「……しかし、この地において命令権を持つのは、ルイド殿《どの》ではなくわたくしどもであるはずですな」

性懲《しょうこ》りもなくタルオンが反論すると、ルイドはそちらにも同じ眼差《まなざ》しを送った。

「ならば、命令なさるがいい。これ以上の無理を通してジェノスとの争いになれば、その責任はすべてあなたがたのものとなるのです。ジェノス侯やわたしの言葉を退けて、いらぬ争乱を招いたとあっては、いったいどちらが叛逆罪《はんぎゃくざい》と見なされることでしょうな」

「ほほう……ルイド殿は、わたくしどもを叛逆者《はんぎゃくしゃ》呼ばわりするおつもりか？　これはまた、驚きを禁じ得ないところでありますな」

「わたしが糾弾《きゅうだん》しているのはあなただけだ、タルオン殿。ドレッグ殿はあなたの指示に従っていただけなのだから、糾弾する甲斐《かい》もありません」

ルイドの双眸《そうぼう》は、いよいよ激しく燃えさかっていく。

それに対するタルオンは、作り物のような笑顔《えがお》になっていた。

「ルイド殿は、何か誤解しておられるようですな。森辺の集落やギバの生態の調査をルイド殿に命じたのは、ドレッグ殿であられたはずですが……」

「わたしの目を節穴か何かだと思っているのか？　あなたは何が起きようとも自分に火の粉がかからぬよう、ドレッグ殿を傀儡《かいらい》に仕立ててあげていたのです。ドレッグ殿ご自身が気づいておられずとも、わたしの目を誤魔化《ごまか》すことはできません」

ドレッグは、呆気《あっけ》に取られた様子で口をぱくぱくとさせている。

それにはかまわず、ルイドは言葉を連ねていった。

「宿場町やトゥランやダレイムにおいて、ジェノス侯爵や森辺の民がどのような存在として見なされているか、その話を聞いて回ったのは他ならぬわたしの部下たちです。その中で、森辺の民を危険視する言葉はほとんどなかったはずであるのに、あなたは強行的な手段ばかりを用いてきた。それは何故なのです、タルオン殿？」

「……わたくしは、監査官としての本分を全うしようとしたまでです」

「監査官の本分は、ジェノス侯爵と森辺の民に叛意があるか否《いな》かを見極《みきわ》めることであったはずです。平時に乱を起こすような真似は、国王陛下の御意《ぎょい》に背く叛乱行為《はんらんこうい》でありましょう」

そう言って、ルイドは鋭く目を細めた。そうすると眼光が凝縮《ぎょうしゅく》されて、いっそうの熱と激しさを増すかのようである。

「ベリィ男爵家《だんしゃくけ》は、常々ジェノスを武力で屈服《くっぷく》させるべきであると言いたてていたはずですね」

「……何を仰《おっしゃ》っているのか、わたくしには分かりかねますな」

「ジェノスは、大きくなりすぎました。もしもジェノスが独立を宣言したならば、周囲の町までもがともに叛旗をひるがえしかねないところです。この近在の町にしてみれば、ジェノスとの通商なしに今の豊かさを維持《いじ》することはできないのですから、それもやむをえないことでしょう。これはまさしく、ゼラド大公国が叛乱を起こしたときと同じ構図になっています」

「……そうだからこそ、国王陛下もジェノスを危険視されているのでしょうな」

「陛下が望まれていたのは、ジェノスの叛逆を掣肘することです。あえてジェノスに刀を取らせて、屈服させることではない」

ジェノスの貴族たちは、困惑《こんわく》しきった様子で二人のやり取りを見守っている。その中で、マルスタインだけは落ち着き払《はら》った表情を浮かべており――そして、森辺の民たちも心を乱した様子はなく、すべてを見届けようとばかりに目を光らせていた。

「もしもジェノスが叛乱を起こしたならば、ベリィ男爵家は自らの正しさを誇示《こじ》することもかなうでしょう。平和裡《へいわり》の解決を願っていた他の重臣たちを押しのけて、これまで以上の権勢を手中にすることができるのでしょうね」

「……確かにわたくしはベリィ男爵家の末席に名を連ねる身でありますが、そのような理由で王命をないがしろにするとお思いでしょうか？」

「表面上、間違った命令を下していたのはドレッグ殿であったのですから、あなたが責任を問われることはないのでしょう。これでジェノスに刀を取らせることができれば、あなたは王命に逆らわぬまま、自分の手柄《てがら》を誇ることができるわけです」

ルイドは同じ目つきのまま、そのように言いつのった。

「それが、あなたのやり口なのでしょう。わたしの部下たちやドレッグ殿を矢面《やおもて》に立たせて、自分だけが甘い蜜《あまみつ》をすすろうとしている。それでどれほどの血が流れることになっても、あなたが傷つくことはない。まったく、小賢《こざか》しいやり口だ」

「…………」

「しかしあなたは、失敗した。あなたの目的はジェノス侯爵と森辺の民の怒りを刺激《しげき》することであったのに、それよりも早く領民たちの怒りをかきたててしまったのです。この騒乱を契機《けいき》として王都とジェノスの戦になってしまったら、正義はジェノスの側にあると見なされることになる。友好国のシムとジャガルですらそのように考えてしまったら、王家の権威《けんい》も泥《どろ》にまみれてしまうことでしょうな」

タルオンは、やはり無言である。

ルイドは凄《すさ》まじい迫力《はくりょく》をその声音ににじませながら、さらに言った。

「それでは、あらためて問わせていただきます。あなたはジェノス侯爵の要請《ようせい》を受け入れて、わたしの部下たちを撤退させるお気持ちであられるのですか、タルオン殿？　ドレッグ殿の口を借りずに、あなた自身の言葉でお答えいただきたい」

重苦しい沈黙《ちんもく》が、室内に満ちた。

やがて、それをかきわけるように「いえ……」というタルオンの声が響《ひび》きわたる。

「王命を受けた監査官として……そのような要請を承諾することはかなわないでしょうな」

「そうですか」と、ルイドは小さく息をついた。

そして、おもむろに立ち上がり、手を振り払う。

「タルオン殿を拘束《こうそく》せよ。わたしはタルオン殿を叛逆罪の疑いありと見なして、告発する」

左右の壁際《かべぎわ》に立ち並んでいた兵士たちの内の四名が、無言でタルオンに近づいていった。

タルオンはなおも微笑みながら、ルイドを見据《みす》えている。

「ルイド殿、正気でありましょうか？　このわたくしを叛逆罪で告発するなどとは……これでわたくしの潔白が明かされれば、あなたはすべてを失うことになるのですぞ？」

「弁明は、審問《しんもん》の場でお願いしよう。タルオン殿を、ジェノス城の寝所《しんじょ》までお連れしろ。従者は遠ざけて、常に四名で監視《かんし》するのだ」

兵士たちは刀の柄《つか》に手を添えながら、タルオンの背後に立ち並んだ。

タルオンは笑顔のまま、ゆらりと立ち上がる。

「……後悔《こうかい》なさいますぞ、ルイド殿」

「わたしは、ようやく戦うべき相手を見出《みいだ》しただけです」

タルオンは、四名の兵士たちとともに退場することになった。

静まりかえった部屋の中で、ルイドは着席する。その中で、ドンダ＝ルウの声が重く響きわたった。

「何だか、おかしな話になっちまったようだな。あの男は、それほどの悪党であったのか」

「まあ、べつだん驚くような話ではあるまい。俺たちが信じたのは、モルガの禁忌を破るつもりではなかった、という部分だけであったからな。むしろ、最初に感じた通りの人間であったというだけのことだ」

ダリ＝サウティがそのように応じると、ドンダ＝ルウは「違《ちが》いない」と肩《かた》をゆすった。

「まあ、たとえあの男が大罪人であったとしても、それを裁くのは俺たちの仕事ではない。こちらはこちらの用事を進めさせてもらおうか」

その鋭い眼光の先にあるのは、ドレッグである。

ドレッグは、逃《に》げ場《ば》をなくしたネズミのように視線をさまよわせていた。

「あの男の思惑《おもわく》がどうあれ、俺たちの立場に変わりはない。俺たちの言葉を受け入れて、兵士どもを撤退させるかどうか……あらためて、その返答を聞かせてもらいたい」

「し、しかし……その言葉を受け入れなければ、叛逆者扱《あつか》いされてしまうのだろう？　それでは、従う他ないではないか！」

ドレッグがそのようにわめきたてると、ルイドは冷ややかさを回復させた眼差しでそちらを見た。

「勘違《かんちが》いをなされるな、ドレッグ殿。わたしはタルオン殿が王命よりもベリィ男爵家の意向を重んじたと見なしたまでです。どうかあなたは私心なく、監査官としての職務を全うなさいますように」

「しょ、職務を全うしろと言われても……」

「わたしを含《ふく》む兵士たちへの命令権を有しておられるのは、あなたなのです。わたしはタルオン殿を告発した身でありますので、取り急ぎ王都まで戻らなくてはなりませんが……宿場町に逗留する兵士たちの処遇《しょぐう》に関しては、あなたの決定を待つ他ありません」

ドレッグは、途方《とほう》に暮れた様子で周囲を見回した。

その視線を受け止めたのは、マルスタインである。

「ドンダ＝ルウの言う通り、話は何も終わっていないのだ。国王陛下がジェノスの叛逆を懸念しておられるという事実に変わりはないのだから、我々はその解決をはかるために力を尽《つ》くす他ないだろう」

「う、うむ。それはその通りなのだろうが……」

「我々の言い分は、すべてこれまでに語った通りだ。ドレッグ殿もいったん王都に帰還して、国王陛下の御意を仰《あお》ぐべきではないだろうか？」

「し、しかし……このような失態にまみれたまま、王都の土を踏むわけには……」

タルオンを失ったことにより、ドレッグはいっそう力を失ってしまったようだった。その顔は、まるでマルスタインに救いを求めているかのように見えてしまう。そんなドレッグに、マルスタインは明朗なる笑顔を投げかけた。

「確かに貴方は、さまざまな失敗を犯してしまったようだ。しかし、それを契機として、我々は襟《えり》を正すことができた。その点だけは、大いなる成果として陛下にご報告することもできよう」

「なに？　それはいったい、何の話だ？」

「これまで自由開拓民よりも気ままな生活に身を置いていた森辺の民が、西方神の洗礼を受けることになった。そして、ジェノス侯爵家と森辺の民は、トゥラン伯爵家と揺るぎのない絆《きずな》を結びなおすことになった。これらはすべて、監査官たる貴方がたのもたらした成果なのではないのかな?」

ドレッグは、まだ理解しきれていない様子で眉をひそめている。

マルスタインは、子供をあやすような笑顔で言葉を続けた。

「無論、それで我々への疑いがすべて解消されたわけではない。今後は交代制で外交官を置き、永続的にジェノスを監査する。ジェノスの動向を懸念しておられる陛下も、それでようやく胸を撫《な》でおろすことができるだろう。ジェノスを監査するのに必要なのは二百名の兵士たちではなく、正しい目を持った監査官だ。私の届ける書面とともに、貴方からもそのように進言していただきたい」

「……では、俺の失態を糾弾するつもりはない、というのか?」

「貴方の失態というのは、タルオン殿の言葉を吟味《ぎんみ》もせずに受け入れてしまったことであろう。その一点を猛省《もうせい》して、自分の進むべき道を決めるべきではないのかな」

そう言って、マルスタインは大きく広げた腕《うで》を森辺の民のほうに向けてきた。

「何度でも言うが、私たちに後ろ暗いところはない。これからも、西の王国の一領土として、王国の繁栄のために尽力《じんりょく》していきたいと願っている。監査官には国王陛下の代理人として、その姿を見届けていただきたいと願っているよ」

困惑しきった面持《おもも》ちでドレッグがうなだれてしまうと、ルイドがまた横目でそちらを見やった。

「退《ひ》き時《どき》を見誤らないことです。このまま宿場町の兵士たちと領民の間で争いが起これば、その責任はすべてあなたが負うことになるのですぞ、ドレッグ殿」

ドレッグは、ルイドとマルスタインの姿を弱々しく見比べる。

それから何かをふっと思いついたように、ドレッグは顔を上げた。

「そういえば……ファの家のアスタに関しては、どうするつもりであるのだ？」

ドレッグの言葉に、アイ＝ファがぴくりと反応した。

マルスタインは、むしろ不思議そうにドレッグを見返している。

「どうするつもりとは？　何か不明な点があるならば、お聞かせ願いたい」

「ファの家のアスタには、ジェノス侯爵の間諜《かんちょう》であるという疑いをかけられているのだ。それはタルオン殿ひとりの考えではなく、王都においても少なからず取り沙汰《ざた》されていた話だった。その疑いを晴らさぬ限り、陛下のご懸念を静めることはかなわないだろう」

「ふむ。アスタはもともとどこかの町の料理人であり、それを私が間諜に仕立てあげたのだと、貴方《あなた》がたはそのように疑っておられたのだったな」

「ああ。渡来《とらい》の民が大陸のど真ん中に現れたなどという話を、容易《たやす》く信じることはできんからな」

「ならば、何も問題はない。アスタにも西方神の洗礼を受けさせることで、その疑いを晴らすことはかなうだろう」

ドレッグは、うろんげに顔をしかめた。

「西方神の洗礼だと？　ファの家のアスタにも、同じ洗礼を受けさせようというのか？」

「もちろんだ。森辺の民は、最初からそのように申し出ていた。すでに森辺の同胞《どうほう》と認められているアスタだけを洗礼の儀式から外す理由など、彼《かれ》らの中にはどこにもないのだろうね」

そう言って、マルスタインはにこやかに微笑んだ。

「アスタには、渡来の民として神を移す儀式を行ってもらう。いわゆる竜神《りゅうじん》の民という意味合いではなく、この大陸の外からやってきた異邦人《いほうじん》として、西方神の新たな子たる洗礼を受けてもらうのだ。これでもしも彼がもともと大陸アムスホルンの住民であったとしたら、誓《ちか》いの場で許されざる虚言《きょげん》を述べたとして、死後に魂を砕《くだ》かれることになろう。その行いをもって、彼が私の間諜などではないという証《あかし》になるはずだ」

「それでは……本当にファの家のアスタは、大陸の外からやってきた人間であるのか？」

「そうでなくては、洗礼を受けようなどと申し述べるはずがあるまい。自分が間諜であったことを隠《かく》し通すために魂を砕かれることになるなんて、そんな馬鹿げた話はないだろうからね」

ドレッグは、ぐったりとした様子で椅子《いす》の背にもたれかかった。

「わかった。俺たちは本当に、最初の最初から判断を間違《まちが》っていたのだな。……ジェノス侯爵の要請を受け入れて、王都に帰還することを了承《りょうしょう》する」

ほうっと誰《だれ》かが息をついた。

おそらくは、ルイドロスかトルストあたりであったのだろう。リフレイアはまぶたを閉ざして、何かを祈《いの》るように指先を組み合わせている。

「ご理解いただけて心より嬉しく思っているよ、ドレッグ殿。思わぬ騒《さわ》ぎも生じてしまったが、これでようやく貴方とも正しい絆を結べそうだ」

マルスタインは、笑顔で俺《おれ》たちのほうを振り返ってきた。

そのかたわらでは、ずっと無言でいたポルアースも微笑んでいる。

「では、しばし休憩《きゅうけい》をはさんでから、細々とした話を詰《つ》めさせていただこうか。それが済んだら、森辺の料理人たちの心尽《こころづ》くしで楽しませていただこう。……アスタよ、其方《そなた》はそちらの仕事に加わるがいい」

「はい。それでは、失礼いたします」

無言であったのは、ポルアースだけではない。俺とアイ＝ファも、一切《いっさい》口をきく場面はなかったのだ。

しかし、俺たちが二日をかけてひねり出した提案が受け入れられるさまを見届けることができた。俺にはもう、それだけで十分であった。

席を立って、森辺のみんなのほうに目をやると、ガズラン＝ルティムも微笑んでいる。俺はそちらに微笑みを返してから、アイ＝ファとともに会合の場を離《はな》れることにした。

3

「あー、アイ＝ファにアスタ！　お話はもう終わったの？」

貴賓館《きひんかん》の厨《くりや》にて、真っ先に声をあげてくれたのはリミ＝ルウであった。

歩を進めていくと、他の女衆も笑顔でねぎらいの言葉をかけてくれる。厨の内部で護衛役を受け持っていたのは、ルド＝ルウとジョウ＝ランであった。

「意外と早かったたな。まだ一刻も経《た》ってねーだろ？」

「うん。意外とすんなり、話を通すことができたからね。マルスタインが、上手《うま》い具合に話を噛《か》み砕いてくれたからだと思うよ」

ただその代わりに、タルオンが叛逆者として告発されるという意想外の事態も生じることになった。その件を告げてみせると、ルド＝ルウは「へー」と肩をすくめた。

「それじゃあけっきょく、悪人も一匹《ぴき》まぎれこんでたんだな。カミュア＝ヨシュは、悪人なんていねーとか言ってたのにさ」

「まあ、今のところはその疑いがあるってだけの話だしね。それに、その人物の思惑がどうあれ、族長たちの決断がなかったら話はまとまらなかったんだろうと思うよ」

「決断って、センレーがどうとかいう話だろ？　それだけで貴族どもを追い払えるっていうガズラン＝ルティムの言い分が、俺にはやっぱり今ひとつわかんねーんだよなー」

森辺の民の全員が西方神の洗礼を受けるという大がかりな話も、ルド＝ルウにかかってはこの調子であった。しかしこれは、ことさらルド＝ルウがおかしいわけではない。族長たちにしてみても、最初は同じような反応であったのだ。

内情はどうあれ、森辺の民はもう八十年も前からジェノスの領土に住まう西の民である。それを今さら強調することが、どうして監査官たちの心を動かすことに繋《つな》がるのか、それを理解するのになかなかの時間を要することになった。つまり、それだけ森辺の民には四大神への信仰というものが理解も実感もできていなかったのだろう。現時点でもそれは理解しきれていないので、理解するべく力を尽くすのが最善である——という結論を出すのに、二日をかけることになったのだった。

「王国の領土であるモルガの森辺に住まう以上、私たちも西方神の子であるという自覚を持つべきであるのです。森を母とする喜びと誇りを忘れぬまま、それを成《な》し遂《と》げることができたとき、私たちはようやくもっとも正しい道を歩むことができるのではないでしょうか？」

ガズラン＝ルティムは、しきりにそう述べていた。

グラフ＝ザザなどは、けっこう最後の最後まで苦々しげな顔をしていたように思う。これまで何とも思っていなかった西方神などを、母なる森と同じ場所に据えなければいけないというのが、どうしても不服でならなかったのだろう。

しかし最後には、グラフ＝ザザも賛同してくれた。四大神への信仰を否定するならば、王国そのものを敵に回すしかない。それを理解して、進むべき道を選ぶことになったのだ。

「それはやっぱり、八十年前のあたしたちがやり残した仕事なんだと思うよ……あんたたちには、苦労ばかりをかけてしまうねえ……」

ジバ婆さんは、そんな風に言ってくれていた。森辺で会議を開いた夜、他の家族たちは晩餐《ばんさん》を終えると自室に帰っていたが、ジバ婆さんだけは体力の続く限り参加してくれていたのである。

そこでジバ婆さんは、ついにカミュア＝ヨシュとも言葉を交《か》わすことになった。だいたい晩餐の途中《とちゅう》で姿を現して、そのまま会議に加わっていたカミュア＝ヨシュは、普段《ふだん》通りののほほんとした笑顔でさまざまな助言を呈《てい》してくれていた。

「森辺の民は、実直で清廉《せいれん》な人々ばかりです。でも、そこまで四大神に対して無関心でいると、いずれはジェノスの人々との間にも大きな不和が生じてしまうかもしれません。十年後や二十年後に生きる血族たちのためにも、今を生きる人間たちが正しい道を示すべきなのだと思いますよ」

そんな風に語るカミュア＝ヨシュは、透徹《とうてつ》した眼差しをしていた。俺が常々、ジバ婆さんと似たところがある、という思いを抱《いだ》いていた眼差しだ。その両者の眼差しが交錯《こうさく》するとき、俺は思いも寄らぬ感動を胸の内に抱くことになった。

「あたしも、その通りだと思うよ……八十年前のあたしたちも、そんな風に思うことができていたら、子や孫たちに苦労をかけることもなかったんだろうねえ……」

「いえ。それ以前のあなたがたは黒き森の中で外界との人間に触《ふ》れずに生きてきたというのですから、それはしかたのない話ですよ。長きの時間をこの地で過ごしてきたからこそ、ようやく正しい道が開けたということなのでしょう」

そう言って、カミュア＝ヨシュは静かに微笑んでいた。

「俺は、森辺の民に対して強い敬愛の念を抱いています。あなたがこの地を故郷と定めてくれたことを、心から嬉しく思っておりますよ。だからどうか、あんな監査官たちはあなたがたの強い意思の力で追い払って、また健《すこ》やかな生活を取り戻《もど》してください」

普段は真面目な発言をするときでもとぼけた態度を崩《くず》さないカミュア＝ヨシュであるが、ジバ婆さんと言葉を交わす際にはずいぶん神妙《しんみょう》にしていたように思う。それはまた、族長たちの心を動かす大きな一因になったはずだった。

「ま、丸く収まったんなら、それでいーや。それで俺たちは、いつそのセンレーとかいうやつを受けるんだ？」

ルド＝ルウの言葉で、俺は追憶《ついおく》から覚めることになった。

「それは今、族長たちと貴族たちとで話し合ってるはずだよ。さすがに全員がいっぺんに城下町までやってくることはできないだろうから、何回かに分けられることになるんだろうね」

「ふーん。ジバ婆《ばあ》やコタまで石塀の中に入るなんて、すげー話だな。なんだか想像がつかねーや」

ルド＝ルウがそう言うと、鉄鍋《てつなべ》の面倒《めんどう》を見ていたリミ＝ルウが心から幸福そうな笑顔を向けてきた。

「でもさ、それって森辺の民だけじゃなく、西の民をみーんな同胞と思いなさいってことなんでしょ？　ターラと同胞になれるなら、リミは嬉しいよ！」

「そうだね」と俺も笑顔を誘発《ゆうはつ》されながら、リミ＝ルウの小さな頭にぽんと手を置いた。その幸福そうな笑顔を見ていると、そうせずにはいられなかったのだ。

（もともと閉鎖的《へいさてき》なところのある森辺の民が、西の民の全員を同胞と思うようになるには、長い長い時間がかかることだろう。でもきっと、いつかはこのリミ＝ルウみたいに、みんなが笑える日が来るはずだ）

そうして俺とリミ＝ルウが笑顔のまま見つめあっていると、ルド＝ルウが「なんだよー」と不平そうな声をあげた。

「いくら相手がちびリミだからって、気安くさわるなよな！　アスタもかまど番の仕事があるんじゃねーの？」

それはルド＝ルウの言う通りであったので、俺も自分の仕事に取りかかることにした。レイナ＝ルウたちのおかげで作業はよどみなく進んでいるものの、俺には個人的に担当しなければならない料理がたっぷりと存在したのである。

「アスタ、こちらの下準備はできていますよ。よければ、わたしとシーラ＝ルウがお手伝いいたします」

「ありがとう。ユン＝スドラたちのほうは大丈夫かな？」

「はい。問題なく進んでいます」

ユン＝スドラやトゥール＝ディンとともに、マトゥアとラッツの女衆も微笑んでくれていた。

きっと最初はこの厨の規模などに度肝《どぎも》を抜かれたであろうに、すっかりいつもの調子で仕事に取り組んでいる様子である。

そうして俺も手を清めて、いざ調理に取りかかろうとすると、窓の近くにたたずんでいたジョウ=ランがおずおずと近づいてきた。

「あの……それで、アスタに対するおかしな疑いも解けたのですか？」

「え？　うん、もちろん。俺も洗礼を受けるという話が、身の潔白の証になったようだよ」

「そうですか。それならよかったです。……あ、俺はずっと、アスタの身を案じていました。母なる森に誓って、それは本当です！」

俺から遠からぬ位置にたたずんでいたアイ=ファも、仏頂面《ぶっちょうづら》で身を寄せてきた。

「おい。アスタの仕事の邪魔《じゃま》をするな。お前はいったい何をくどくどと述べたてているのだ？」

「だ、だって、俺の立場だったら、アスタにいなくなってほしいと願ったりするかもしれないと疑われてもしかたないでしょう？　そんな疑いをかけられることだけは、どうしても避《さ》けたかったんです！」

「そんなこと、まったく疑ってなかったよ。ジョウ=ランは、心配性《しんぱいしょう》なんだね」

俺が笑顔でフォローしてみせると、ジョウ=ランも眉《まゆ》を下げながら口もとをほころばせた。

「本当ですか？　だったら、俺も嬉しいです。俺はアスタにもさんざん迷惑《めいわく》をかけてしまいましたから……」

「……いいから、アスタの仕事の邪魔をするな」

アイ＝ファが溜息《ためいき》混じりにそう繰《く》り返すと、ジョウ＝ランは「はい！」と窓のほうに戻っていった。向かいの作業台では、ユン＝スドラも溜息をついている。ジョウ＝ランが両名と相互《そうご》理解を果たすには、今しばらくの時間が必要であるようだった。

ともあれ、仕事の開始である。俺はレイナ＝ルウとシーラ＝ルウの手を借りて、自分の仕事を果たすことになった。かまど番のツートップとも言えるお二人の手をわずらわせるのは恐縮《きょうしゅく》なところであったが、このたびの料理には彼女《かのじょ》たちの協力が不可欠であったのだ。

それ以外の料理に関しては、リミ＝ルウとトゥール＝ディンが中心となって進めてくれている。俺もアイ＝ファも浴堂で身を清めることになり、作業時間は残り二時間ていどであるので、それほどの猶予《ゆうよ》は残されていないはずだった。

そんな中、扉《とびら》の外で警護の役を担《にな》ってくれていたチム＝スドラから来客の旨《むね》が届けられたのは、下りの五の刻の鐘《かね》が鳴った頃合《ころあ》いであった。日没《にちぼつ》までは、あと一刻だ。まだまだ作業完了《かんりょう》の目処《めど》は立っていなかったが、それは無下に追い返すこともできない相手であった。

「やあ、なんとか丸く収まったようだね。俺もようやく肩の荷を下ろせた気分だよ」

それは、カミュア＝ヨシュであった。すでにひと通りの事情は聞いているらしく、のんびりとした顔で笑っている。

「どうもお疲《つか》れ様《さま》です。あの、タルオンについても聞いていますか？」

「うん、もちろん。まさかルイドがあんな告発をするとはね。大事な部下たちをいいように使われて、相当に鬱憤《うっぷん》を溜《た》め込《こ》んでいたのだろう」

「あれは本当に、勝算あっての告発だったんでしょうか？　これでルイドというお人の勇み足だったら、またややこしいことになってしまいそうですが……」

「それは心配ないと思うよ。ルイドは堅実《けんじつ》な人柄《ひとがら》だから、勝ち目のない争いを仕掛《しか》けることはないはずだ」

そう言って、カミュア＝ヨシュは愉快《ゆかい》そうに目を細めた。

「タルオンが本当に王命よりもベリィ男爵家の意向を重んじていたかはわからない。でも、あの御仁《ごじん》がドレッグを隠れ蓑《みの》にして荒っぽい手段を講じたというのは、まぎれもない事実であるようだからね。たとえ叛逆罪に問われることはまぬがれたとしても、監査官《かんさかん》としての役職は剥《はく》奪《だつ》されるんじゃないのかな」

「では、あの者は大罪人ではないやもしれぬということか？」

俺にくっついてきたアイ＝ファが問うと、カミュア＝ヨシュは「うん」とうなずいた。

「というか、タルオンがベリィ男爵家の意向を重んじていたとしても、その証を残すような失敗はしないだろう。だから、彼を叛逆者として証《あか》し立てることは不可能なのだろうと思うよ」

「では、あらぬ疑いをかけたルイドという男のほうが罪に問われてしまうのではないか？」

「いや、それでもやっぱりタルオンが王命に背くような荒っぽい手段に手を染めた事実は動かせない。ドレッグも全力で保身に走るはずだから、ルイドの後押《あとお》しに励《はげ》むことになるだろう。何にせよ、タルオンは功を焦《あせ》って大失敗したということさ。ジェノス侯《こう》と森辺の民に喧嘩《けんか》を売るには、器量が足りなかったたね」

と、カミュア＝ヨシュは人の悪い笑《え》みを浮《う》かべる。

「結果的に、彼は国王とベリィ男爵家の双方《そうほう》から無能と見なされることになる。もともと彼自身には何の力もないのだから、今後はジェノスに近づくことすらできないだろう。言ってみれば、これがモルガの山を踏み荒《あ》らそうとした人間に対する罰《ばつ》なのかもしれないね」

「ふん。モルガの山が、そのようにややこしい罰を下すとはとうてい思えんがな」

そう言って、アイ＝ファは毅然《きぜん》と頭をもたげた。

「何にせよ、我々は自らの選んだ道を進むだけだ。その一点には、何の変わりもない」

「うん。いずれ王都からは、正式に新たな監査官だか外交官だかが派遣《はけん》されることだろう。その人物と正しい絆を結ぶことを、第一に考えるべきだろうね」

そうしてカミュア＝ヨシュは、細長い身体《からだ》をもじもじと動かし始めた。

「ところで、アスタにお願いがあるのだけれども……」

「ああ。もしかしたら、晩餐をご一緒《いっしょ》したいとかそういうお話でしょうか？」

「すごいね！　どうしてわかったんだい？」

「いえ、以前にも同じようなことがあった気がしたので」

俺は苦笑《くしょう》まじりに、そう答えてみせた。

「幸いというか何というか、タルオンが食事会から外されてしまった分、多少のゆとりは出ると思いますよ」

「本当かい？　……それを二人で半分ずつ分けてもらってもいいかなあ？」

「二人で半分ずつ？　レイトの分ですか？」

「いや、レイトは兵士たちが撤退するまで《キミュスの尻尾亭《しっぽてい》》を手伝いたいと言っていたよ。ただ、ザッシュマがそろそろこちらに戻ってくるはずなんだよ。彼は今、ルイドの命令通りにタルオンが拘束されているかどうか、それを確認《かくにん》しに出向いてくれているんだ」

「ああ、ザッシュマでしたか。それなら、お断りするわけにもいきませんね。可能な限り、ゆとりが出るように準備してみますよ」

「ありがとう！　祝杯《しゅくはい》をあげるにはちょっと早いだろうけど、前祝いとしては相応しいんじゃないのかな」

とはいえ、俺とアイ＝ファは会合の場に戻らなくてはならないので、ともに晩餐を食することはできない。祝杯は、ルド＝ルウたちと一緒にあげてもらうしかないだろう。

そんな感じでカミュア＝ヨシュとの会話を終えた俺は、また自分の仕事に舞《ま》い戻ることになった。あとはひたすら時間との戦いで、粛々《しゅくしゅく》と作業をこなしていく。途中でユン＝スドラたちも自分の仕事を終えたので、そちらの手も借りつつ、俺はその日の仕事を仕上げていった。

そうして、下りの六の刻――日没の刻限である。その時間に厨の扉を叩《たた》いてきたのは、ダレイム伯爵家の侍女《じじょ》たるシェイラであった。

「晩餐の刻限となりました。準備がよろしければ、料理をお運びいたします」

「どうもご苦労様です。シェイラもこちらにいらしたのですね」

「いえ。さきほど宿場町での仕事を終えて、戻ってきたところです。ポルアース様に、皆様《みなさま》のお手伝いをするお許しをいただくことがかないました」

アイ＝ファがこの場にいるという話を聞きつけて、自ら仕事を志願したのだろうか。相変わらず、アイ＝ファのことをうっとりと見やっているシェイラである。

「では、こちらの料理をお願いします。今日は、二回に分けて料理をお出しするつもりですので」

「ああ、略式の作法なのですね。では、お手伝いいたします」

シェイラとともに控《ひか》えていた小姓《こしょう》たちが、しずしずと厨に入室してくる。彼らがすべての台車を受け持ってくれたので、俺とアイ＝ファは手ぶらで食堂に向かうことができた。

「お待たせいたしました。こちらが森辺の料理人たちの料理となります」

シェイラを先頭に入室すると、そこには二名の貴賓が増えていた。メルフリードの伴侶《はんりょ》たるエウリフィアと、その息女たるオディフィアである。この時間は親睦《しんぼく》の晩餐会《ばんさんかい》と銘《めい》打たれていたために、彼女たちも参席することが許されたのだ。

他の顔ぶれに変化はない。ただ、タルオンの席がぽっかりと空いているだけだ。ドレッグはすっかり力を失った様子で、ルイドは鉄仮面のような無表情のまま、卓に食器が並べられていくのを見守っていた。

「待ちかねていたよ、アスタ。今日は心置きなく、其方の料理を楽しませていただこう」

マルスタインは、ゆったりと笑っている。他の貴族たちもおおよそは穏《おだ》やかな表情であり、森辺陣営《じんえい》の人々は厳粛《げんしゅく》なる態度で晩餐の開始を待っていた。

「本日は、王都の方々と親睦を深める晩餐会とあって、自分なりに趣向《しゅこう》を凝《こ》らせていただきました。お気《き》に召《め》したら、嬉《うれ》しいです」

アイ＝ファはもとの席についていたが、やはり俺は料理長としての本分を果たすべきだろう。調理に参加した時間は短かったものの、献立《こんだて》の選定に関しては俺が全責任をもって引き受けた立場であるのだった。

「その趣向に沿う形で、前菜と汁物《しるもの》料理とフワノ料理はいちどきにお出しします。いささかならず城下町の流儀《りゅうぎ》からは外れる面もあるかもしれませんが、どうぞご了承ください」

まずは、前菜の小鉢《こばち》が並べられていく。それはもう箸休《はしやす》めの感覚で、実にシンプルな献立を準備させていただいた。

「ふむ。これは……チャンであるのかな？」

「はい。チャンをママリアの酢《す》とタウ油で味付けした料理となります」

チャンというのは、ズッキーニを思わせる野菜である。それをレテンの油で炒《いた》めて、赤ママリアの酢とタウ油で味付けしたものだ。風味づけにミャームーも使っているので、食欲を増進させる役目も果たしてくれることだろう。西洋風の前菜や箸休めというものにはあまり造詣《ぞうけい》がなかったので、俺としては懸命《けんめい》に頭を悩《なや》ませた結果であった。

「そして、汁物料理とフワノ料理は二種類ずつご用意しています。それぞれ量は控えめにしていますので、よかったら味を比べてお楽しみください」

保温された鍋《なべ》から、まずは汁物料理が取り分けられていく。そこで俺は、悄然《しょうぜん》と目を伏《ふ》せているドレッグのほうに視線を向けた。

「ただ、ドレッグ監査官はギバ肉を口にされるのは気が進まないというお話でしたので、ご希望でしたら片方の料理だけをお届けしたく思います」

「なに？　すべてがギバ料理というわけではないのか？」

「はい。ドレッグ監査官にも、自分たちの料理を口にしていただきたく思っていましたので……それもあって、今日はギバ料理とギバを使っていない料理の両方を準備したのです」


その先鋒《せんぽう》たる汁物料理は、屋台においても絶大な人気を誇《ほこ》るクリームシチューである。片方はギバ肉を使い、もう片方はキミュス肉を使っている。一見ではどちらがどちらとも見分けがつかないほどであるが、味に関してはそれなり以上の差異が生まれているはずであった。

「そしてこちらが、フワノ料理です。名前は……タラパと乾酪《かんらく》の窯《かま》焼きとでも申しましょうか」

せっかく立派なオーブンが使えるのだからと、俺はグラタンの作製を考えたのだが、それではクリームシチューと味が似通ってしまう。そこで俺はカロンの乳製品と相性《あいしょう》のいいタラパで、汁物料理の対になるような献立を考案することになったのだった。

原型は、トマトソースのパスタである。しかし今回は食べやすさを考慮《こうりょ》して、ニョッキタイプのパスタを使用している。タラパをふんだんに使ったソースに乾酪とパスタを投じ、それをオーブンで焼いている。そして、そちらにもギバのベーコンとキミュスの皮つき肉をそれぞれ使用しているのだった。

「右手に置かれたのがギバ肉を使ったもので、左手に置かれたのがキミュス肉を使ったものです。自分としては、どちらも優《まさ》り劣《おと》りのない仕上がりではないかと考えています」

「どちらも、とても美味《おい》しそうだわ。ギバとキミュスでどれほど味が変わるのかも、楽しみね」

ちょっとひさびさの対面となるエウリフィアは、相変わらずの優雅《ゆうが》な笑みをたたえていた。その隣《となり》では、リフレイアに劣らずフランス人形めいているフリルだらけのオディフィアが、無表情に皿を見つめている。その小さな姿を目に止めた瞬間《しゅんかん》、俺は伝えるべき言葉が残されていることを思い出した。

「自分は会合に参加させていただいていたので、肉料理のみを受け持つことになりました。この汁物料理はリミ＝ルウが、フワノ料理はトゥール＝ディンが中心となって作りあげてくれたものとなります」

その言葉に、オディフィアがぴょこんと面《おもて》を上げた。灰色の瞳《ひとみ》が、じいっと俺を見つめてくる。その表情の欠落した人形めいた顔に、俺はにこりと微笑《ほほえ》みかけてみせた。

「もちろん最後にお出しする菓子《かし》に関しても、トゥール＝ディンが中心となって仕上げてくれました。そちらもお気に召したら幸いです」

オディフィアの表情に変化はない。ただ、ありもしない尻尾《しっぽ》がぱたぱたと振《ふ》られているように感じられてしまう。何故《なぜ》かしら表情が動かないのに、雰囲気《ふんいき》だけで情感が伝わってくる、オディフィアはそういう不思議な存在であるのだった。

「それでは、いただこうか。オディフィアは、火傷《やけど》をしないようにな」

そのように述べながら、マルスタインは銀の匙《さじ》を取った。森辺の一同は食前の文言を唱えてから、それに続く。そうして最初に驚《おどろ》きの声をあげたのは、ポルアースであった。

「うん！　この汁物料理は、とても美味だね！　アスタ殿《どの》は、いっさい手を出していないのかい？」

「はい。そちらのクリームシチューという料理に関しては、リミ＝ルウがもともと得意にしていましたので」

「ああ、なるほど。確かに彼女は、その幼さに似合わぬ立派な料理人だものねえ」

リミ＝ルウがこの料理の修練を積むきっかけとなったのは、北の民の存在であるのだ。リミ＝ルウがマヒュドラの女衆にこれと似た料理の手ほどきをしていたことは、ポルアースとメルフリードもその目で確認しているはずであった。

「これは……本当に、驚くほど美味な料理だな」

と、押《お》しひそめた声で述べていたのは、ベイムの家長であった。彼とバードゥ＝フォウは毎回会合に参席しているが、その立場は見届け人であるので、発言することはほとんどない。俺にしても、彼の声を聞くのは城下町に到着《とうちゃく》してから初めてであるように思えた。

「ううむ。ルウ家の女衆は、アスタ抜《ぬ》きでもこれほどの料理を作れるのか。まあ、毎日のように手ほどきされていれば、それも当然なのだろうが……」

「そうだな。しかもリミ＝ルウというのは、もともと才覚のある娘《むすめ》であったのだろう。あの幼さでこれほどの料理を作れるというのは、驚きだ」

バードゥ＝フォウは小声でベイムの家長に応じつつ、ふっとドンダ＝ルウのほうを見た。

「ドンダ＝ルウよ。リミ＝ルウというのは、あの本家の末妹のことなのであろう？」

「……ああ、そうだ」

「それでは、やはり驚きだ。ルウの本家には、才覚のある人間が集まっているのだな」

ドンダ＝ルウは、うるさそうに顔をしかめている。このような場でなければ、「うるせえ」とでも言い捨てていそうなところだ。

「だけど、これは本当に美味だわ。それにアスタの言う通り、ギバを使うかキミュスを使うかで、これほどまでに味が異なってくるのね」

と、エウリフィアがまた笑顔《えがお》で発言する。

「ギバを使っているほうはとても力強くて、香りも強いように感じられるわ。それに比べると、キミュスを使っているほうは……上品で、繊細《せんさい》にすら感じられるわね。さすがにただ肉を変えただけで、これほどの違いが生じるわけではないのでしょう？」

「はい。汁物料理では、出汁《だし》も変えているのです。キミュスのほうにはキミュスの骨ガラだけを使い、ギバのほうにはギバとキミュスの骨ガラをあわせて使っているのですね。それで、風味にも大きな差が出たのだと思います」

それもまた、リミ＝ルウが独自で開発した調理法であった。俺の故郷のクリームシチューに近いのは、キミュスの骨ガラのみを使っているほうである。リミ＝ルウはそこに自分なりの工《く》夫《ふう》でギバの骨ガラを使い、また新しい味わいを生み出すことに成功したのだった。

つまりリミ＝ルウも、ただ俺から伝え聞いた調理法を真似《まね》るだけではない域にまで達しているのだ。こうして賞賛の言葉をいただくことができるのも、至極《しごく》当然の結果であろう。そんな満足感を胸に、俺はもうひと言つけ加えさせていただくことにした。

「そのキミュスの骨ガラに関して知識を与《あた》えてくれたのは、ルウ家に逗留《とうりゅう》しているミケルです。ミケルがいなければ、ここまで立派な料理に仕上げることは難しかったでしょう」

「そうか。トゥランのミケルなる者は、そうしてルウ家に恩義を返しているのだな。正しき絆が結ばれているようで、何よりだ」

マルスタインの言葉を聞きながら、ドレッグは肩身《かたみ》のせまそうな面持ちでクリームシチューをすすっている。王都の人々にとって、これらの料理はどのような評価であるのか。いっぽうのルイドは完全なる無表情であるために、なんとも判別がつかなかった。

「王都の方々は、ジェノスの料理よりも森辺の料理のほうが口に合うかもしれないという話だったな。これらの料理は、貴方がたのお気に召したのだろうか？」

マルスタインの問いかけにも、ドレッグは曖昧《あいまい》にうなずくばかりであった。その覇気《はき》のない姿に、マルスタインは思案顔で「ふむ」と口髭《くちひげ》をひねる。

「貴方がたも、以前の食事会でリミ＝ルウと顔をあわせているはずだったな。それでもべつだん驚かされることはない、ということか」

「……ルウ家の娘ならば覚えている。確かにあの若さでこれだけの料理を作ることができれば、立派なものだろう」

「若さというよりは、幼さというべきではないのかな。言っておくが、年長のほうはレイナ＝

ルウといって、ルウ家の第二息女であるはずだ」

ドレッグは、けげんそうに面を上げた。

「それはあの、黒髪《くろかみ》の娘のことを言っているのか？　もう一人の娘は、まだ年端《としは》もいかない幼子であったはずだが」

「だから、それが末妹のリミ＝ルウということだね。ドンダ＝ルウ殿の、第四息女にあたる人物だ」

けげんそうであったドレッグの顔が、今度は呆《あき》れた顔になる。

「あのような幼子が、これほどの料理を作ったというのか？　いくら何でも、そのようなことは――」

「いえ、確かにそのリミ＝ルウで間違いありません。レイナ＝ルウはもともと自分の手伝いをしてもらう予定でしたし、クリームシチューに関してはリミ＝ルウも遜色《そんしょく》のない腕であったので、彼女に責任者を担ってもらったのです」

というか、クリームシチューと菓子においてのみ、リミ＝ルウは姉をも凌駕《りょうが》する腕を有しているのである。せっかくなので、ドレッグにはとことん驚いてもらうことにした。

「キミュスの肉の扱いに関してだけは、レイナ＝ルウに手ほどきをしてもらいましたが、それ以外の調理はすべてリミ＝ルウが取り仕切っていたはずです。自分でも、これほど見事なクリームシチューを作れるかどうかは難しいところです」

「……森辺の民は、もともとギバの肉しか口にしないという話でしたな」

言葉を失ったドレッグの代わりにルイドが問うてきたので、俺は「はい」と応じてみせた。

「自分やレイナ＝ルウは宿場町の宿屋でキミュスやカロンの肉を扱う機会がありましたが、他のかまど番たちはそもそも手に触れることさえ滅多《めった》になかったかと思います」

「それでこれだけの料理を作れるというのは、驚きです。これならば、王都で店を開けるぐらいの出来栄《ば》えではないでしょうか」

先日は多くを語らなかったルイドであるが、本日はなんとも好意的なコメントであった。その向かい側で、エウリフィアはにっこりと微笑んでいる。

「それに、こちらのフワノ料理も大したものだわ。トゥール＝ディンは、菓子でなくともこれだけの料理を作れるのね」

「はい――」とそちらを振り返った俺は、ふきだしそうになるのを慌《あわ》ててこらえることになった。エウリフィアのかたわらで、オディフィアが口の周りをタラパだらけにしていたのである。

それに気づいたエウリフィアは織布《しょくふ》と呼ばれるテーブルナプキンで愛娘《まなむすめ》の口もとを清めつつ、また微笑んだ。

「トゥール＝ディンのことも、すでにご存じなのでしょう？　このオディフィアが菓子を買いつけている幼き料理人です。前回の食事会でも、彼女が菓子を出したのだと聞いておりますわ」

「ああ。彼女もずいぶん幼かったので、我々はたいそう驚かされることになりました。確かにこちらの料理も、美味ですな」

「ええ、本当に。汁物料理ほど明確な違《ちが》いはないようですけれど、ギバのほうもキミュスのほ

う も、どちらも美味ですわ。やっぱりギバのほうが、力強い味に感じられるかしら」

きっとエウリフィアも、監査官たちを歓待《かんたい》する晩餐か何かで両者とは面識があるのだろう。貴婦人らしい優雅さと、彼女独特の物怖《ものお》じしない態度で言葉を交わしている。その明るい茶色をした瞳が、笑いをたたえてドレッグのほうを見た。

「そちらの監査官は片方の料理しか食べていらっしゃらないから、量が足りないでしょう？よろしければ、もうひと皿いかがかしら？」

「いや、俺は……あまり食欲がないので、これで十分だ」

「そう。キミュスの料理をふた皿お口にされても、悪いことはないと思いますけれど」

それでもドレッグは空になった皿を前に、力なく首を振るばかりであった。それを横目に、ドンダ＝ルウが「おい」と俺に声をかけてくる。

「あ、はい。二杯《はい》目を準備しましょうか？」

「それは当然だが……そっちのポイタンは、そのまま腐《くさ》らせるつもりなのか？」

「あ、すみません。説明に気を取られて、お出しするのを忘れていました」

きっと小姓たちも、この料理はどうするのかと俺の指示を待っていたのだろう。俺は汁物料理の付け合わせとして、希望者に焼きポイタンを配る心づもりであったのだった。

「森辺においては、晩餐において必ずといっていいほど焼いたポイタンを食します。もし汁物料理の付け合わせとして必要な方がいらしたらお申しつけください」

森辺の民には無条件で配り、貴族の人々には意見を頂戴《ちょうだい》する。希望したのは、マルスタインとメルフリードとポルアースの三名だ。それらの光景を、ドレッグはひどくけげんそうに見やっていた。
「それが本当に、ポイタンなのか？　この前も、ポイタン料理と称《しょう》して奇妙《きみょう》な料理を出してい
たようだが……」
「はい。ポイタンは一度煮込《にこ》んだものを乾燥《かんそう》させると、フワノのような粉末の状態に仕上げる
ことができるのです。それをあらためて水で練ると、このように仕上げることが可能なのです
よ」
それでもドレッグは、人々が焼きポイタンを食するさまを疑わしげに見守っている。そちら
に向かって、ルイドは感情の読めない眼差《まなざ》しを向けた。
「バンズ公爵《こうしゃく》家のお生まれであるドレッグ殿にとって、ポイタンの扱《あつか》いというものは見過ごせ
ぬはずでしょう。これを機会に、味を確かめてみたらいかがですか？」
「いや、しかし……ポイタンというのは、あくまで非常食だろう？」
「少なくとも、以前の食事会で出された料理は美味でした。わたしなどには、フワノと何が違
うのか判別もできなかったほどです」
ルイドは硝子《ガラス》の杯に注がれた茶で咽喉《のど》を潤《うるお》してから、さらに言った。
「もしかしたら、タルオン殿に何か吹《ふ》き込まれたのでしょうか？　ポイタンが通常の料理でも
扱えるとなれば、バンズ公爵家はさらなる富を得ることができるはずですが……タルオン殿に
してみれば、それでドレッグ殿がファの家のアスタや森辺の民に感謝の念などを抱いては面倒

なことになる、などと考えるやもしれませんね」

ドレッグは、情けなさそうにルイドを振り返る。

「やはり、そういうことなのだろうか？　タルオン殿は食事会の後、あのポイタン料理だけは粉っぽくて口にするには値しないと述べたてていたのだ」

「それが真実であるかどうかは、いくらでも調べられるではないですか。あなたはもうご自分の意思で進むべき道を探すしかないのですよ、ドレッグ殿」

ドレッグはまだ困惑《こんわく》の表情のまま、俺のほうに目を向けてきた。

「それでは……俺にもそれを、一枚分けてもらえるか？」

「はい、もちろん。これはポイタンに少量のギーゴを混ぜて焼きあげたものです」

小姓が小さくカットされた焼きポイタンを、ドレッグのもとまで送り届ける。それをひと口かじりとったドレッグは、鼻で溜息をつくことになった。

「またタルオン殿に騙《だま》された……あの御仁は、俺に恨《うら》みでも持っていたのか？」

「恨みではなく、ひたすら自分の利益だけを考えていたのでしょう。そのためであれば、わたしやドレッグ殿の頭を踏《ふ》みにじることにも躊躇《ためら》いがなかったということです」

ルイドが幼子を諭《さと》すように言いつのると、ドレッグは溜息を繰り返す。そんな両名の姿を満足そうに見守っていたマルスタインが、ゆったりとした笑顔で族長たちのほうに向きなおった。

「森辺の皆《みな》も、大いに食事が進んでいるようだな。ギバでない肉に興味はないという話だったが、いったいどのような心持ちであるのだ？」

「……べつだん、不味《まず》いとは思わない。ただ、ギバのほうが美味だと感じるまでだ」

ドンダ＝ルウの言葉に、他のみんなもそれぞれうなずいている。

マルスタインは「そうか」と、俺のほうに視線を転じてきた。

「それでは、そろそろ次の料理だな。どのような肉料理が出されるのか楽しみにしているよ、アスタ」

「はい。それでは、少々お待ちください」

俺が一礼すると、手に持っていた焼きポイタンを口の中に押し込んだアイ＝ファも立ち上がる。その姿を見て、俺は思わず笑ってしまった。

「無理して一緒に移動しなくてもいいんだぞ。今日のアイ＝ファは、護衛役じゃないんだからさ」

もちろんアイ＝ファがそのような言葉を聞くはずもなく、シェイラの案内でともに食堂を出る。回廊《かいろう》を歩きながら、アイ＝ファがこっそり頭を小突《こづ》いてきたことは、言うまでもなかった。食堂から厨までのわずかな距離《きょり》とはいえ、アイ＝ファが俺に単独行動を許すはずはなかったのだ。

4

ともあれ、主菜の準備である。そちらでは、思惑《おもわく》通りの成果をあげることができるかどうか。俺としては、心を定めて結末を見届けるしかなかった。

「お待たせしました。こちらが野菜料理と肉料理になります」

俺の言葉に従って、小姓たちがまず野菜料理の皿を並べていく。内容は、ごくシンプルな生野菜サラダである。その配膳《はいぜん》が完了する前に、俺は説明を果たさなければならなかった。

「今回の野菜料理は、肉料理の付け合わせという位置づけで準備させていただきました。城下町の作法から外れていましたら、最初に謝罪させていただきたく思います」

「何も気にする必要はないよ。もともと略式の作法であれば、野菜料理をそのように扱う料理人もいなくはないし、肝心《かんじん》なのは美味であるかどうかだろう」

マルスタインがそのように述べると、エウリフィアも「そうね」と微笑んだ。

「しかもこの食事会は、ギバとそうでない肉の食べ比べなのでしょう？　いったいどのような肉料理を準備してくれたのか、とても楽しみだわ」

「ありがとうございます。肉料理に関しては色々な種類を準備しましたので、ご希望に応じたものを取り分けたいと考えています」

食堂の入り口付近には、保温用の鍋がずらりと並べられていた。その中に、各種の料理が詰《つ》め込まれているのだ。

「今回準備したのは、自分の故郷でハンバーグと呼ばれていた料理です」

「ふむ。それはまた奇妙な名前だね。いったいどのような料理なのだろうか？」

ルイドロスは、期待に満ちた面持《おもも》ちで料理が配られるのを待っている。パウドやトルストは神妙な面持ちで、リフレイアはすました無表情だ。

「ハンバーグというのは、細かく刻んだ肉を丸めて焼いた料理となります。今回は温かい状態で召し上がっていただくために、表面を焼いてから煮込むことになりました。ジェノスの宿場町でも、ルウ家の屋台がこの料理をポイタンにはさんで売りに出しています」

なおかつ、フワノ料理でタラパソースを味わっていただいたので、こちらはレイナ＝ルウたちの考案したネェノンソースを使用していた。ニンジンほど風味の強くないネェノンは、とてもまろやかで甘《あま》みのあるソースに仕上げることができるのだ。

「ですので、この煮汁《にじる》を作ってくれたのはレイナ＝ルウとシーラ＝ルウになります。これは彼女たちが考案した味付けで、自分の考案したタラパの煮汁にも負けない仕上がりだと思います」

「それで、ギバ以外の肉も使っているのだね。それは、キミュスなのかな？　カロンなのかな？」

待ちきれない子供のように、ポルアースが問うてくる。説明が長くなってしまって恐縮であるが、それを説明しないことには料理を配分することもできなかった。

「今回は、カロンの肉を使わせていただきました。それに、胴体《どうたい》の肉ばかりでなく、舌の肉も使わせていただいています」

「カロンの舌の肉か！　ちょっと固いけど、僕《ぼく》は嫌《きら》いじゃないよ！」

「はい。実は自分はカロンの舌の肉を扱うのは初めてであったのですが、故郷にも似たような動物がいたので、それほど苦労をせずに仕上げることができました」

カロンの肉は、牛の肉に似ている。その舌も、牛タンとそれほど大きな違いはないようであったのだ。また、城下町においてカロンの舌の肉が食材として扱われているという話は、ミケルに事前に確認を取っている。その上で、俺《おれ》は本日の献立を決定したのだった。

「今回準備したハンバーグは、七種類です。ギバの肉を使ったもの、ギバの舌だけを使ったもの、ギバの肉と舌を両方使ったもの――カロンのほうも同じ内容で、最後のひとつはギバとカロンの肉を両方使ったものとなります」

「へえ。ギバとカロンの肉を細かく刻んで、それを混ぜたということなのかな？」

ポルアースの問いかけに、俺は「はい」とうなずいてみせる。

「自分の故郷では、異なる種類の肉を混ぜて使うのも、ハンバーグの主流のひとつでした。ひとつひとつは小さめに作っていますので、色々な種類をお楽しみいただけたら幸いです」

そうしてようやく、料理が取り分けられることになった。ハンバーグのパテは小ぶりだが、食感が損《そこ》なわれないように分厚く仕上げられている。ころころとした形状で、重さはおよそ百グラムだ。それでも七種を食べると大変な量になってしまうので、半分か四分の一に切り分けて提供する段取りにしていた。

なおかつ、あまりいっぺんに取り分けてしまうと完食する前に冷めてしまうので、希望のパテを二、三種類ずつお届けすることにする。カロンとギバの同じ部位を要求する人や、ギバのパテのみを要求する人などさまざまであったが、その中でドレッグは気まずそうにカロンのパテのみを要求していた。

そして、ドンダ＝ルウを筆頭とする族長たちは、みんなギバ・タンのパテから要求することになった。通常のギバ肉のハンバーグであれば、族長たちは三名ともに食した経験があるのだ。ずいぶん昔の話になるが、サイクレウスたちとの決戦前夜、ルウ家で開かれた決起集会のごとき晩餐会において、ハンバーグは供されていたのである。

そうして目の前にやってきたハンバーグを、ドンダ＝ルウはうろんげに見下ろしている。俺がルウ家でかまどを預かる際に、あえてハンバーグを献立から外していたことには、きっとドンダ＝ルウも気づいていたことだろう。そんな俺が、どうしてこのような場でわざわざハンバーグを持ち出したのか、少なからず不審《ふしん》に思っているのかもしれなかった。

「うむ、これは美味だな。以前に食べたものよりも、いっそう美味だと思えるぞ」

と、まずはダリ＝サウティがそのように述べてくれる。

「しかし、煮汁そのものも美味《うま》くなっているから、この美味さが舌の肉のおかげであるのかは、よくわからん。悪いが、普通《ふつう》のギバ肉を使ったものも取り分けてくれるか？」

小姓の一人が「少々お待ちくださいませ」と、ダリ＝サウティの要求に応じる。その間に、ドンダ＝ルウがギバ・タンのハンバーグにかじりついた。しかし、どのような感想を抱《いだ》いたかは、不明である。

「ああ、これはいい。どちらの肉も、非常に美味だな」

と、マルスタインが陽気な声をあげる。

「肉を細かく刻むというのも、愉快な細工だ。それにやっぱり、ギバとカロンはずいぶん風味が異なるのだな」

「ええ、本当ね。カロンの肉も、普通に焼いたり煮《に》たりするのとは、また違う風味がするように思えるわ」

そのように応じるエウリフィアは、自分のパテをさらに小さく切り分けて、オディフィアに与えていた。彼女たちが七種すべてのパテを味わうとしたら、それがもっとも懸命な方法であろう。

「いや、本当に美味ですな。これと同じ料理が、宿場町で売られているのかな？」

ルイドロスの問いかけに、俺は「はい」とうなずいてみせた。

「宿場町の屋台で最初に売り出したのが、この料理であったのです。その頃《ころ》は、タラパの煮汁を使っていましたが」

「それならば、さぞかし評判になったことだろうね。この料理ならば、城下町でも評判になるはずだ」

「はい。ですが、ジャガルのお客様の中にはこの食感を嫌《いや》がる御方《おかた》も何名かいらっしゃいました」

そうして俺は、個人的な疑念もここで解消させてもらうことにした。

「森辺においても、それは同様であったのですが……みなさん、いかがですか？」

「この料理を嫌がる人間がいたのか？　俺は普通に美味いと思うが」

「ああ。俺の家でも、アスタに手ほどきを受けたフェイがこの料理を作っていたからな。べつだん、嫌がる人間はいなかったぞ」

答えてくれたのは、バードゥ＝フォウとベイムの家長であった。

そして、ドンダ＝ルウがじろりと底光りのする眼光を突《つ》きつけてくる。

「……アスタよ、貴様は何か思い違いをしているのではないか？」

「はい？　思い違いですか？」

「……俺がこの料理を毒だと断じたのは、初めて貴様の料理を口にした日だ。このように食べなれぬものをいきなり食わされたら、そのように考えるのが当然だろうが？」

ドンダ＝ルウは不機嫌《ふきげん》なライオンさながらに、鼻のあたりに皺《しわ》を寄せている。

「あれから一年以上もさまざまな料理を食わされてきて、今さらこの料理だけが毒だと言い張るつもりはない。むろん、このようにやわらかい肉だけを口にしていれば、狩人としての力を失うことにもなりかねないのだろうがな」

「は、はい……それじゃあもしかして、ドンダ＝ルウも今ではハンバーグを嫌ってはいないのですか？」

「……うちのかまど番どもも、時にはこの料理を作ることがある。そうしてたびたび口にしていれば、嫌でも口のほうが慣れてしまうわ」

それは何とも、盛大《せいだい》に肩透《かたす》かしを食《く》らったような心地《ここち》であった。

そんな俺の姿をねめつけながら、ドンダ＝ルウは「ふん」と鼻を鳴らす。

「しかしまあ……この、ギバの舌を混ぜ込んだやつが、俺の口には一番合うようだな。レイナたちも、もうこの作り方を覚えたのか？」

「あ、はい。これはそれほど難しい料理ではありませんので……」

「ならばいい」と、ドンダ＝ルウは皿に残っていたパテを口の中に放《ほう》り込む。そんなドンダ＝ルウの姿に、マルスタインはゆったりと微笑んだ。

「そういえば、ドンダ＝ルウは以前にもティマロの肉料理がやわらかすぎて口に合わないのだと述べていたね。アスタの料理に対しても、最初から好意的なわけではなかったのかな？」

「……このような料理は狩人の魂《たましい》を腐らせる毒だと、俺は判じた。アスタのように素性《すじょう》の知れない人間を、うかうかと認めるわけにはいかなかったからな」

「うむ。さらには、宿場町で商売を行うにあたって、アスタが何か謀略《ぼうりゃく》を企《くわだ》てていたとしたら、右腕《みぎうで》を奪《うば》うと言いつけていたそうだね。アスタはそれだけ厳しく監査《かんさ》されたのちに、森辺の同胞と認められることになったのだよ」

後半の言葉は、ドレッグに向けられたものであった。

カロン肉の三種のハンバーグを食べ終えたドレッグは、やはり力ない表情でそっぽを向いている。マルスタインは目を細めて微笑みつつ、俺のほうに向きなおってきた。

「さて、それでは次は、カロンとギバの肉を混ぜたものをいただこうかな」

配膳するのは、小姓たちの仕事である。小姓たちは、粛々とその仕事に取り組んでくれた。

他の人々も、ドレッグ以外は追加のパテを要求する。森辺の民たちもカロンのパテを要求し、誰《だれ》もがまんべんなく七種のパテを味わおうとしてくれていた。

そんな中、アイ＝ファがちょいちょいと俺を手招きしてくる。俺が顔を寄せると、アイ＝ファは誰にも聞かれぬように極限まで声をひそめて囁《ささや》きかけてきた。

「二日連続ではんばーぐを口にするというのは、滅多にないことだ。なんだかとても大それたことをしているような心地なのだが……」

俺はにっこりと微笑みながら、アイ＝ファに囁き返してみせた。

「半月ぶりのハンバーグなんだから、それぐらいの贅沢《ぜいたく》は許されると思うよ。これぐらいで歯や顎《あご》が弱るはずもないし、何も気に病《や》む必要はないさ」

「そうか」とアイ＝ファはうなずいて、追加のパテを口に運ぶ。とても厳粛なる面持ちであるが、その頭上には音符《おんぷ》の記号が浮かんでいるように感じられてしまった。

（なるほど。こういうところは、アイ＝ファとオディフィアもちょっと似ているかもしれないな）

俺がそのように考えていると、「ふむ……」というマルスタインの声が聞こえてきた。

「これは美味だな。私にはこの、ギバとカロンの肉を使ったものが、もっとも美味に思えるようだ」

愛娘にギバ・タンのパテを与えていたエウリフィアが、笑顔でそちらに向きなおる。

「そうなのですか？　それでは、わたしたちもそちらの料理をいただこうかしら」

「ああ。ギバ肉のみの料理もカロン肉のみの料理も美味だったが、これは格別だ。これに比べると、カロンの肉は瑞々《みずみず》しさに欠け、ギバの肉は風味が強すぎるように思えるが……それらのものを補い合いつつ、さらに深みのある味を生み出しているように感じられる」

そうしてマルスタインは、笑いを含《ふく》んだ眼差しを俺のほうに向けてきた。

「これはまるで、今後の我々の進むべき道を示唆《しさ》しているかのようだ。アスタはそのような思惑のもとに、この料理を今日の献立に選んだのだろうか?」

「あ、はい……そんな考えも、心の片隅《かたすみ》にはありました。もちろん、カロンとギバのそれぞれの美味しさを伝えたかったというのが、一番の目的でありましたが……」

「うむ。そちらの目的も、十分に達せられていることだろう」

マルスタインの目が、俺からドレッグにと移動される。

「どうだろうね、ドレッグ殿。未知なる食材を口にするというのは気が引ける行いであるのかもしれないが、貴方《あなた》は王都の監査官としてアスタの心情を厳粛に受け止めるべき立場にあるのではないだろうか?」

「……どうしても、俺にギバの肉を食せというのか?」

「私は貴方に命令を下せる立場ではない。ただ、監査官《かんさかん》としての職務を全《まっと》うしていただきたいと願っているばかりだ」

ドレッグは悄然たる様子で息をついてから、力なくマルスタインを見返した。

「ならば……せめて一杯《ぱい》だけでも、果実酒を口にすることを許してはもらえぬか?」

「かまわないよ。すでに会合は終わっているのだから、お好きになさるがいい」

どうやらドレッグが酒を控えていたのは、マルスタインの要請《ようせい》であったらしい。マルスタインが合図をすると、小姓の一人が果実酒の瓶《びん》と酒杯《しゅはい》を運んできた。それをひと息で半分ほど飲み下してから、ドレッグが俺を見やってくる。

「では……何でもいいので、ギバの肉を頼《たの》む」

「了解《りょうかい》いたしました。では、普通のギバ肉を使ったものを」

もっともオーソドックスな、ギバ肉のパテである。四分の一に切り分けられたそのパテが届けられると、ドレッグは残りの果実酒を飲み干してから食器を取った。

族長たちも食事の手を止めて、ドレッグの様子をうかがっている。ドレッグはそれらの視線をはねのけるような勢いで、大きめに切り分けたパテを口に押し込《こ》んだ。

「……なんとも説明し難《がた》い味わいだな。カロンやキミュスはもちろん、野鳥やギャマとも異なるようだし……このような風味を持つ肉を、俺は口にしたことがない」

「しかし、美味でないことはないでしょう？　少なくとも、ギャマの干し肉よりは美味であるかと思います」

しばらく無言でいたルイドが、そのように述べてくる。

「そして、食べなれるとこの風味が心地《ここち》好《よ》く感じられてくるのです。わたしは数日前よりも、今日のほうがいっそうギバの肉を美味だと感じています」

「ふん。料理のことなど門外漢だと言っていたくせに、今日はずいぶん饒舌《じょうぜつ》ではないか」

少しだけ目のふちを赤くしたドレッグが、マルスタインに向きなおる。

「……ジェノス侯《こう》よ、さらに果実酒を口にすることは許されるのか？」

「どうぞご随意《ずいい》に。それで会合の内容にそぐわぬ発言が出るようだったら、明日また真意をうかがわせていただくよ」

「だったら、残りの料理も口にしてみせよう。ギバの舌や、カロンと混ぜたものも持ってくるがいい」

果実酒を口にしたことで、ドレッグも少しだけ元気を取り戻《もど》せたようだ。

小姓たちが残り三種のパテを給仕《きゅうじ》すると、ドレッグは合間に果実酒を口にしながら、次々とそれらをたいらげていった。

「確かに、不味いことはない。そもそもこの煮汁が上等な出来なのだから、それだけでも賞賛に値するだろう。ただ……」

「ただ、何かね？」

「……俺はやはり、食べなれているカロンのほうが、美味に思えるな。それが、率直《そっちょく》な心情だ」

ドレッグは、挑《いど》むような眼差しをドンダ＝ルウたちに突きつけた。

ドンダ＝ルウは、「ふん」と固そうな顎鬚《あごひげ》をしごく。

「それは俺たちも同じことだ。カロンという獣《けもの》の肉を不味いとは思わんが、ギバより美味いと感じることはない。両方の肉を使った料理も、同じことだ。……しかし、それで困ることはない」

「では、ジェノス侯爵《こうしゃく》やファの家のアスタの思惑も、空振《からぶ》りであったということか？」

「ただひとたびの晩餐《ばんさん》ですべて解決したら世話はない、ということだ。俺たちはどれほど長きの時間がかかろうとも、もっとも正しい道を歩いていきたいと願っている」

ドンダ＝ルウは、力感のみなぎる目でドレッグを見据《みす》えた。

「俺たちはこれまで、何よりも血の縁《えにし》を重んじてきた。その思いは今でも変わらないが、血族ならぬ氏族も同胞《どうほう》としてこれまで以上に重んじるべきだと、この一年で学ぶことができた。そうして今後はジェノスの民を同胞と思い、西の民のすべてをも同胞と思うことができれば、それがもっとも正しい道なのだろうと考えている」

「ふん。いったい何年かかるかもわからない話だな」

「何年、あるいは何十年かかるかもわからない。その姿を、見届けてもらいたいと願っている」

ドレッグは、「ふふん」と口《くち》の端《はし》を吊《つ》り上げた。それはもしかしたら、彼《かれ》が今日初めて見せる笑顔なのかもしれなかった。

「会合は終わったのだから、堅苦《かたくる》しい話はやめておこう。まずは、森辺の民が洗礼を受ける姿を見届けさせてもらう」

ドンダ＝ルウたちも無言でうなずき、食事を再開させる。

マルスタインはまた満足そうに微笑んでから、俺のほうを振り返ってきた。

「そろそろ料理も尽《つ》きる頃合《ころあ》いだな。最後に菓子の準備をお願いするよ、アスタ」

「了解いたしました。少々お待ちください」

これは厨《くりや》のトゥール＝ディンに言葉を届けるのみであるので、俺はシェイラにその役をお願いすることにした。数分が経過して、鍋のパテもあらかた尽きたところで、チム＝スドラを引き連れたトゥール＝ディンが菓子を載《の》せた台車とともに現れる。それでオディフィアがぴょこんと頭をもたげると、トゥール＝ディンはそちらに優《やさ》しげな微笑《びしょう》を向けてから一礼した。

「菓子をお持ちしました。ただいま切り分けるので、少々お待ちください」

トゥール＝ディンが準備したのは、先日レシピが完成したばかりのガトーショコラと、生クリームたっぷりのデコレーションケーキであった。このデコレーションケーキは切り分けるのにコツがいるので、トゥール＝ディンがこちらに参上する段取りになっていたのだ。

ガトーショコラは食感に変化をつけたいというトゥール＝ディンの発案で、切り分けた後にちょこんと生クリームが添《そ》えられる。デコレーションケーキのほうはガトーショコラと差別化するために、ギギの葉のチョコクリームを使っていない。乳白色の生クリームと甘く煮込んだアロウの実で彩《いろど》られた、至極シンプルな仕上がりだ。

切り分けられた二種のケーキが、次々と供されていく。それを待ち受けるオディフィアは耳も尻尾もぱたぱたと動かしているように、俺には幻視《げんし》できた。

「ふん。このように真っ黒な色合いをした菓子とは、ずいぶん面妖《めんよう》だな」

憎《にく》まれ口《ぐち》を叩《たた》きながら、ドレッグはチャッチの茶を要求した。口に残されている果実酒の酸味を、それで洗い流そうというのだろう。その末にガトーショコラを口にしたドレッグは、「うむ」とうなることになった。

「これは、強烈《きょうれつ》に甘いな。ギギの葉の苦さが、それをいっそう際立《きわだ》たせているかのようだ」

「まったくですね。しかし、掛《か》け値《ね》なしに美味であるようです」

ルイドは機械のように一定の速度で、ガトーショコラを口に運んでいる。それを横目に、ドレッグは眉《まゆ》をひそめた。

「前々から気になっていたのだが、お前はずいぶん菓子を好いているようだな、ルイド」

「ええ。わたしは酒をたしなみませんので、甘い菓子を食することを喜びとしています」

「ふん。まるで貴婦人か幼子のようだな」

熱心にガトーショコラを頬張《ほおば》っていたベイムの家長が、その言葉に反応して俺を振り返ってくる。

「……アスタよ。やはり甘い菓子を好むのは、女衆や幼子じみているのか？」

「そんなことはありませんよ。あくまで、比率の問題です」

少なくとも、この場に甘い菓子を忌避《きひ》する人間はいなかった。北の集落でもついに前回の祝《しゅく》宴《えん》から甘い菓子がお披露目《ひろめ》されたらしく、グラフ＝ザザも黙々《もくもく》と口を動かしている。

ただやっぱり、その中で俺の目を引いたのはオディフィアであった。ひと口食べては動きを停止させ、入念に味わってから次のひと口に手をのばす。ルイドに劣らず機械的な動作であるのに、その灰色の瞳には歓喜《かんき》の光が渦巻《うずま》いているように思えてならなかった。

もちろんトゥール＝ディンも、最初からオディフィアの様子を気にかけている。そうして俺と同じように、オディフィアの心情を汲《く》み取ることができたのだろう。トゥール＝ディンはあふれかえりそうになる喜びの念をこらえるように、小さな唇《くちびる》をきゅっと引き締《し》めていた。

「……これは以前の茶会のときよりも、いっそう美味な菓子であるようね」

と、ここにきてリフレイアがひさびさに発言した。

トゥール＝ディンは、びっくりしたようにそちらを振り返る。

「あなたはわたしと変わらないぐらいの年頃《としごろ》に見えるのに、本当に大した料理人であるのね。ヴァルカスやティマロでも、これほど立派な菓子を作ることはできないように思えてしまうわ」

「あ、いえ、その……あ、ありがとうございます」

「特にこのギギの葉を使った菓子が見事だわ。この生地《きじ》は、フワノとポイタンのどちらなのかしら？」

「これは、ポイタンを使っています。そのほうが、食感が好ましいように思えたので……」

「なに？　この菓子《かし》もポイタンで作られているのか⁉」

ドレッグが愕然《がくぜん》とした様子で口をはさむと、トゥール＝ディンはいささか怯《おび》えた目つきでそちらを見た。

「は、はい……キミュスの卵やカロンの乳なども使っていますけれど……フワノではなく、ポイタンです」

「これがポイタン……まったく信じ難い話だ」

ドレッグは、腕《うで》を組んでまたうなり始めてしまった。

その姿を見やってから、リフレイアはほんの少しだけ肩《かた》をすくめる。もしかしたら、今のは最初からドレッグを意識しての会話であったのかもしれなかった。

「ドレッグ殿もお気《き》に召《め》したようで何よりだ。今日はアスタの心づかいもあって、獅子《しし》犬の出番もなかったな」

マルスタインも悪戯《いたずら》っぽい口調で加担すると、ドレッグは顔をしかめてそちらを振り返った。

「俺とて、それぐらいの分別は備えている。この段に至って、獅子犬など連れてくるものか。

……それに、あいつはすっかり臆病風《おくびょうかぜ》に吹かれてしまったしな」

その言葉に、アイ＝ファがすかさず反応した。

「待たれよ。それはまさか、私のせいであるのか？」

「うん？　ああ、そうだ。お前に気圧《けお》されて以来、あいつはすっかり気弱になってしまってな。あれでは護衛犬としての役目も果たせるか危《あや》ういところだ」

「何ということだ……私のせいで、あの者が……」

アイ＝ファはぎりっと歯を噛《か》み鳴らしてから、再びドレッグに視線を突きつけた。

「監査官よ、私はあの者と和解をしたいと願う。どうかその場を作ってはもらえないだろうか？」

「なに？　あの者というのは、誰のことだ？」

「だから、あなたの連れていたあの獅子犬という者だ。私の心情を伝えれば、あの者もきっと力を取り戻すはずだ」

ドレッグは、きょとんとした目でアイ＝ファを見返した。

「ちょっと待て。何を言っているのか、よくわからん。お前は獅子犬と和解をしたい、と言っているのか？」

「うむ。私のせいであの者が力をなくしてしまったなどと聞いては、とうてい捨ておけん。あの者はあなたの命令で私と対峙《たいじ》することになったのだから、何の罪もないはずであろう？」

それでもドレッグは理解しきれていない様子で、目をぱちくりとさせた。いっぽうアイ＝ファは、真剣《しんけん》そのものの表情である。そんな両者の間を取りもってくれたのは、ガズラン＝ルティムであった。

「森辺の民は、トトスや猟犬《りょうけん》を家族のように扱っています。だからアイ＝ファも、その獅子犬というものに対して敬意を払《はら》いたいと願っているのでしょう」

「……よくわからんが、獅子犬とその者を引きあわせればいいということか？　それならまあ、いずれ時間のあるときにでも……」

「是非《ぜひ》、お願いする」

アイ＝ファは目を閉ざし、顎を引くように一礼した。

ドレッグは、仏頂面《ぶっちょうづら》で頭をかいている。

「審問《しんもん》の場ではあれだけ不遜《ふそん》な態度であったのに、このような話では頭を下げるのか。まったく、わからん連中だ」

「それは、貴方もまた公正ならぬ態度で森辺の民に接していたためだろう。誠意や悪意というものは、鏡のように跳《は》ね返るものなのだ。実直さの塊《かたまり》である森辺の民に対しては、より顕著《けんちょ》にそういう効果が生まれるのだろうね」

マルスタインがそのように応じたとき、エウリフィアが「よろしいかしら？」と声をあげた。

「オディフィアが、トゥール＝ディンにねぎらいの言葉を届けたいそうです。どの皿も空になったようですし、席を立つことを許していただけるかしら？」

「ああ、かまわないよ。オディフィアは、普段《ふだん》からトゥール＝ディンの世話になっているのだからね」

オディフィアは、エウリフィアとともに席を立った。そのまましずしずと歩を進めて、トゥール＝ディンの前に立つ。すると、トゥール＝ディンはこらえかねたように微笑をこぼした。

「おひさしぶりです、オディフィア。今日の菓子は満足していただけましたか？」

「うん。すごくおいしかった」

「ありがとうございます。ようやくオディフィアにでこれーしょんけーきをお出しすることができて、わたしもとても嬉《うれ》しいです」

トゥール＝ディンの顔を見上げるオディフィアは、やっぱり無表情である。が、やがて彼女《かのじょ》はフリルだらけのスカートをひるがえして、トゥール＝ディンに飛びかかることになった。

十一歳《さい》のトゥール＝ディンと六歳のオディフィアであるので、身長差がはなはだしい。トゥール＝ディンが膝《ひざ》を折ると、オディフィアはあらためてその首っ玉にかじりついた。

「すごくおいしかった。どっちもおいしかった」

「ありがとうございます。がとーしょこらのほうは、また城下町にお届けしますね」

「うん」とうなずきながら、オディフィアは小さな手でトゥール＝ディンの首を抱きすくめる。トゥール＝ディンは幸福そうに微笑《ほほえ》みながら、その背に手を回した。

「……身内びいきと思われるかもしれないが、もしも森辺の民が道理を知らぬ蛮人《ばんじん》の集まりであれば、オディフィアがこのようになつくこともなかったと思うよ」

やがてマルスタインが、笑いをふくんだ声でそう言った。

「大事な孫娘《まごむすめ》のためにも、私は森辺の民と正しい絆《きずな》を結びたいと願っている。それはジェノスの繁栄《はんえい》につながり、ひいては王国の繁栄にもつながるだろう。私は、そのように信じている」

ドレッグは、何も答えようとしなかった。ただその目は真面目くさった光を浮《う》かべつつ、トゥール＝ディンたちの姿をじっと見つめている。

そうしてその長い一日は、ようやく終わりを迎《むか》えることになった。

第四章★★★ 洗礼

1

緑の月の二十二日――俺たちは、また城下町に向かうことになった。

城下町の大聖堂という場所で、西方神の洗礼を受けるためである。

洗礼の儀式《ぎしき》には三日をかけることになり、本日がその最終日であった。会合の日は緑の月の十八日であったので、間に一日だけ準備の日をはさんでから、すぐに決行されることになったのだ。

初日はルウとサウティを親筋とする十三の氏族、二日目はザザとラヴィッツとスンの血族である十一氏族が洗礼に臨《のぞ》み、最終日たる本日はそれを除く十三氏族だ。内訳としては、フォウ、ベイム、ガズ、ラッツ、ダイを親筋とする氏族と、そしてファの家であった。

もちろん、それだけの氏族が集まれば二百名前後の人数になってしまうので、午前と午後で半分ずつに分かれる段取りになっている。ファの家は午前の部であり、ともに城下町へと向かうのはフォウとダイを親筋とする氏族の人々であった。

移動手段は、城下町で準備された二頭引きのトトス車である。そんなトトス車が十台ばかりも森辺の集落にやってくる姿は、壮観《そうかん》のひと言であった。

「ついにこの日を迎えてしまいましたね。まさか自分たちが城下町に足を踏み入れるだなんて、わたしは想像もしていませんでした」

同じトトス車に乗ったサリス・ラン＝フォウがかすかに震《ふる》える声でそのように述べたてると、アイ＝ファが「大事ない」と答えた。

「どうせ我々はその大聖堂とかいう場所に到着《とうちゃく》するまで、ずっと荷車の中であるのだ。私とて、たびたび城下町には足を踏み入れているが、いまだに自分の足で道を歩いたこともないほどであるからな」

「ええ、そうなのね。家長も同じように言っていたけれど……だけどやっぱり、むやみに胸が騒《さわ》いでしまうわ」

「大事ない」と、アイ＝ファは繰《く》り返した。その腕には、アイム＝フォウがちょこんと抱かれている。まだ二歳のアイム＝フォウはこのたびの行いにも心を乱すことはなく、いつもの無邪《むじゃ》気《き》さでアイ＝ファの髪《かみ》に指をからめていた。

「昨日もその前も、無事に儀式を終えることができたのだ。もはや王都の貴族たちも悪さをしでかすことはできないのだから、何も案ずる必要はない」

西方神の洗礼というのがどういうものであるのか、俺たちはすでにルウやディンの人々から概要《がいよう》を聞いている。ひどく厳粛《げんしゅく》な儀式ではあるようだが、ひとり頭の時間はそれほどかからないようであるし、何も恐《おそ》れる必要はないという話であった。

「それに、これだけの同胞がともにあるのだ。何も気に病む必要はあるまい？」

「ええ、そうね。アイ＝ファが一緒《いっしょ》なら、わたしも心強いわ」

アイ＝ファの手をそっとつかみながら、サリス・ラン＝フォウはようやく微笑んだ。その間に、トトス車は早くも宿場町に差しかかっている。会合の日から三日が過ぎたが、宿場町でおかしな騒ぎが起きた様子はなかった。

会合の翌日に、この洗礼の儀式についても告知がなされたのだ。監査官たちはそれを見届けたのち、明日には二百名の兵士たちとともに王都へと帰還《きかん》する旨《むね》が告げられたので、人々もようやく安堵《あんど》の息をつくことができたのである。

また、ドレッグおよびルイドからの要請により、タルオンの一件もおおまかにではあるが告知されている。それは、監査官の一人が王命をないがしろにしてジェノスに不要な騒乱《そうらん》を招いた疑いをかけられている、という内容であった。

セルヴァの国王がそんな荒《あら》っぽい真似《まね》を許したわけではない、という部分を広く知らしめる必要があったのだろう。なおかつ、兵士たちはその監査官の命令に従ったのみであり、悪意があってモルガの禁忌《きんき》に触《ふ》れたわけではなかったのだという部分も強調されることになった。

（だからジェノスの人たちも、ようやく胸を撫《な》でおろすことができたんだろうな）

窓から外の様子をうかがってみても、普段通りの平穏《へいおん》な光景が見いだせるばかりである。十台ものトトス車が列をなして進む姿も、三日目ともなれば気にならなくなるのだろう。

そうして宿場町を過ぎて、城下町の城門まで辿《たど》り着いても、トトス車の扉《とびら》が開けられることはなかった。そのまま跳ね橋の上を渡《わた》り、城下町の奥深《おくふか》くにまで進んでいく。大聖堂というのは、ジェノス城のすぐそばに位置するのだという話であった。

宿場町にも、いわゆる聖堂というものは存在するらしい。しかし、神を乗り換《か》える儀式を行うには、貴族に管理される城下町の大聖堂まで足を運ぶ必要があったのだ。さらにその結果は、公式の文書にしたためて王都に報告する必要があるのだということであった。

そうして誰に邪魔《じゃま》されることもなく、十台のトトス車は粛々《しゅくしゅく》と行進していき――やがて、ぴたりと動きを止めた。後部の扉がゆっくりと開かれて、そこから武官の声が届けられる。

「到着いたしました。足もとに気をつけてお降りください」

アイム＝フォウを母親の手に託《たく》してから、アイ＝ファが真っ先に立ち上がった。まずは城下町に馴染《なじ》みのある俺たちが先陣《せんじん》を切るべきであるのだろう。

アイ＝ファとともに車を降りると、そこはやはり石造りの世界であった。眼前には、大聖堂の名に相応《ふさわ》しい巨大《きょだい》な建造物が立ちはだかっている。ここは石畳《いしだたみ》の前庭であり、周囲には大勢の兵士たちも立ち並んでいた。

兵士たちに見守られながら、森辺の民は次々と車を降りてくる。サリス・ラン＝フォウたちが降りてくるのを待ってから、アイ＝ファは一台のトトス車のほうに向かっていった。

そこから現れたのは、赤子を抱いたライエルファム＝スドラである。さらにその後から、同じく赤子を抱いたリィ＝スドラも降りてくる。マルスタインの宣言通り、生後ひと月足らずの赤子たちもこの場に招かれることになったのだ。

「ライエルファム＝スドラよ、赤子らは大丈夫《だいじょうぶ》であったか？」

「うむ。荷台で揺《ゆ》られている内に眠《ねむ》ってしまった。眠ったままでも、儀式を受けられるものであるのかな」

ライエルファム＝スドラの腕に抱かれているのは、弟のホドゥレイル＝スドラであるようだった。見るたびに丸みを増していくその小さな顔は、確かに愛くるしい天使のような寝顔《ねがお》をさらしている。

「車に準備されていた寝具《しんぐ》のおかげですね。これならば、年老いた人間でも苦痛を感じることはなかったと思います」

アスラ＝スドラを抱いたリィ＝スドラも、穏《おだ》やかな笑顔《えがお》でそう述べている。赤子や老人や身体《からだ》の不自由な人間の乗るトトス車には、やわらかい羽毛《うもう》の寝具が準備されていたのである。

なお、それを最初に要請したのは、ガズラン＝ルティムであった。伴侶《はんりょ》のアマ・ミン＝ルティムが身重であるために、その身を慮《おもんぱか》ったのであろう。そちらも問題なく城下町に下りることができたのだという話を、俺は二日前に聞いていた。

「やあやあ、お待ちしていたよ、アスタ殿《どの》。それじゃあ、こちらに進んでくれたまえ」

と、建物のほうから近づいてきたのは、ポルアースだった。彼とマルスタインとメルフリードも、このたびの行いを見届けるために毎日同席しているのである。

俺たちは氏族ごとに固まって、大聖堂へと足を向けた。もともと刃物《はもの》の持ち込みは禁じられているという話であったので、刀は入り口に置かれた台の上に預けられる。武官たちはその場に待機して、入館を控《ひか》えるようだった。

いくぶん胸を高鳴らせながら、俺はアイ＝ファやサリス・ラン＝フォウらとともに足を踏《ふ》み入れる。そこに待ち受けていたのは、実に荘厳《そうごん》なる大聖堂の様相であった。白い石で組み上げられた、巨大な建造物である。吹《ふ》き抜《ぬ》けで、驚《おどろ》くほどに天井《てんじょう》が高い。そして、壁《かべ》にはいくつもの窓が切られており、やわらかな光がその空間を照らし出していた。

大きさは、ちょっとした体育館ほどもあっただろう。石の床《ゆか》には、入り口から奥《おく》に向かって真紅《しんく》の絨毯《じゅうたん》が真《ま》っ直《す》ぐに敷《し》かれている。その道をはさみこむようにして、左右の空間にはベンチのような木造りの椅子《いす》がずらりと並べられていた。

「前のほうから詰めて座《すわ》ってくれたまえ。最初に祭祀《さいし》長のお言葉をいただいてから、洗礼の儀式を始めるからね」

ポルアースの先導で、俺たちは絨毯の道を進んでいく。マルスタインからの要請により、この日はファの家から儀式を始めることになっていたので、俺とアイ＝ファは先頭を切って歩くことにした。森辺の民の中で、俺だけが例外的な存在であるので、間違《まちが》いがないように順番を指定させてほしいという話であったのだ。

俺とアイ＝ファは、最前列の席に腰《こし》を下ろした。眼前には、一メートルほどの高さの壇《だん》が設置されている。そしてそこには祭具の並べられた卓《たく》が準備されており、すでに何名かの神職と思《おぼ》しき人々が立ち並んでいた。

壇の奥には、真っ赤に塗《ぬ》られた石像も置かれている。きっとこれが、西方神セルヴァなのだろう。その髪は炎《ほのお》のように逆だっており、背中には炎とも翼《つばさ》ともつかないものが四枚、大きく広げられている。手にしているのは巨大な槍《やり》で、不動明王のように厳《いか》めしい姿であった。

（そうか。セルヴァは炎の神なんだっけ。思ったよりも、おっかない姿をしてるんだな）

俺がそんなことを考えている間に、百名近い同胞もすべて着席したようだった。俺の隣《となり》にはバードゥ＝フォウが並び、さらにフォウの人々が続いている。当然のことながら、人々は同じ氏族同士で寄り集まり、親筋の家長を先頭にして並んでいた。

「それではこれより、西方神セルヴァの子として生きるための、洗礼の儀式を執《と》り行います」

壇の真ん中に立っていた人物が、おごそかな口調でそのように述べたてた。小柄《こがら》で、優しげな眼差《まなざ》しをした老人である。乳白色の長衣に緋色《ひいろ》の肩《かた》掛けを羽織っており、首もとには銀の飾《かざ》り物が下げられていた。

「森辺の民は、八十余年前にジャガルからセルヴァに神を移しました。しかし、その際の儀式が不十分であったとのことで、今日という日を迎えることになりました。これは先例のない話ではありますが、西方神セルヴァよりこの座を賜《たまわ》った祭祀長デルゼンの名において、洗礼の儀式を取り仕切らせていただきます」

神官の一人が、祭祀長デルゼンに奇妙《きみょう》な祭具を手渡《てわた》した。それはまた炎のように真っ赤な枝と葉を束ねられたもので、大きな扇《おうぎ》のような形状をしていた。

そして、背後に立ち並んだ人々が、手にしていた器具を鳴らし始める。小さな鈴《すず》や、トライアングルや、金管に似た清涼《せいりょう》なる金属の音色が、さざなみのように堂内の空気を揺らしていった。

「では、一名ずつ壇上《だんじょう》にお上がりください」

アイ＝ファが立ち上がり、恐れげもなく壇上に上がっていく。そうして石の階段を踏みしめて祭壇《さいだん》の前に立つと、祭祀長はいっそう穏やかに微笑んだ。

「まずは、セルヴァの前で己《おのれ》の名を告げてください」

「私は森辺の民、ファの家の家長アイ＝ファだ」

「アイ＝ファ。汝《なんじ》にセルヴァの祝福を与《あた》えます。膝をつき、頭《こうべ》を垂れなさい」

アイ＝ファは黙然《もくぜん》と、その言葉に従った。

祭祀長は、真紅の扇をアイ＝ファの右肩《みぎかた》に触れさせる。

「南方神ジャガルの民の末裔《まつえい》、アイ＝ファよ。汝は汝の祖の意思に従い、西方神セルヴァの子となることを望みますか？」

「私は私の祖の意思に従い、西方神セルヴァの子となることを望む」

「この誓《ちか》いが破られたとき、汝の魂は死した後に四つに砕《くだ》かれ、永劫《えいごう》に無明の闇《やみ》をさまようこととなるでしょう。セルヴァ、ジャガル、シム、マヒュドラ、大いなる四大神は、常に汝の行いを見守っています」

真紅の扇が、右肩から左肩《ひだりかた》に移される。

そして、他の神官たちも動いた。一人は黄金色《こがねいろ》の壺《つぼ》から茶色い砂のようなものをつまみあげ、それをアイ＝ファの右肩に散らす。その次は、黒いカラスの羽根のようなもので、アイ＝ファの左すねが撫でられた。そして最後に、純白の壺に手をひたした神官がアイ＝ファの右足に水《すい》滴《てき》を垂らす。それらの動作を見届けてから、祭祀長は真紅の扇を引き上げた。

「火神セルヴァ、大地神ジャガル、風神シム、氷神マヒュドラが、汝に祝福を与えました。立ち上がり、セルヴァの像に目を向けなさい」

アイ＝ファは立ち上がり、不動明王のごときセルヴァ像に目をやった。その石像は三メートルぐらいの大きさであったので、やや首をのけぞらせることになる。

「宣誓《せんせい》の儀式です。左の手を心臓に置き、右の手は真っ直ぐ横に広げなさい」

アイ＝ファは無言で、指示に従う。それは、かつてバルシャやカミュア＝ヨシュなどが見せた、宣誓のポーズと同一であった。

「セルヴァの御名《みな》のもとに……汝は西方神セルヴァの子として生きることを誓いますか、アイ＝ファ？」

「私は、西方神セルヴァの子として生きることを誓う」

祭祀長は、アイ＝ファと石像の視線を繋《つな》ぐように、祭具を振《ふ》り払った。

「西方神セルヴァは、アイ＝ファが己の子として生きることをお許しになりました。汝は魂の安息のために、セルヴァの敬虔《けいけん》なる子として生きるのです」

アイ＝ファはうなずき、腕を下ろした。

祭祀長もまた祭具を下ろして、にこりと微笑む。

「汝を祝福します、アイ＝ファ。……では、壇の下にお控えください」

アイ＝ファはもう一度礼をしてから、祭祀長に背を向けた。その足が石段を下り終えたところで、「次の御方」と俺《おれ》が呼ばれる。

アイ＝ファは厳粛なる面持《おもも》ちで、俺にやわらかい視線を向けてきた。そちらにうなずき返してから、俺は立ち上がる。そうして壇上に足を向けると、途中《とちゅう》でポルアースたちの姿が見えた。森辺の民とは別に、壁際《かべぎわ》に座席が準備されていたのだ。そこにはマルスタインやメルフリードの姿もあり、そして、分厚い帳面をたずさえた書記官の姿も見えた。

これを機会に、マルスタインは森辺の民の戸籍《こせき》調査を実施《じっし》したのである。どの氏族に何人の家人がいるのか、これでつまびらかにされるのだ。それもまた、王国の民としては必要な行いであったのだろう。

(俺の名前も森辺の民として記載《きさい》されるんだから、ありがたいことだ)

そのように考えながら、俺は石段をのぼっていった。祭祀長は真紅の扇を手に、俺を待ち受けている。近くで見ると、このご老人は頭ひとつ分ぐらい、俺より小柄であった。

「セルヴァの前で、己の名を告げてください」

「はい。俺は森辺の民、ファの家の家人アスタです」

「アスタ。汝にセルヴァの祝福を与えます。膝をつき、頭を垂れなさい」

躊躇《ためら》うことなく、俺はその言葉に従った。知らず内に鼓動《こどう》は速くなってしまっているが、俺はアイ＝ファや森辺のみんなと同じ道を歩きたいと願ったのだ。そのためだったら、異世界の神の子となることも厭《いと》いはしなかった。

「大陸アムスホルンの外より来たりし異邦人《いほうじん》、アスタよ。汝は、西方神セルヴァの子となることを望みますか？」

「はい。俺は西方神セルヴァの子となることを望みます」

その後は、アイ＝ファと同じように儀式が進められた。砂をかけられ、足を撫でられ、水滴を垂らされる。これが、ジャガルとシムとマヒュドラの祝福であるのだろう。

「火神セルヴァ、大地神ジャガル、風神シム、氷神マヒュドラが、汝に祝福を与えました。立ち上がり、セルヴァの像に目を向けなさい」

俺は立ち上がり、真紅の石像へと目をやった。

そのとき――思わぬ変調が、俺を捕《と》らえた。

視界が石像の真紅に染められた瞬間《しゅんかん》、俺の五体に電流のようなものが走り抜けたのだ。

（これは……この感覚は……）

胸の中身が、熱くなっていく。

まるで、炎の指先に心臓をわしづかみにされたかのようだ。

そうして俺は、全身にたとえようもない激痛が走るのではないか、という戦慄《せんりつ》に見舞《みま》われた。

この感覚は――ときおり悪夢の中で再現される、あの死の記憶《きおく》とひどく似通っていたのだ。

業火《ごうか》に包まれた建物の中で、生きながら五体を焼かれて、最後には瓦礫《がれき》で無茶苦茶《むちゃくちゃ》に圧《お》し潰《つぶ》される、あのおぞましい記憶である。

だが、俺があの恐ろしい痛苦に脅《おびや》かされることはなかった。ただ、心臓がガンガンと胸郭《きょうかく》を叩き、俺の呼吸を荒くしていく。祭祀長の声も、清涼なる楽器の調べも、激しい耳鳴りの向こうにかすんでいくことになった。

(西方神セルヴァは、火を司《つかさど》る神……もしかして、俺は……俺をこの世界に呼び寄せたのは……)

視界が、赤く染まっていく。

いや、俺の視界は神像の真紅によって、最初から染められていたのだ。

その背から生えのびた二対の翼が大きく広がり、左右から俺を包み込んだかのようだった。

あるいは、その眼差しが俺を真紅に染めあげているのだろうか。

何にせよ、この神像を彩った真紅の色合いが、俺に死の記憶を喚起《かんき》せしめたのだった。

(いや……俺は、自分の意思で火の中に飛び込んだんだ。誰かに焼き殺されたわけじゃない)

そのように念じながら、俺はセルヴァの神像を見つめ続けた。

そして、ひとつの事実に思いあたった。それはいかにも恐ろしげな姿をした神像であったが、その瞳《ひとみ》にはとても涼《すず》やかなものが感じられたのだ。

慈愛《じあい》に満ちみちた、優しげな眼差しである。炎の翼をはためかせ、巨大な槍などを掲《かか》げているが、この異形の神は決してやみくもに世界を焼き尽くしたりはしない。俺には、そのように信ずることができた。

(俺が死んだのは、俺の責任だ。その責任を他の誰かになすりつけたりは、絶対にしない)

俺は拳《こぶし》を握《にぎ》り込み、なんとか呼吸を落ち着けようと試みた。

神像は、静かに俺を見下ろしている。

(俺が死んだ後、その魂《たましい》をこの世界に導いてくれたのが、西方神セルヴァだったとしたら……俺は喜んで、あなたの子になってみせる)

やがて、祭祀長の低い声音《こわね》が輪郭《りんかく》を定め始めた。

「……どうされましたか？　宣誓の儀式をお願いいたします」

俺は大きく息をついてから、左手を左胸に置き、右腕《みぎうで》を横に広げてみせた。視界の片隅で、祭祀長がうなずいている。

「セルヴァの御名のもとに……汝は西方神セルヴァの子として生きることを誓いますか、アスタ？」

「はい。俺は西方神セルヴァの子として生きることを誓います」

祭祀長が、祭具を振り払った。

「西方神セルヴァは、アスタが己の子として生きることをお許しになりました。汝は魂の安息のために、セルヴァの敬虔なる子として生きるのです」

「はい」と応じてから、俺は腕を下ろす。そして最後にもう一度、神像の瞳を見つめ返してから一礼した。

「汝を祝福します、アスタ。……では、壇の下にお控えください」

ふらつきそうになる足に力を込めて、俺はその場から退去した。

席に戻ると案の定、アイ＝ファが怖《こわ》い顔を近づけてきた。

「どうしたのだ、アスタよ？　危うく駆《か》け寄りそうになってしまったではないか」

「ごめん。あとでゆっくり説明するよ」

俺は気力を振り絞《しぼ》って、アイ＝ファに微笑みかけてみせた。

アイ＝ファは、不服そうに唇をとがらせている。その愛《いと》おしい姿を見ていると、俺の身体には瞬《また》く間《ま》に力が満ちていった。

俺は、アイ＝ファとともに生きていくことを決意したのだ。俺がどのような原理でこの世界に導かれたのか、そんなことは俺の決意に関わりがない。今さら何に怯える必要もないはずだった。

アイ＝ファは唇をとがらせたまま、マントの内ポケットから取り出した手ぬぐいで俺の額をぬぐってくれた。その間に、バードゥ＝フォウは壇上に上がっている。フォウ家の人々は、息を詰《つ》めて家長が洗礼を受けるさまを見守っていた。

やがて思わぬ客人が訪《おとず》れたのは、フォウ家の人々の洗礼が終わり、ラン家の家長が壇上に向かった頃《ころ》であった。

「儀式の最中に失礼いたします、アイ＝ファ様。大聖堂の外で、監査官様がお待ちになられています」

それは、ダレイム伯爵家《はくしゃくけ》の侍女《じじょ》たるシェイラであった。

アイ＝ファは、うろんげにその顔を見つめ返す。

「このような折に、いったい何なのだ？　そもそもあの御仁《ごじん》も、我らの洗礼を見届ける役割のはずであろうが？」

「さあ……なんでも、アイ＝ファ様と交《か》わした約定を果たしたいとのことですが……」

それはきっと、獅子犬の一件であろう。彼は明日にもジェノスを発《た》ってしまうので、約定を果たすチャンスは今日しか残されていなかったのだ。アイ＝ファは眉をひそめながら、俺の身体ごしにバードゥ＝フォウを振り返った。

「アイ＝ファはすでに儀式を終えているのだから、かまわんだろう。そうでなければ、ポルアースらが止めていただろうしな」

「うむ、そうか。では、しばらく席を外させてもらう。行くぞ、アスタよ」

当然というか何というか、俺もアイ＝ファとともに離席《りせき》することになった。壇上の儀式を邪魔してしまわないように、忍《しの》び足で出口に向かう。扉を出たところでアイ＝ファが自分の刀を取り戻すと、今度は二名の武官が近づいてきた。

「監査官《かんさかん》は、あちらの車でお待ちです。わたしどもがご案内いたします」

シェイラに別れを告げて歩を進めると、俺たちが乗ってきたトトス車の隣に、ひときわ豪華《ごうか》な車が停車していた。銀色の獅子の紋章《もんしょう》が掲げられているので、きっと監査官たちが王都から乗ってきたトトス車であるのだろう。そのトトス車の前には、甲冑《かっちゅう》姿のルイドと二名の兵士が待ち受けていた。

「儀式の最中に申し訳ないが、今の内に約定を果たしたいとのことだ。刀は、ジェノスの武官に預けていただきたい」

俺たちを案内してくれたのは、ジェノスの武官であったのだ。アイ＝ファは無造作に、そちらへ刀を手渡した。

俺が同行していたことをとがめられることもなく、トトス車の扉はすみやかに引き開けられる。広々とした空間に、ドレッグと獅子犬だけが待ち受けていた。扉が閉められるのを待ってから、ドレッグはにやりと笑いかけてくる。

「ずいぶん遅《おそ》くなってしまったが、あの日の約定を果たさせてもらうぞ、ファの家のアイ＝ファよ」

「それはありがたい話だが……他の者たちの儀式を見届けなくてよいのか？」

「昨日も一昨日も、朝から日が傾《かたむ》くまで大聖堂に詰めることになったからな。どうせこの後もまたそちらの仕事に戻《もど》らなくてはならないのだから、少しばかり休息をもらっても叱《しか》られることはあるまいよ」

立派な座席に座したドレッグは、そのように述べながら足もとの獅子犬を指し示した。途方《とほう》もなく大きくて、真っ黒で、ライオンのごときたてがみをなびかせる、見るからに強靭《きょうじん》そうな大型犬である。ただ彼は大きな図体《ずうたい》をぺたりと伏《ふ》せて、決してアイ＝ファのほうを見ようとはしなかった。

「さあ、ご所望《しょもう》の獅子犬だ。いったいお前は、どのようにしてこいつと和解しようというのかな？」

アイ＝ファは無言のまま、荷台の真ん中にまで進んでいった。そうして膝をつき、主人の足もとにうずくまっている巨大な毛の塊に呼びかける。

「先日は、すまないことをした。もはやお前の主人と敵対することはないはずなので、どうか和解をさせてもらいたい」

獅子犬は、気弱げな眼差しで上目遣《うわめづか》いにアイ＝ファを見返した。もともとチャウチャウのような顔立ちをしているので、そうしているとただの大人しげな犬に見えてしまう。が、やはり大きさだけは規格外だ。

「さすがに獣《けもの》と言葉を交わすことはできないようだな。必要なら、そちらに獅子犬を向かわせるが」

「ならば、お願いしたい」

ドレッグは、気安い感じで獅子犬の背中を二度叩いた。獅子犬はとても気の進まなそうな様子で起き上がり、おずおずとアイ＝ファのほうに近づいてくる。アイ＝ファは膝を折ったまま、同じ目線の高さで獅子犬を迎えた。

「お前は主人を守るために鍛《きた》えられたそうだな。ならば、力を取り戻してその役目を全《まっと》うするがいい。私がお前の主人の敵となることは、もはやない」

そのようにつぶやきながら、アイ＝ファはゆっくりと獅子犬のほうに両手をのばしていった。その指先が左右から、獅子犬のたてがみの中に差し込《こ》まれていく。我《わ》が家《や》のブレイブは耳の後ろあたりを撫でられるのを一番好んでいるので、それを実践《じっせん》しているのだろう。

自然、アイ＝ファと獅子犬は至近距離《きょり》から向かい合うことになる。ここでドレッグがおかしな命令など下していたら、きわめて剣呑《けんのん》な事態に至ってしまうことだろう。しかしドレッグはにやにやと笑いながら、アイ＝ファたちの様子をうかがっているばかりであった。

俺は横側に回り込んで、そこからアイ＝ファたちの姿を見守っている。アイ＝ファはとても穏やかな眼差しで、獅子犬の黒い瞳を覗《のぞ》き込んでいた。その手はほとんど手首までうずまってしまい、どのような動きを見せているのかもわからない。ただ、獅子犬のたてがみはそれ自体が生あるもののようにふわふわと躍《おど》っていた。

やがてその動きが、後ろのほうに移動していく。アイ＝ファの指先が、耳の後ろから肩のほうにまで移されたのだ。首周りと肩周りを撫でられることも、ブレイブは非常に好んでいた。

「お前もなかなかあどけない面立《おもだ》ちをしているな。私の家にいるブレイブとはずいぶん造作が異なっているようだが……だけどやっぱり、同胞《どうほう》であるのだろう。その目の輝《かがや》きは、ブレイブによく似ている」

腕を奥のほうに移動させたために、アイ＝ファと獅子犬の距離はいっそう縮まっていた。もうほとんど鼻先がつきそうな位置である。

すると――獅子犬の大きな口から紫色《むらさきいろ》の舌がのびて、アイ＝ファの頬《ほお》をぺろりとなめた。

「……お前を脅《おど》かしたことを、許してくれるのか？」

アイ＝ファは目もとで優《やさ》しげに笑い、いっそうわしゃわしゃと獅子犬の首を撫で回した。その動きに連動するように、獅子犬はアイ＝ファの頬をぺろぺろとなめ始める。アイ＝ファはくすぐったそうにしていたが、それ以上に嬉しそうだった。

やがて獅子犬は、自分からアイ＝ファへと身を寄せ始める。重量ならばアイ＝ファよりもまさっているであろう獅子犬が、ぐいっとのしかかってきたのである。普通《ふつう》の人間ならば尻餅《しりもち》をついていたところであろうが、アイ＝ファは真正面からその巨体《きょたい》を受け止めて、ほとんど全身が黒い獣毛《じゅうもう》にうもれることになった。

「うむ、すごい力だな。並の人間ならば、決してお前にはかなうまい。これからも自信と誇《ほこ》りをもって、自分の仕事を果たすがいい」

アイ＝ファは獅子犬の顔に頬ずりをしながら、その背中を撫でた。

それを見届けたドレッグが、「やれやれ」と声をあげる。

「まさか本当に、獅子犬を手懐《てなず》けてしまうとはな。それは獅子犬を怯えさせるのと同じぐらい、ありえない話であるはずだぞ」

「それは、こやつが賢《かしこ》いゆえであろう。私に敵意がないことを信じてくれたのだ」

「ふん。獣と心を通い合わせるのにもっとも長《た》けているのは、シムの民であると聞く。やはり森辺の民というのは、シムの血筋であるのかもしれんな」

そう言って、ドレッグは腹の上で指先を組み合わせた。

「ファの家のアイ＝ファよ、お前はその獅子犬が気に入ったのか？」

「うむ？　このように愛くるしい者であれば、好ましく思うのが当然であろう」

「そうか。もしもお前が望むのならば、そいつを譲《ゆず》ってやらなくもないが」

アイ＝ファは、仰天《ぎょうてん》したように面を上げた。

「何を言っているのだ､監査官よ。こやつはあなたの大事な護衛犬というやつなのであろう?」

「しかし俺は、そやつを警護の道具として扱《あつか》っていただけだ。お前たちのように、情愛をもって接していたわけではない。……正直に言うならば、このまま護衛犬としての役に立たぬようなら処分してしまおうかと考えていたほどだ」

アイ＝ファの双眸《そうぼう》が、ぎらりと瞬《まばた》く。するとたちまち獅子犬が怯えた顔つきになったので、アイ＝ファはそれを安心させるように頭を撫でた。

「処分とは、どういうことだ？　まさか、殺《あや》めてしまうつもりではないだろうな？」

「残念ながら、その通りだ。お前たちとて、折れた刀は捨てる他ないだろう？　俺にとって、護衛犬というのはそれと同じ存在であるのだ」

「…………」

「もちろん、そいつが護衛犬としての力を取り戻せたならば、これからも重宝させてもらうつもりでいた。そいつは猟犬よりも高額な値で取り引きされているので、役に立つ限りは使うのが当然だ。……だが、道具として扱われるよりは、家族として扱われるほうが、そいつも幸福なのではないかな」

アイ＝ファは獅子犬の首を抱《だ》きすくめつつ、その頭ごしにドレッグをねめつけた。

「……あなたはいったいどのような思惑《おもわく》があって、そのような申し出をしているのだ？　こやつを道具として扱っていたならば、こやつの幸福を願う理由もあるまい」

「ああ。しかし、お前はずいぶん幸せそうにそいつと戯《たわむ》れていたからな。そいつを献上《けんじょう》することで、少しでも罪ほろぼしができるなら幸いと、ついさっき思いついたまでだ」

そう言って、ドレッグはまたにやりと笑った。

「ルイドの言っていた通り、俺はタルオン殿のいいように動かされてしまっていた。下手《へた》をしたら、王命をないがしろにした罪で、どのような目にあわされていたかもわからん。それを気づかせてくれた森辺の民に、感謝の念を捧《ささ》げるべきなのだろうと思いたったのだ」

「……それが、この獅子《しし》犬というわけか？」

「ああ。銀貨などを渡すのは筋違《すじちが》いであろうが、そいつには銀貨に負けない価値がある。また、森辺の民は銀貨を手にするよりも、家族たりうる存在を手にしたほうがよほど嬉しいのではないか、と考えたのだが……この想像は、当たっているか？」

アイ＝ファはドレッグの真情を探《さぐ》るように目を細めた。

ドレッグは苦笑《くしょう》しながら、自分の額を撫でている。

「俺も最後に何かひとつぐらいは、森辺の民に喜ばれるようなことをしておきたいものだと思案していたのだ。俺の考えが的外れであったのなら、そいつは置いていくがいい。護衛犬としての力は取り戻せたのだろうから、今後もこれまで通りに働いてもらう」

「…………」

「それにそいつは、大食いだからな。並の猟犬の倍ぐらいは食うだろう。そんな迷惑《めいわく》なものを押《お》しつけられるのは御免《ごめん》だと言うのなら――」

「こやつが私の家人となった暁《あかつき》には、決して飢《う》えさせたりはしない」

アイ＝ファはぎゅうっと獅子犬の首を抱きすくめながら、ドレッグをにらみ返した。

「……こやつに、名はあるのか？」

「ああ。名前は、ジルベだ。狩猟《しゅりょう》の役には立たないだろうが、家を守る番犬としてなら働けることだろう」

「ならば、ジルベの身柄《みがら》はもらいうける。……アスタ、異存はあるか？」

「いや。俺は家長の決定に従うよ」

「そうか」と、ドレッグは満足そうに笑った。

「番犬の扱いに関しては、ジェノスの連中に学ぶがいい。きちんとしつけ直せば、他の人間にも危険はないはずだ」

「…………」

「俺が護衛犬を道具として扱っていたというのが、ずいぶん気に障《さわ》ったようだな。しかし王都の貴族であれば、たいていは同じような心持ちであるはずだぞ」

そう言って、ドレッグは座席に深くもたれた。その顔には、何かを茶化《ちゃか》すような表情と何かを慮っているような表情が混在しているように感じられる。

「お前たちがすべての西の民を同胞として受け入れるというのは、並大抵《なみたいてい》の話ではあるまい。おそらく俺が監査官としてジェノスの地を踏むことは、もうないかと思うが……次にやってくる連中とも、せいぜい理解し合えるように力を尽《つ》くすことだな」

2

その後、すべての同胞の洗礼を見届けてから、俺たちは大聖堂を後にすることになった。

ひとり頭は数分の儀式であっても、百名近い人数であればかなりの時間を必要とする。城門を出る頃には、もう太陽もずいぶんと高くなっていた。

十台のトトス車はこのまま森辺に向かい、大仕事を終えた人々は本来の仕事に戻ることになる。ただし、俺とアイ＝ファとユン＝スドラ、それにスドラ家の狩人《かりうど》たちは宿場町で離脱《りだつ》する段取りになっていた。

俺は屋台の商売に参加するためであり、アイ＝ファたちは護衛役の仕事に参加するためである。アイ＝ファは本日、変則的な半休の日と定めており、屋台の商売が終わってから集落に戻り、それから森に入るのだと述べていた。

「よー、けっこうかかったな。でもまあ、中天までには間に合いそうだ」

離脱組が青空食堂の手前でトトス車を降りると、臨時で護衛役を果たしていたルド＝ルウが笑いかけてきた。彼《かれ》らは俺たちの代わりにトトス車に乗って帰還するのだ。同じく青空食堂で働いていたリミ＝ルウが、「あーっ！」と大きな声をあげる。

「その子、あのときの獅子犬ってやつだよね！　なんでなんで？　なんでその子がアイ＝ファたちと一緒にいるの？」

「わけあって、この者はファの家に迎えることになった。名は、ジルベという」

「いいなー！　この子、でっかくて可愛《かわい》いよね！　怒《おこ》ったら、すごく怖そうだけど！」

リミ＝ルウは大喜びであったが、青空食堂のお客たちは一様にぎょっとしていた。ジェノスにおいて番犬というのは城下町でしか使われていないので、宿場町においては犬自体が未知なる獣なのである。

「今はまだ、このジルベの身に触れるのではないぞ。森辺の民が敵でないと教えるのは、集落に戻ってからだからな」

「わかったー！　そうしたら、リミにも仲良くさせてね！」

番犬の取り扱いについては、これから指導役の人間が宿場町まで来てくれることになっていた。が、アイ＝ファのそばにある限り、獅子犬のジルベは従順そのものである。この獅子犬というやつも猟犬《りょうけん》と同じように、俺の故郷の犬よりもいっそう知能は高いように思えた。

「それじゃーな。最後まで油断するんじゃねーぞ」

そんな言葉を残して、ルド＝ルウを筆頭とするルウ家の若衆《わかしゅ》たちはトトス車に乗り込んでいった。それがしずしずと街道《かいどう》の向こうに消えていくのを見守ってから、俺はまず屋台のほうに足を向ける。

「お疲《つか》れ様《さま》です、アスタ。こちらは滞《とどこお》りなく仕事を進めています」

ちょうど朝一番のピークを終えたぐらいであるらしく、屋台には数名のお客が並んでいるばかりであった。その中で、俺の代わりに日替《ひが》わりメニューの屋台を受け持ってくれていたトゥール＝ディンが、にこりと笑いかけてくる。

朝から参加できなかったのは俺とユン＝スドラのみであったので、屋台の商売は通常通りに営業していた。足りない分の人手は、普段《ふだん》ローテーションで参加しているメンバーを二名追加して補っている。ただし、そちらのメンバーは午後から洗礼を受けるガズ、ラッツ、ベイムの血族ばかりであったので、その後に居残れるのはリリ＝ラヴィッツただ一人だ。そうすると、ヤミル＝レイを含《ふく》めて五名のメンバーしか残れず、普段よりも二名少ない配置となってしまうが、それを見越《みこ》して手間のない献立《こんだて》にしているので問題はないはずだった。

「どうもお疲れ様、トゥール＝ディン。屋台の商売よりも、朝の下準備のほうが大変だっただろう？」

「いえ。今日の献立であれば、何も難しいことはなかったので……問題なく仕上げることができました」

ディン家はザザ家の眷族《けんぞく》として、昨日の内に洗礼を終えていたのである。そうでなくては、さすがに屋台の商売を敢行《かんこう》することもできなかっただろう。俺とユン＝スドラの助けなくして朝方の下ごしらえを取り仕切れるのは、このトゥール＝ディンただ一人であるはずだった。

「それじゃあトトスの車が戻ってくるまで、俺とユン＝スドラは食堂のほうを手伝っていようかな。フェイ＝ベイムにヤミル＝レイ、それで大丈夫ですか？」

左右の屋台から「問題なし」という頼《たの》もしい言葉が返ってきたので、俺とユン＝スドラは青空食堂に舞《ま》い戻ることにした。スドラ家の狩人たちはすでにいつも通りの配置についていたので、アイ＝ファとジルベだけが後からついてくる。

「えーと、ジルベはそのまま外に出しておくのかな？　荷車の中で休ませることもできるけど」

「いや、むしろ目を離《はな》すほうが危険であるように思える。私さえそばにいれば、余人に牙《きば》を剥《む》くこともなかろうからな」

そうして青空食堂に到着すると、今度はお客たちから好奇心《こうきしん》に満ちみちた言葉をかけられることになった。

「なあ、そいつは獅子って獣なのか？　それにしては、図体が小さめのようだけど」

「これは、獅子犬というものだそうです。獅子に似た犬、ということなのでしょうね」

「へーえ、そいつが犬ってやつなのか。なかなか愉快《ゆかい》な面《つら》がまえをしてるじゃないか」

どうやらそのお客さんは、獅子を目にしたことがあるようだった。もしかしたら、《ギャムレイの一座》の天幕でも見物したのかもしれない。

（獅子を知ってて犬を見たことないなんて、俺の故郷では考えられない話だな。まあ、犬はもともとジャガルにしかいないみたいだから、不思議ではないのかもしれないけれど）

そんな風に考えながら、俺は食堂の仕事に参加した。が、現時点ではそちらも通常通りの人数がそろっているので、あまり仕事は残されていない。これならば、俺とユン＝スドラが屋台を受け持って、これから洗礼に出向くことになるメンバーを休ませたほうが利口だろうかと、俺はしばし考え込むことになった。

「そうですね。フェイ＝ベイムたちは朝から働いていますので、楽な仕事を割り振ってあげてもいいと思います」

ユン＝スドラからの賛同も得られたので、俺は早々に方針を切り替《か》えることにした。

しかし、俺が行動するよりも早く、見覚えのある一団が屋台に近づいてくる姿が見えた。キルティング素材のようなお仕着せを纏《まと》った、王都の兵士たちである。その中にダグの長身を発見した俺は、ちょっと悩《なや》んでからユン＝スドラに向きなおった。

「ごめん、俺はもうちょっとだけこっちにいるから、ユン＝スドラはフェイ＝ベイムと交代してもらえるかい？」

「はい、わかりました」

ユン＝スドラは不思議そうに小首を傾《かし》げつつ、屋台のほうに立ち去っていく。アイ＝ファは、それよりもいっそうけげんそうに俺を見つめていた。

「どうしたのだ？　あの者たちに用事でもあるのか？」

「うん。ちょっと確認《かくにん》したいことがあって……ほら、アイ＝ファには昨日の夜に話しただろう？」

「ああ、あの話か。……しかし、今さらそのような話を蒸《む》し返しても、詮無《せんな》きことであろう」

「それはそうなんだけど、やっぱりちょっと気になっちゃってさ」

そんな会話を繰《く》り広げている内に、ダグを筆頭とする兵士たちが十名ばかり食堂のほうに近づいてきた。その中には、イフィウスも含まれている。

「よう。ひさしぶりだな、ファの家のアスタ。お前は今日、洗礼を受ける日取りじゃなかったのか？」

頭の包帯も外れて、すっかり以前の精悍《せいかん》さを取り戻したダグが、ふてぶてしく笑いかけてくる。イフィウスはシュコーシュコーと呼吸音を撒《ま》き散らしながら、感情の読めない目で俺とアイ＝ファを見やっていた。

「おや、そいつは監査《かんさ》官殿《かんどの》の獅子犬か。女狩人の気迫《きはく》にあてられて意気地《いくじ》をなくしたという話だったのに、ずいぶん元気そうだな」

「ゆえあって、この者は私の家に迎《むか》え入れることになった。名は、ジルベだ」

「ふうん。よくわからないが、和解の証《あかし》か何かか？　まあ、穏便《おんびん》に話をまとめることができて、何よりだったな」

まるで他人事のように言いながら、ダグは食堂の席に腰を下ろした。他の面々はすでに食事を始めており、イフィウスは優雅《ゆうが》な手つきで前掛《まえか》けをつけようとしている。

「……そちらも元気そうで何よりです。顔をあわせるのは、あの宿屋の夜以来ですよね」

「ああ。あの夜以来、なるべく外出を控えるように言いつけられていたからな。それでも、俺の部下どもが顔を出していたはずだろう？」

そう、モルガの禁忌《きんき》に触《ふ》れて以来、兵士たちの多くは宿屋に引きこもっていたのである。その中で、数名ばかりの兵士が屋台に現れては、仲間たちのために大量のギバ料理を購入《こうにゅう》していた。しかし、ダグやイフィウスは一度として姿を現さなかったのだった。

「まあ、明日の朝にはジェノスを出る予定だし、町の連中もすっかり落ち着いたようだから、最後ぐらいは太陽の下で好きなものを食ってやろうと思いたったまでだ。この後も、他の連中がぞろぞろ顔を出すだろうぜ」

「それは、ありがとうございます。なんとか騒《さわ》ぎを収めることができて、本当によかったです」

「そいつはお前たちが、さんざん頭を悩ませた結果だろう。勝ち誇りたいなら、好きなだけそうするがいいぜ」

「いえ、別に勝ち誇るつもりでは……」

俺の胸中には、やっぱりモヤモヤとしたものがわだかまってしまっている。それを払拭《ふっしょく》するべく、俺は「あの」と声をあげることにした。

「食事中に申し訳ありませんが、ほんの少しだけ時間をいただけませんか？」

「あん？　そいつは、俺に言ってるのか？　今さら何も語る話はないように思えるがな」

「ひとつだけ、お聞きしたいことがあるのです。そんなにお時間は取らせません」

ダグはうろんげに眉《まゆ》をひそめてから、立ち上がった。

「まあ、お前と言葉を交わすのも、これが最後になるだろうからな。そこまで言うなら、聞いてやるよ」

「ありがとうございます。それでは、こちらに」

俺は、ダグとともに青空食堂を離れた。むろん、アイ＝ファとジルベもぴったり追従してくる。街道の端《はし》に寄り、ここなら食堂まで声は届くまいという位置で、俺はダグに向きなおった。

「あの……タルオンとドレッグの関係については、あなたもルイドから話を聞いていたのですよね？」

「そりゃあそうだろ。俺みたいな傭兵《ようへい》あがりの百獅子長が貴《とうと》き方々と言葉を交わす機会なんざ、そうそうありゃしねえからな。タルオンって貴族様がどんな性根《しょうね》をしているのか、俺に教えてくれたのは部隊長殿《どの》だ」

「そうですか。それじゃあ……あなたたちがモルガの森に派遣《はけん》された段階で、ルイドはすでにタルオンの企《たくら》みには薄々《うすうす》気づいていたということなのですね」

ダグはますますうろんげに目を細めて、射るような眼光を突《つ》きつけてきた。

「言葉の意味がわからねえな。俺たちの部隊長殿に、何か難癖《なんくせ》でもつけようってのか？」

「いえ、決してそんなつもりではないのですが……ただタルオンは、あなたがたがモルガの禁忌に触れたことで、ずいぶんまずい立場に立たされたようなので……」

ダグが、おもむろに顔を近づけてきた。火のような眼光が、十五センチほどの至近距離から突きつけられてくる。その瞬間に、アイ＝ファが「おい」と低く声を発した。

「そのような気配を撒き散らしながら、アスタに近づくな。お前たちと敵対する心づもりはない」

「それはこっちも同じことだ。しかし、大事な部隊長殿におかしな疑いをかけられちまったら、黙《だま》ってはいられねえな」

「ならば、言葉で疑いを晴らすがいい。あのルイドという者は、タルオンという者の罪を暴《あば》くために、あえてモルガの禁忌に触れたのか？」

それが、俺の思いついてしまった疑念であった。

タルオンは本心からモルガの禁忌に触れるつもりなどはなく、ただ森辺の狩人の力がなくともギバを狩《か》ることはできると証明したかっただけのはずであるのだ。森辺の民を森から下ろすべきと主張するために、それは必要な行いであったのである。

しかし、ダグたちがモルガの禁忌に触れてしまったために、その目論見《もくろみ》は破れることになった。しかも、ジェノスの領民から強い反感を買ってしまったおかげで、その後は何の行動も取れなくなってしまったのだ。

たとえタルオンの目的が、ジェノスや森辺の民を刺激《しげき》して、自ら刀を取らせることにあったとしても、そうまであからさまに法を踏《ふ》みにじることは許されなかったのだろう。あくまで正義は、王都の側になくてはならなかったのだ。王都の側が暴虐《ぼうぎゃく》であり、それゆえにジェノスが叛乱《はんらん》を起こすことになってしまったら、武力を行使する正当性も失われてしまうのであろうと思われた。

よって、タルオンの謀略《ぼうりゃく》を阻止《そし》するには、王都の人間が先に無法な真似《まね》をするというのがもっとも効果的であったのである。それゆえに、俺はすべてがルイドの計略だったのではないかと疑ってしまったのだった。

「……それなら、答えてやる。うちの部隊長殿は、馬鹿がつくほどの真面目な人間なんだ。どれほど気に食わない人間がいたって、それを騙《だま》し討《う》ちにするような真似はしねえよ」

俺の鼻先に顔を寄せながら、ダグはそのように言い捨てた。腰《こし》の刀に手を添《そ》えつつ、アイ＝ファは「そうか」と低くつぶやく。アイ＝ファのかもしだす気迫に呼応して、獅子犬ジルベもグルグルと剣呑なうなり声をあげていた。

「ならば、我らも引き下がろう。だからお前も、アスタから身を離せ」

「ふん……まったく、小賢《こざか》しいことを思いつくやつだな」

ダグは身を引いて、黒褐色《こっかっしょく》の髪《かみ》を乱暴にかき回した。

「せっかく穏便に話がまとまったのに、今さら厄介《やっかい》な話をふっかけるんじゃねえよ。もしも部隊長殿がそんな命令を下していたとしたら、審問《しんもん》の場で不利に話が進んじまうだろうが？……ま、部隊長殿のクソ真面目さは王都でも知れ渡《わた》ってるから、そんな疑いをかけられることもねえだろうがな」

「そうですか。あらぬ疑いをかけてしまって、本当に申し訳ありません。ただ、どうもこう、妙《みょう》に心にひっかかってしまって……」

その原因も、俺にはわかっている。ダグのように優秀《ゆうしゅう》そうな兵士がうかうかとモルガの禁忌に触れてしまったというのが、どうにも腑《ふ》に落ちなかったのである。だからそれはルイドの命令によるものなのではないかと、俺はついつい勘《かん》ぐってしまったのだが——それはどうやら、下衆《げす》の勘ぐりというものであるようだった。

「何をどう思おうが勝手だが、部隊長殿は実直そのもののお人柄《ひとがら》なんだよ。だいたいあのお人が、大事な部下たちにそんな不名誉《ふめいよ》な命令を下すわけねえだろうが？　あんなぶざまな姿をさらしたおかげで、俺たちがどれほどの恥《はじ》をかいたと思ってやがるんだ？」

「す、すみません。俺はあまりルイドというお人と言葉を交わす機会がなかったので、つい……もちろんあの御方《おかた》は、公正で尊敬すべきお人柄だと思っています」

「当たり前だ。あのお人は、大事な部下にそんな汚《よご》れ仕事を命じるような性根はしてねえんだよ」

そのように言ってから、ダグはふいににやりと笑った。

「しかしまあ……そんな部隊長殿の下で働きながら、傭兵あがりの馬鹿どもが暴走することはありえるかもしれねえな」

「え？　それはどういう……」

「自分たちが大間抜《まぬ》けのふりをして大失態を演じてみせりゃあ、恥知《はじし》らずの貴族様にひと泡《あわ》ふかせられるかもしれねえ。それに、足の指を切られずに済んだ恩義を、森辺の誰《だれ》かさんに返すこともできるだろうしな。そう考えれば、五十人の兵士全員が大間抜けのふりをしてもおかしくはねえってことだ」

俺《おれ》は、愕然《がくぜん》と息を呑《の》むことになった。

アイ＝ファはアイ＝ファで、信じ難《がた》いものでも見るような目でダグを見つめている。

「おい、それでは、お前たちは……」

「俺たちは、あのていどの森で方角を見失うような大間抜けの集まりだよ。そういうことにしておかねえと、のちのち面倒《めんどう》だろ」

そう言って、ダグはくるりときびすを返した。

それから、自分の肩《かた》ごしに笑いを含んだ視線を向けてくる。

「俺たちの部隊がジェノスに派遣されることは、もう二度とないだろう。だから、お前たちともこれっきりだ。貸し借りはなしってことで、ひとつ頼むぜ」

それだけ言い残して、ダグは食堂のほうに歩み去っていった。

アイ＝ファは深々と溜息《ためいき》をつきながら、心配そうに見上げるジルベの頭を撫《な》でる。

「これだから、町の人間というやつは……しかし、今後はああいう者どもを同胞と思えるように心がけねばならないのだな」

「うん。だけど、森辺の民が森辺の民らしさを捨てる必要はないはずだよ」

「そんなことは、最初からわかりきっている。というよりも、そんな真似は最初から不可能であろう」

そう言って、アイ＝ファは通りのほうに目をやった。

中天が近くなり、人通りは増えている。そこにはさまざまな生まれの人間が入り乱れていたが、もちろん一番目につくのは西の民の人々であった。

商人らしい身なりのいい人間もいれば、ずいぶんと薄汚《うすよご》れた格好をした人間もいる。中には昼から酒をかっくらい、下卑《げび》た笑い声を響《ひび》かせている無法者もいる。小さな子供や、若い女性や、よぼよぼに年老いたご老人や——この宿場町には、ありとあらゆる人々がいた。

「……ジェノスの宿場町だけでも、この人数だ。やはり、西の王国のすべての民を同胞と思うことなど、そう容易《たやす》い話ではないのだろう」

「うん、俺もそう思うよ」

「しかし私は、アスタと出会うまで一人きりだった。同じ森辺の民でも顔と名を知っている人間は数えるほどしかおらず、両親を失ってからはリミ＝ルウやジバ婆《ばあ》とも縁《えん》を切ろうとして……本当に、一人きりで生きていたのだ」

そう言って、アイ＝ファは俺のほうを振《ふ》り返った。

その青い瞳には、とても優しげな光が浮《う》かべられている。

「それが今では、さまざまな氏族の人間と縁を結ぶことができた。時にはそれを煩《わずら》わしく思わないこともないが……あの頃よりも幸福であることだけは疑いがない。ジェノスに住まう民たちを同胞だと思うことができれば、さらなる幸福を手にすることができるのかもしれんな」

「うん。俺はそうなることを心から願っているよ」

胸の中に生じた温かい気持ちに従って、俺はアイ＝ファに笑いかけてみせた。アイ＝ファは何故《なぜ》だか一回ぐらりと身体《からだ》を揺《ゆ》らしてから、その場に膝《ひざ》をついてジルベの太い首を抱きすくめる。

「どうしたんだ、アイ＝ファ？」

「やかましい。お前が無防備な笑《え》顔《がお》を見せるから、また心が揺らいでしまったのだ」

アイ＝ファは頬を赤く染めながら、ジルベをぎゅうっと抱きすくめる。

ジルベは不思議そうにまばたきをしつつ、それでも嬉《うれ》しそうだった。

「ともあれ、一歩ずつ進んでいく他あるまい。きっとルウの集落では、また町の人間を招いて祝宴《しゅくえん》を開くのであろうからな」

「ああ、ようやくそいつも実現できるな。だけどその前に、俺たちは収穫祭《しゅうかくさい》か」

「うむ。我々は休息の期間となるから、ルウ家で祝宴の準備を願い出ることもできよう。町からも森辺からも、なるべく多くの人間を招いてもらいたいものだな」

明日には王都の人々もジェノスを離れて、ついにこれまで通りの日常が戻ってくるのだ。しかし、何もかもが以前の通りなわけではない。西方神の洗礼を受けた俺たちは、ここから新たなスタートを切るのである。

いずれは新たな監査官だか外交官だかがやってくるはずだし、そうでなくともさまざまな波乱が待ち受けていることだろう。森辺の民のように特異な存在が町の人々の同胞たろうとしているのだから、それは当然の話だ。

だけど俺たちは不安よりも大きな希望を胸に、新たな道に挑《いど》むことができていた。これが正しい道であるのだと心から信ずることさえできれば、どのような苦難でも恐《おそ》れる必要はない。それはもうこの一年ばかりの生活でも証《あか》し立てられているはずだった。

「それじゃあ、俺はそろそろ仕事に戻るよ」

俺が宣言してみせると、アイ＝ファはようやく立ち上がって「うむ」とうなずいた。まだその顔はわずかに赤かったが、目もとには慈愛《じあい》にあふれた笑《え》みがひろげられている。

そんなアイ＝ファと肩を並べて、俺はゆっくりと足を踏み出した。この道の先には、どのような未来が待ち受けているのか。俺の胸は、果ての知れない希望にはっきりと高鳴っていた。

箸休め〃 〜父なる神のもとで〜

十台以上にも及《およ》ぶトトスの車が、宿場町の主街道を粛々《しゅくしゅく》と通りすぎていく。

その内側には、一台につき十名ずつの森辺の民が乗り込んでおり、これから西方神の洗礼を受けようとしているのだ。そのように考えると、ユーミは何やら感慨深《かんがいぶか》くてならなかった。

ユーミは屋台の脇《わき》に設置された食堂の座席から、その姿を見守っている。同じ卓《たく》を囲んでいるのは、野菜売りのドーラとその娘《むすめ》であるターラだ。ユーミがこちらの父娘と仲良くなれたのも、ファの家のアスタのおかげであった。

「ふふん。なんべん見ても、大層な騒ぎだな。……今日はあの中に、アスタも乗り込んでるってわけか」

ドーラがそのように言いだしたので、ユーミは「うん」とうなずいてみせた。

「だから屋台に、アスタがいないわけだからね。これでついにアスタとアイ＝ファも、きちんとした西の民として認められるってことさ」

「ふん！　こんな大層な騒ぎにしなくったって、俺はとっくの昔にアスタたちを大事な同胞だと思ってたけどな！」

元気のいい声を張り上げながら、ドーラの厳《いか》つい顔にもしみじみとした感慨《かんがい》が浮かべられている。彼やターラはユーミよりも古くから、アスタたちと懇意《こんい》にしていたのだ。いっぽう木皿の汁物《しるもの》料理をすすっていたターラは、輝くような笑顔であった。

「でも、やっぱりターラは嬉しいよ！　なんだか、アスタおにいちゃんやリミ＝ルウたちと、いっそう仲良くなれたように思えるから！」

「へえ？　だけどターラだって、昔っからさんざんアスタたちと仲良くさせてもらってただろう？」

「うん！　だけど……森辺のみんなと家族になれたような気持ちなの！」

「家族か。そりゃあまあ、俺たちはみんな大いなる西方神の子なわけだからな」

ドーラは陽気に笑いながら、幼い娘の頭を撫でた。

その微笑《ほほえ》ましい姿に心を満たされつつ、ユーミはまた街道のほうに目を向ける。ユーミの胸に宿されているのも、おおよそはターラと同じような思いであった。

ユーミたちジェノスの人間は、余すところなく西方神の子である。当たり前の話すぎて、普段はそのようなことを考えるまでもないのだ。西の地で生まれた人間は赤子の内に聖堂へと連れていかれて、神の子としての洗礼を受けるのだった。

もちろん交易の要所であるジェノスには、西の民ならぬ人間も数多く存在する。無表情で不愛想な東の民や、陽気で騒がしい南の民――なんなら北方のトゥランという区域では、北の民までもが奴隷《どれい》として働かされている。それもまた、ユーミが生まれる前からのことであったので、ことさら意識にのぼることはなかった。

たとえ異なる神の子であっても、それだけで敵対するいわれはない。北の民が敵であるのは、どこか遠い地で領地の奪《うば》い合いをしているためである。そんな話はユーミの知ったことではなかったし、そもそもトゥランの奴隷たちとも顔をあわせる機会はなかったので、自分の生活には関わりのない存在であった。

いっぽう東や南の民とは、普段から顔を突き合わせている。とりわけ東の民というのは、ユーミの生家である宿屋でお客として迎える機会が多かった。彼らは毒の武器で身を守るすべを持っているため、無法者を恐れることなく貧民窟《ひんみんくつ》の宿にやってくるのだ。西の民には東の民を警戒《けいかい》する人間も少なくはなかったが、ユーミにとっては手馴《てな》れた相手であった。

よって、ユーミは異国の人間を忌避《きひ》したりはしていない。たとえ異なる神の子であろうとも、善人は善人であり、悪人は悪人であるのだから、何を区別する理由もないように思われた。

(でも……きっとあたしは森辺の民のことも、異国の民みたいに思ってたんだろうな)

何せ森辺の民というのは、外見も内面もあまりに自分たちと違《ちが》っている。東の民や南の民と同じぐらい、それは顕著《けんちょ》な差であった。そもそも森辺の民というのは、八十年ほどの昔にジャガルから移り住んできた身であるという話であったし――それでいて、南の民よりは東の民に似た風貌《ふうぼう》であったのだ。それでほんの一年前までは町の人間との交流を避《さ》けていたので、ユーミにとっては異国の民よりも遠い存在であったのだった。

なおかつユーミは、森辺の民を忌避していた身である。当時の森辺の民は陰《かげ》で悪さをしながら貴族にお目こぼしをもらっているという、そんな悪評にまみれていたのだ。また実際、宿場町でも酒を飲んで暴れたり屋台を壊《こわ》したりという無法な姿を見せていた。ユーミは無法者など見慣れていたが、むしろ貴族と結託《けったく》しているという卑劣《ひれつ》さに腹を立てていたのだった。

しかし、森辺の民というのは実に清らかな人々であった。町で悪さをしていたのは、ほんのひと握《にぎ》りの人間であったのだ。それらの人間が処断されて、アスタたちと交流を深めた現在、ユーミが森辺の民を忌避する理由はなかった。それどころか、いずれは森辺で暮らしてみたいなどという夢想を抱くまでに至ったのだった。

だが、それでもなお――ユーミはどこかで、森辺の民を遠い存在として認識《にんしき》していたのかもしれない。自分とはまったく異なる存在として、忌避する代わりに憧憬《しょうけい》を抱き、その仲間に入れてもらいたいと思うようになったのかもしれなかった。

(でも、森辺の民だってジェノスの領地に住まう、同じジェノスの民なんだ)

頭ではわかりきっていたその事実が、あらためてユーミの心を満たしている。だからユーミは街道を進む車の行列を眺《なが》めながら、このような感慨に見舞《みま》われているのだった。

この光景を見守るのも三日目のことであったので、今日の内にはすべての森辺の民が西方神の洗礼を受けることになる。ユーミが最初に絆《きずな》を結んだアスタも、その連れ合いであるアイ＝ファも、ユーミが仲良くしている相手もそうでない相手も、誰もが西方神の子に――ユーミたちの同胞になるのである。その事実が、ユーミの胸を高鳴らせていた。

(森辺の民が、あたしたちの同胞だなんて……誇らしいを通りすぎて、恐れ多いぐらいだよ)

そんな風に考えてしまうこと自体が、彼らを遠い存在と見なしている証なのだろう。

しかしユーミも、普段はそのようなことを考えたりはしない。三日連続で眺めているこの光景が、ユーミを感傷的にさせているだけであるのだ。明日からは——いや、今日の内にアスタたちが城下町の大聖堂から戻《もど》ってきたならば、またこれまでと同じように気兼《きが》ねなく、楽しい時間を過ごせるはずであった。

「ねえねえ、ユーミおねえちゃん」

と、ターラがユーミの腕《うで》を引っ張ってくる。そちらを振り返ると、おひさまのような笑顔が待ち受けていた。

「これが終わったら、王都の人たちはおうちに帰るんだよね？　そうしたら、また森辺の人たちと遊べるんだよね？」

ユーミはしんみりしそうになる気持ちを振りやって、「ああ、そうさ！」と笑ってみせた。

「今まで我慢《がまん》してたぶん、たっぷり楽しませてもらわないとね！　森辺に出向くだけじゃなく、若い連中をこっちに呼びつけてやろうよ！」

ターラは嬉しそうに、「うん」とうなずいた。

その間に、車の最後の一台が食堂の前を通りすぎていく。ユーミはその車が遠ざかっていく姿を見送りながら、自分が森辺の民と同じ地に生まれついた喜びをあらためて噛《か》みしめることに相成ったのだった。

あとがき

このたびは本作『異世界料理道』の第三十一巻を手に取っていただき、まことにありがとうございます。

今巻は、王都の監査官にまつわるエピソードの後半部となっております。構成としては「転」と「結」にあたる内容となりますので、前巻とあわせてお楽しみいただけたら幸いでございます。

王都の監査官にまつわるエピソードは、ここでひとまず終了と相成ります。このさき王都とどのような関係が構築されるかはまたいずれの機会にということで、次巻からはまた毛色の異なるエピソードをお楽しみいただけたら何よりであります。

きっと巻末の次巻予告にて、その内容はチラリと明かされていることでしょう。それ以上はネタバレとなりますので言及は控えさせていただきますが、厄介な貴族を相手取った今回とはまったく異なるあれこれをお楽しみいただけるのではないかと期待しております。

それにつけても、やはりここまで巻数を重ねることができた喜びを噛みしめております。次巻に登場する新キャラにイラストをつけていただけることが、嬉しくてなりません。ここ最近で言うとイフィウスもその一人であるのですが、自分のお気に入りであるキャラがイラスト化されるというのは、書籍化の大きな喜びでございますね。

それもこれも、ご愛顧くださる皆様のおかげでございます。これだけ長大なシリーズを読み続けてくださり、心よりの感謝を捧げさせていただきたく思います。そして自分も皆様とご一緒に、こちも様の素敵なイラストを拝見できる喜びにひたらせていただきたく思います。


今巻はあとがきのページ数にゆとりがありますため、もう少々雑談を続けさせていただきますと――次巻からの展開は、執筆前から構想のあったエピソードと相成ります。ただし、ここに至るまでに物語が大きく広がりましたため、当初の構想とはずいぶん掛け離れた内容になりました。執筆前の構想というのは二〇一三年の話であり、それから三十一巻分もの巻数を重ねているのですから、それも自然の摂理でありましょう。それがどのような変化であったのかはネタバレになってしまうので語れませんが、物語が大きくふくらんだためによりダイナミックな内容になったと思いたいところであります。

自分としても、本作がここまで長く続くとは想定しておりませんでした。まあ、最初から三十巻以上の内容を想定する人間などはそうそういないかと思われますが、それでも想定を遥かに超越したことは事実でありましょう。心のおもむくままに書き進めていったら、自然にこれだけのボリュームになってしまった次第です。

そうして想定を超越したからこそ、数々のエピソードを盛り込むことがかないました。家長会議やスン家との対立、宿場町への出店やトゥラン伯爵家との対立などは想定内でありましたが、ダバッグ遠征や森の主との対決や太陽神の復活祭などは、書き進めていく中で生まれたエピソードと相成ります。

また、キャラクターのほうも同様で、最初に構想していたのはせいぜいルウとスンの家人にいずれ対立する貴族の面々ぐらいでありました。スン分家の悲哀を描くために登場させたトゥール＝ディンがここまで重要なキャラになるというのは想定外でありましたし、ライエルファム＝スドラやグラフ＝ザザやディック＝ドムに名前が与えられることになるとは思ってもいませんでした。そしてそこからさらに掘り下げられて、ユン＝スドラやレム＝ドムなどが誕生した次第です。

せっかくなので創作メモなどを読み返してみますと、野菜売りの父娘は『ドーラ＝ム』『ターラ＝ム』と名付けられておりました。執筆前は、すべての領民に氏が与えられる予定であったようです。おそらくは、森辺の民と町の人間に区別をつけるために、その案は取りやめたのでしょう。ですが、ミラノ＝マスだけは氏をつけたまま登場させてしまい——そこから、『自由開拓民の末裔』という新たなアイディアが加えられた次第です。

斯様にして、当作は執筆前から構想していたアイディアと書き進める間にふくらんだアイディアが混在しております。次巻からのエピソードは、その最たるものであるかと思われます。お読みくださる方々にとっては些末な話でありましょうが、それらのすべてをお楽しみいただけるように願うばかりでございます。

ではでは。本作の出版に関わって下さったすべての皆様と、そしてこの本を手に取って下さったすべての皆様に、重ねて厚く御礼を申し述べさせていただきます。
また次巻でお会いできたら幸いでございます。

二〇二三年八月　ＥＤＡ

森辺の民たちが西方神の洗礼を受け終えたのを確認し、
監査官たちは王都へと帰還した。
これで一連の事件も終わったかと思いきや、
兵士がモルガの山に近づいたことが原因でモルガの三獣である
赤き野人がラントの川に流れついてしまう。
初めて見る赤き野人は、
人間と変わらない可愛らしい少女の姿をしていて……。
Author EDA
Illust. こちも
異世界料理道
VOLUME 32
Cooking with wild game.

ファの家に新たな居候が
増える第32弾！
2024年
冬ごろ発売予定！

HJ NOVELS
HJN04-31

異世界料理道31

2023年9月19日　初版発行

著者——EDA

発行者—松下大介
発行所—株式会社ホビージャパン

〒151-0053
東京都渋谷区代々木2-15-8
電話　03(5304)7604（編集）
03(5304)9112（営業）

印刷所——大日本印刷株式会社
装丁——AFTERGLOW／株式会社エストール

ISBN978-4-7986-3275-9　C0076